O astronauta

Jaroslav Kalfař

O astronauta

TRADUÇÃO
Rogério W. Galindo

ALEPH

O ASTRONAUTA

TÍTULO ORIGINAL:
Spaceman of Bohemia

COPIDESQUE:
Isabela Talarico

REVISÃO:
Aline Rocha
Ubiratan Bueno

CAPA:
Giovanna Cianelli

ILUSTRAÇÃO DE CAPA:
Talita Hoffmann

PROJETO GRÁFICO E DIAGRAMAÇÃO:
Desenho Editorial

COORDENAÇÃO:
Luciane H. Gomide

DIREÇÃO EXECUTIVA:
Betty Fromer

DIREÇÃO EDITORIAL:
Adriano Fromer Piazzi

EDITORIAL:
Daniel Lameira
Tiago Lyra
Andréa Bergamaschi
Débora Dutra Vieira
Luiza Araujo
Juliana Brandt

COMUNICAÇÃO:
Júlia Forbes
Maria Clara Villas
Giovanna de Lima Cunha

COMERCIAL:
Giovani das Graças
Lidiana Pessoa
Roberta Saraiva
Gustavo Mendonça

FINANCEIRO:
Helena Telesca
Rosangela Pimentel

DADOS INTERNACIONAIS DE CATALOGAÇÃO NA PUBLICAÇÃO (CIP) DE ACORDO COM ISBD

K14e
Kalfař, Jaroslav
O astronauta / Jaroslav Kalfař ; traduzido por Rogério W. Galindo. – São Paulo : Aleph, 2022.
336 p. ; 14cm x 21cm.

Tradução de: Spaceman of Bohemia
ISBN: 978-85-7657-521-4

1. Literatura americana. 2. Ficção científica. I. Galindo, Rogério W. II. Título. 2022-1946

CDD 813 CDU 821.111(73)-3

ELABORADO POR VAGNER RODOLFO DA SILVA - CRB-8/9410

ÍNDICES PARA CATÁLOGO SISTEMÁTICO:
1. Literatura americana : ficção 813.0876
2. Literatura americana : ficção 821.111(73)-3

EDITORA ALEPH

Rua Tabapuã, 81, cj. 134
04533-010 – São Paulo – SP – Brasil
Tel.: [55 11] 3743-3202
www.editoraaleph.com.br

Para meu avô
Emil Srb

Uma casa em ruínas. Pelas rachaduras das paredes
se espalhavam gulosas samambaias,
e parasíticas faixas de liquens.

No chão brotam esporas-bravas,
uma floresta de urtigas. O poço envenenado
uma vala d'água para os ratos.

A frágil macieira, cortada pelo raio,
se esquece se um dia floresceu.

Em dias de céu claro, pintassilgos canoros
caem nas ruínas. Em dias de brilho solar
o arco de um relógio vive
na fachada, caprichosa e alegre
a sombra do tempo dança,
e recita solene para os céus:
Sine sole nihil sum.

Pois tudo é uma máscara.

– Karel Toman,
"The Sun Clock"

PARTE UM

SUBIDA

O LADO PERDEDOR

Meu nome é Jakub Procházka. É um nome comum. Meus pais queriam uma vida simples para mim, uma vida de boa camaradagem com meu país e vizinhos, uma vida a serviço de um mundo unido no socialismo. Então, com um baque surdo, a Cortina de Ferro caiu, e o bicho-papão invadiu meu país, carregando junto seu amor consumista e seu livre mercado.

Antes de me tornar um astronauta, o bicho-papão e seus novos apóstolos perguntaram se eu gostaria de mudar meu nome para algo mais exótico. Mais ocidental. Algo adequado para um herói.

Eu recusei. Mantive meu nome como era: comum, simples.

Primavera de 2018. Numa quente tarde de abril, a nação tcheca via, da Colina Petrín, o ônibus espacial *JanHus1* ser lançado de um campo de batatas estatal. A Orquestra Filarmônica Tcheca ressoava o hino nacional entre as torres góticas da cidade, acompanhando a contagem regressiva até, finalmente, diante da multidão boquiaberta, a nave consumir e queimar seu propelente criogênico para então explodir céu acima, com seus 9 milhões de quilogramas – um pouco mais ou pouco menos, se você descontar os oitenta quilos de seu único habitante humano.

Em um flash, *JanHus1* marcou os cem pináculos da cidade como um estêncil em forma de pomba. Cidadãos e turistas seguiram o ônibus espacial em sua ascensão esférica até ele enfim sumir em meio aos raios do sol, reduzido a uma sombra capturada pelas lentes certeiras de uma ou outra câmera. Então, abandonando a nave ao próprio novo destino no céu, os cidadãos desceram a colina, em meio a tagarelices, para aplacar a sede por cerveja.

Testemunhei o triunfo de minha nação num monitor trêmulo e sem som. Levei uma hora para me acostumar com as vibrações da cadeira, que destruíam furiosamente a minha bunda. Um dos cintos peitorais rasgou meu macacão e minha aréola, e eu não consegui soltá-lo. A câmara de lançamento na qual eu estava sentado tinha o tamanho de um armário de vassouras, uma coleção de telas fosforescentes, painéis anoréxicos e o trono do astronauta. O maquinário ao meu redor, inconsciente da própria existência, silenciosamente me levava para longe de casa, indiferente ao meu desconforto. Minhas mãos tremiam.

Eu havia me recusado a tomar água antes do lançamento, apesar da insistência dos meus treinadores. Minha decolagem era a realização de um sonho impossível, uma experiência espiritual incomparável. A pureza da missão não seria contaminada pelo indigno gesto humano da urina escorrendo até meu Traje de Máxima Absorção. Na tela diante de mim, meu povo agitava bandeiras, segurava garrafas suadas de Staropramen* e trocava notas de *koruna*** por

---

* Uma marca de cerveja tcheca. [N. de T.]

** Moeda tcheca; coroas tchecas. [N. de T.]

ônibus espaciais de plástico e bonecos astronautas. Procurei o rosto de minha esposa, Lenka, na esperança de encontrar um último vislumbre de sua tristeza, uma garantia de que eu era amado e de que alguém temia pelo que podia acontecer comigo, de que nosso casamento poderia suportar meus oito ou mais meses de ausência. Não importava que a garganta estivesse seca, que a língua raspasse a carne áspera das minhas gengivas, que os músculos do meu corpo se contraíssem e tensionassem à medida que todos os confortos básicos da existência humana desapareciam quilômetro a quilômetro, ceifados pelas camadas atmosféricas. Aqueles momentos da história eram meus. Alunos repetiriam meu nome por séculos, e uma escultura feita à minha semelhança inevitavelmente se juntaria ao acervo do Museu de Cera de Praga. A essa altura, os *outdoors* que tomam os horizontes da Boêmia já estariam exibindo imagens de meu rosto expressando evidente entusiasmo e lançando o olhar em direção ao céu. As revistas de fofoca já teriam sugerido que mantenho quatro amantes e que sou viciado em jogo – ou que a missão era falsa e que sou meramente uma imagem gerada por computador com a voz de um ator.

Doutor Kurák, meu terapeuta indicado pelo Estado, insistira que meu lançamento seria marcado por puro terror – um ser humano solitário viajando rumo ao desconhecido, vivendo à mercê da tecnologia, indiferente e silenciosa. Eu não gostava do dr. Kurák. Ele fedia a picles e era um pessimista disfarçado de homem experiente. Ficara responsável por preparar minha frágil psicologia para a missão, mas basicamente anotava meus medos (intoxicação alimentar; lagartas; a existência de vida após a morte, como se não fosse possível escapar da vida) com tal ferocidade que me dava a impressão de que pretendia escrever minha biografia oficial. Ele havia recomendado que durante a decolagem eu consumisse meus doces preferidos na infância (*wafers* com cobertura de chocolate, chamados Tratranky, que guardei no compartimento à minha esquerda) e pensasse nos meus deveres científicos para com o mundo, no imenso privilégio com o qual fui honrado: proporcionar aos tchecos suas maiores descobertas desde que Jan Evangelista Purkyne reconheceu a individualidade das impressões digitais, ou talvez desde que Otto Wichterle inventou as lentes de contato gelatinosas. Minha imaginação abraçou esses afagos ao ego, e no silêncio da câmara comecei a sussurrar meu discurso de aceitação do prêmio Nobel, até que minha sede se tornou insuportável. Abandonei minha determinação e apertei o botão H_2O, e o líquido fluiu do compartimento sob o assento para um canudo preso no meu ombro. Eu estava sujeito à minha própria fisiologia; um anão escalando um pé de feijão para travar uma queda de braço com o colosso; uma estrutura celular cheia de necessidades banais por oxigênio, água, liberação de resíduos. *Afaste os pensamentos sombrios, beba sua água*, sussurrei, enquanto disparos de adrenalina aguçavam meus sentidos e entorpeciam as dores do meu corpo.

Quase um ano e meio antes, um cometa até então desconhecido entrou na Via Láctea vindo da galáxia Cão Maior e varreu nosso Sistema Solar com uma tempestade de areia intergaláctica cósmica. Uma nuvem se formou entre Vênus e a Terra, num fenômeno sem precedentes denominado Chopra por seus descobridores em Nova Deli, e banhou as noites da Terra com uma luz roxa zodiacal, alterando o céu que conhecíamos desde o surgimento do homem. A cor do universo noturno observado da Terra não era mais preta, e a nuvem se acomodou, perfeitamente estática. Ela não apresentava nenhum risco imediato, mas seu comportamento estoico atormentava nossa imaginação com possibilidades assustadoras. As nações correram para planejar missões que permitiriam capturar as partículas da misteriosa Chopra e estudar esses pedaços microscópicos de mundos extraterrestres em busca de elementos químicos e sinais de vida. Quatro ônibus espaciais não tripulados foram enviados para testar as qualidades de Chopra e levar amostras de volta à Terra, mas as sondas voltaram vazias e sem dados úteis, como se a nuvem fosse uma miragem, um sonho coletivo de bilhões.

O passo seguinte era inevitável. Não poderíamos confiar a missão a máquinas. Um ônibus espacial controlado remotamente transportando o chimpanzé alemão Gregor foi enviado para voar através da nuvem e garantir que, com proteção adequada, um habitante humano pudesse sobreviver à Chopra por tempo suficiente para observar e analisar as amostras manualmente.

Gregor voltou intacto para sua gaiola no laboratório justamente quando um novo comportamento foi observado na nuvem: ela começara a se consumir; a massa de suas camadas mais superficiais se dissipava e desaparecia dentro do núcleo mais denso. Houve quem falasse em antimatéria, outros conferiam à nuvem propriedades orgânicas. A mídia fazia especulações: qual governo do mundo seria audaz o suficiente para enviar humanos em direção a uma nuvem, a quatro meses de distância da Terra, composta de um pó cósmico desconhecido e partículas potencialmente letais? Sussurros, e nada além de sussurros, partiram de americanos, russos, chineses e mesmo dos alemães, que haviam se declarado os mais dedicados à Chopra ao oferecer Gregor em sacrifício.

Por fim, um anúncio veio de um país de dez milhões de habitantes – o meu país, as terras da Boêmia, da Morávia e da Silésia. Os tchecos voariam até a Chopra e decifrariam seus enigmas. Eu seria o herói do país, aquele que levaria para casa o júbilo da glória científica. Nas palavras de um poeta bêbado de absinto, reimpressas em todos os principais jornais no dia seguinte: "A *JanHus1* carrega nossas esperanças de nova soberania e prosperidade, pois agora estamos entre os exploradores do universo. Desviamos o olhar do nosso passado, quando fomos reivindicados por outros, quando nossa língua foi quase erradicada, quando a Europa cobriu seus olhos e ouvidos enquanto o próprio coração era roubado e brutalizado. Não apenas nossa ciência e nossa tecnologia viajam por esse vácuo; é a nossa humanidade, na forma de Jakub Procházka, o primeiro astronauta da Boêmia, que levará a alma da república às estrelas. Hoje, definitiva e absolutamente, nós nos reivindicamos pertencentes a nós mesmos".

Enquanto me preparava para a missão, minhas rotinas diárias tornaram-se propriedade pública. A rua em frente ao prédio onde Lenka e eu morávamos estava tão abarrotada com vans da imprensa, jornalistas beliscando lanchinhos, fotógrafos que apoiavam os cotovelos em carros como franco-atiradores, crianças andando a esmo em busca de autógrafos e curiosos em geral, que a polícia precisou erguer barricadas e redirecionar o tráfego. Lá se foram meus passeios solitários pela cidade, a contemplação silenciosa de qual maçã escolher no mercado. Foi designado um pelotão para me acompanhar em todo lugar, por segurança (porque já surgiam aos montes cartas de fãs desequilibrados e pretensas amantes), e assistentes – ajudantes para fazer compras, para ajeitar fios de cabelo desalinhados, para falar. Não demorou para que eu mal pudesse esperar para deixar a Terra e, novamente, desfrutar do simples luxo da solidão. Silêncio.

Agora o silêncio era outro barulho indesejado. Abri o compartimento de lanches e mordi o *wafer* Tatranky. Seco demais, velho, sem o gosto de paz infantil que deveria evocar. Eu precisava estar em outro lugar, no conforto de um tempo que podia entender, na vida que me levara a *JanHus1*. A existência é mantida pela energia, um movimento fluido adiante; contudo, nunca paramos de procurar pelo ponto de origem, o Big Bang que nos colocou em nosso inevitável caminho. Desliguei o monitor que transmitia as festividades de minha nação e fechei os olhos. Em algum lugar, onde os círculos profundos do tempo colidiam com a memória, um relógio tiquetaqueava.

Meu big bang aconteceu no inverno de 1989, numa vila chamada Streda. As folhas de tília haviam caído e apodrecido, e aquelas que permaneciam no chão espalhavam restos amarronzados sobre os caules de grama desbotada. É a manhã do Abate, e estou sentado na sala de estar de meus avós, que cheira a maçã, gravando a imagem de Louda, o porco, no meu caderno de desenhos. Meu avô esfrega a lâmina da faca de abate no afiador oval, parando de vez em quando para dar uma mordida na grossa fatia de pão com banha. Minha avó molha as plantas – a densa folhagem roxa, vermelha e verde que cerca todas as janelas –, enquanto assovia ao ritmo de um relógio. Abaixo do relógio há uma fotografia em preto e branco de meu pai nos tempos de escola, com a expressão tão sincera e relaxada, com um sorriso de orelha a orelha – que nunca vi em seu rosto adulto. Síma, nosso gordo cocker spaniel, dorme ao meu lado, respirando quente e tranquilizadoramente perto da minha panturrilha.

Este era o mundo lento e silencioso de uma pequena vila horas antes da Revolução de Veludo. Um mundo no qual meus pais ainda estão vivos. Meu futuro imediato contém *goulash* fresco, pés de porco com rabanete caseiro e capitalismo. Meu avô nos proibiu de ligar o rádio. O Dia do Abate é o dia dele. Ele havia alimentado amavelmente seu porco, Louda, com uma mistura de batatas, água e trigo todas as manhãs e tardes, coçando as orelhas do animal e apertando sua gordura lateral, sorrindo. Louda está tão gordo que vai explodir se não o matarmos hoje, diz ele. A política pode esperar.

Esta sala, este calor da lareira, estes ritmos de música, a lâmina, cachorro, lápis, estômagos vazios – talvez em algum lugar por aqui uma descarga espontânea de energia tenha acontecido, selando meu destino como astronauta.

Meus pais chegam de Praga às duas da tarde. Estão atrasados porque meu pai parou num campo de margaridas para colher algumas flores para minha mãe. Mesmo vestindo uma velha jaqueta azul e uma calça de moletom do meu pai, ela parece uma daquelas atrizes ruivas de pele leitosa que interpretam jovens camaradas na TV, com um olhar de forte feminilidade e dedicação feroz ao Partido. As suíças do meu pai cresceram mais do que de costume, porque ele não precisa mais se barbear para trabalhar. Ele é magro e tem os olhos inchados do *slivovitz** que havia tomado antes de dormir. Mais de quarenta vizinhos se reúnem, além do açougueiro da vila que vai ajudar o vovô no abate. Meu pai evita contato visual com os vizinhos, que não sabem o que ele faz para viver. Se descobrirem que é um colaborador, um membro da polícia secreta do Partido, vão abandonar meu avô, minha avó, vão cuspir em nosso sobrenome. Não publicamente, mas com a

---

* Bebida alcoólica bastante forte, incolor, feita de fermentado do suco de ameixa. [N. de T.]

hostilidade silenciosa nascida do medo e da desconfiança do regime. Essa revolução fala contra tudo o que meu pai defende. Os vizinhos estão nervosos com a fome por mudança, enquanto meu pai sopra fumaça por entre os lábios pálidos, sabendo que essa mudança o colocaria no lado errado da história.

O pátio é longo e estreito, ladeado pela casa dos meus avós, de um lado, e pelo muro alto da loja do sapateiro, de outro. Em outro dia qualquer ele estaria coberto por bitucas de cigarro e pelas ferramentas de jardinagem da vó, mas, no Dia do Abate, a sujeira e as ervas daninhas são retiradas. O jardim e o chiqueiro são separados do pátio por uma cerca alta, criando uma arena, um coliseu para a dança final de meu avô com Louda. Formamos um círculo em torno do pátio com uma abertura para a entrada de Louda. Às cinco horas, vovô solta Louda de seu curral e lhe dá um tapa no traseiro. Enquanto o porco corre pelo pátio, cheirando animadamente nossos pés e perseguindo um gato, vovô carrega sua pistola de pederneira com pólvora e uma bala de chumbo. Digo adeus para Louda, que está ficando cansado e lento, com um tapinha no nariz antes de vovô arrastá-lo para o centro do círculo e derrubá-lo de lado com a bota. Ele coloca a arma atrás da orelha de Louda e a bala rompe a pele, a carne, o crânio. As pernas do porco ainda se mexem quando vovô corta a garganta e segura um balde embaixo para coletar o sangue para sopa e linguiça. A alguns metros de distância, o açougueiro e os homens da vila construíram um tablado com um gancho, em que colocam água fervente numa panela industrial. Meu pai franze a testa e acende um cigarro. Ele não gosta muito de matar animais. Bárbaro, ele dizia, fazer mal a animais que estão simplesmente levando a vida sobre a terra. Os seres humanos são uns cretinos. Minha mãe dizia para ele parar de colocar essas coisas na minha cabeça, e, além disso, ele não era exatamente vegetariano, certo?

Os pelos eriçados caem do corpo rosa de Louda dentro da panela. Penduramos o bicho pelas pernas no gancho e o cortamos ao meio, da virilha ao queixo. Tiramos a pele, o bacon, fervemos a cabeça. Meu pai confere o relógio e entra em casa. Pela janela vejo minha mãe observando enquanto ele fala ao telefone. Não, não fala. Ouve. Ele ouve e desliga.

Em Praga, quinhentos mil manifestantes ocupam as ruas. Escudos rachados dos policiais que deveriam conter o protesto e tijolos ladeiam o caminho. O barulho de chaves e sinos encobre o anúncio feito pelo rádio. O tempo para palavras já passou – o que existe agora é barulho. O caos, a liberação. Tempo para uma nova desordem. A ocupação soviética do país, o governo fantoche apoiado por Moscou – tudo desmoronando enquanto os cidadãos reivindicam as liberdades do Ocidente. Para o inferno com esses canalhas parasitas ingratos, declara a liderança do Partido. Que os imperialistas levem todos para o inferno.

Fervemos a língua de Louda. Corto cubos da língua com uma faca e levo à boca a carne quente, gordurosa, deliciosa. Vovô limpa os intestinos do porco com vinagre e água. Este ano, tenho a honra de operar o moedor – encho uma bandeja com o queixo fatiado, fígado, pulmões, o peito e o pão e a empurro para baixo enquanto giro a alavanca. Vovô raspa a polpa e a enfia nos intestinos limpos. É o único homem na vila que ainda usa as mãos em vez de uma máquina para preparar *jitrnice**. Os vizinhos esperam pacientemente que essas lembrancinhas de festa fiquem prontas. Assim que a vovó as

---

* Um tipo de salsicha feita de fígado, muito comum no Leste Europeu. [N. de T.]

divide em pacotes, ainda quentes, os convidados começam a ir embora, muito mais cedo que o normal, e metade deles nem está perto de ficar bêbada. Estão ansiosos por retornar aos televisores e rádios, para saber mais sobre os eventos em Praga. Síma implora por restos, e permito que ele lamba a banha do meu dedo. Minha mãe e minha avó levam a carne para dentro para ensacar e congelar, enquanto meu pai permanece sentado no sofá, olhando pela janela, fumando cigarros. Entro em casa para sentir o cheiro forte do *goulash* da janta.

– Ainda não dá para saber – minha mãe fala.

– Tanta gente, Markéta. O Partido queria mandar a milícia para dispersá-los, mas Moscou disse não. Sabe o que isso quer dizer? Quer dizer que não vamos lutar. O Exército Vermelho não está mais com a gente. Estamos acabados. Devíamos ficar na vila, a salvo da multidão.

Volto lá fora para ver vovô, que coloca um carrinho de mão no meio do pátio. Ele o enche de lenha seca e a usa para fazer uma pequena fogueira. O solo abaixo de nossos pés está úmido de sangue. Fatiamos o pão e o tostamos para servir no jantar enquanto o sol se põe.

– Queria que o papai falasse comigo – digo.

– A última vez que o vi com essa cara foi quando criança, depois que um cachorro mordeu a mão dele.

– O que vai acontecer?

– Não diga ao seu pai, Jakub, mas não é tão ruim.

– Então o Partido vai perder?

– É hora de o Partido ir embora. Hora de algo novo.

– Mas aí a gente vai ser imperialista?

Ele ri:

– Acho que sim.

Sobre as árvores que flanqueiam a entrada de casa, um horizonte claro de estrelas cobre nossa visão – muito mais claro quando não está obscurecido pela iluminação pública de Praga. Vovô me dá uma fatia de pão com a casca queimada, e a coloco entre os lábios, sentindo-me como um homem da televisão. As pessoas na televisão comem devagar quando enfrentam uma nova realidade. Talvez seja aqui que um bolsão de nova energia vai romper as paredes firmes da física e eleger uma vida tão improvável. Talvez aqui eu perca a esperança de desfrutar uma vida terrena comum. Terminei o pão. É hora de entrar e ouvir o silêncio de meu pai.

– Daqui a vinte anos, você vai se dizer filho da revolução – vovô diz, enquanto dá as costas para mim e urina no fogo.

Como sempre, ele está certo. O que não me diz então, talvez por amor, talvez por uma inocência dolorosa, é que sou filho do lado perdedor.

Ou talvez não. Apesar do desconforto de meu trono de astronauta, apesar do medo, estou preparado. Sirvo à ciência, mas me sinto mais como um audacioso motoqueiro de motocross olhando o vazio poderoso do maior cânion do mundo, rezando para todos os deuses em todos os idiomas antes de saltar para a morte, para a glória ou ambos. Servi à ciência, não à memória de um pai cuja ideia de mundo desmoronou durante o inverno de veludo; não à memória do sangue de porco sobre meus sapatos. Eu não vou fracassar.

Tirei as migalhas de Tatranky do colo. A Terra estava preta e dourada; suas luzes se espalhavam pelos continentes como se fossem cascalhos intermináveis que se reproduzem por mitose, parando abruptamente para dar lugar ao domínio incontestável da escuridão dos oceanos. O mundo havia escurecido, e as migalhas começaram a flutuar. Eu havia me elevado do fenômeno que chamamos de Terra.

O MUNDO DO ASTRONAUTA

Ao acordar, à ocasião de minha 13ª semana no espaço, desamarrei-me do Útero e alonguei o corpo, desejando ter cortinas para abrir ou bacon para fritar. Flutuei pelo Corredor 2 e coloquei um pouco da pasta de dentes verde, em quantidade equivalente ao tamanho de uma ervilha, na minha escova azul – cortesia da SuperZub, um grande distribuidor de suprimentos odontológicos e patrocinador da missão. Enquanto escovava, rasguei o plástico de outra toalha descartável – cortesia de Hodovna, uma grande cadeia de hipermercados e patrocinadora da missão. Cuspi na toalha e olhei minhas gengivas de perto, rosadas como as de uma criancinha que acabara de fazer a escovação, e os molares branquelos, resultado do alto padrão de atendimento dental de meu país e de uma rotina meticulosa de higiene oral na nave. Apesar de ter resolvido que não o faria mais, passei a língua em torno de um dos molares, e uma dor familiar se intensificou. Embora tenha recebido boas notas de meus dentistas antes da decolagem, aquela cárie formigante apareceu em minha primeira semana no espaço, e a mantive em segredo desde então. Não fui treinado para extração dentária e, além do mais, onde eu iria encontrar um bom dentista espacial? Ele levaria o próprio óxido nitroso ou teria que pegar na atmosfera poluída da Terra? Sorri para mim mesmo, mas me recusei a rir. Nunca ria alto das próprias piadas, aconselhava dr. Kurák. É um sinal certo de uma mente em deterioração.

Talvez a parte mais chocante da missão tenha sido a rapidez com que me adaptei às rotinas. Minha primeira semana no espaço foi um exercício de expectativa ininterrupta, como se eu estivesse sentado num cinema vazio, esperando o som do projetor iluminar a tela e silenciar todos os pensamentos. A leveza de meus ossos, as funções das máquinas, os baques e rangidos da nave me faziam sentir como se tivesse um vizinho no andar de cima; tudo parecia excitante, digno de admiração. Mas, na segunda semana, o desejo por algo novo já estava se instalando, e o ato de cuspir pasta numa toalha descartável em vez de usar uma pia terrena perdeu a graça. Na 13ª semana, eu tinha abandonado definitivamente o clichê de aproveitar a jornada em vez do destino, e, em meio ao tédio diário, encontrei dois métodos de conforto: a ideia de alcançar a nuvem de poeira para colher seus frutos onerosos e conversar com Lenka, cuja voz me assegurava de que ainda haveria uma Terra para a qual voltar.

Flutuei pelo Corredor 3, abri a porta da despensa e passei creme de avelã num pão pita branco. Virei o pão de ponta-cabeça e o vi tremular pelo ar, como um pizzaiolo girando a massa. A comida era minha silenciosa companheira naquele voo para longe de casa; um reconhecimento da necessidade de sustento e, portanto, a rejeição da morte. O navio queimava o combustível, e eu queimava o meu: barras de proteína sabor chocolate, e cubos de frango, e laranjas doces e suculentas guardadas no freezer. O mundo havia mudado desde o tempo em que os astronautas dependiam da dieta em pó, tão nutritiva e agradável quanto um pacote vencido de suco artificial.

Enquanto comia, bati nas lentes mortas da elegante câmera de segurança fornecida pela Cotol, um grande fabricante de eletrônicos e patrocinador da missão. Era uma das várias câmeras na nave que falhavam uma após a outra ao longo da viagem, causando à empresa constrangimento e grandes perdas no mercado de ações. Ninguém conseguiu descobrir o problema com os dispositivos – a empresa chegou a colocar três de seus melhores engenheiros numa conferência telefônica para me orientar passo a passo no conserto, transmitindo o vídeo *on-line* na esperança de restabelecer a marca. Sem sorte. Evidentemente não revelei a presença de um persistente barulho de raspagem que ressoava pela nave sempre que uma das câmeras saía do ar, deslizando com rapidez quando me aproximava pelo canto inferior. Esses sons alucinatórios eram esperados, disse dr. Kurák antes da missão, porque eles são uma presença terrena, um conforto. Não é preciso perseguir fantasmas. Além disso, não me importava que as câmeras tivessem deixado de observar todos os meus passos – eu podia aproveitar violações de minhas orientações nutricionais restritas com doces e álcool, podia fugir dos exercícios, podia deixar meus intestinos funcionarem e aproveitar o onanismo sem me preocupar com meus cães de guarda me observando. Havia muito prazer em não ser visto, e talvez fosse melhor estimular a imaginação coletiva negando-lhe acesso à transmissão 24 horas por dia de seu astronauta em calças de moletom.

Era para ser um dia agradável. Depois de terminar algumas tarefas menores – testar Ferda, o coletor de poeira cósmica e estrela tecnológica da missão; praticar, de má vontade, uma sessão de exercícios cardiovasculares; e, por último, fazer o diagnóstico de meu tanque de oxigênio líquido –, eu deveria ter algumas horas de paz e leitura antes de me vestir para uma ligação em vídeo com a minha esposa. Então, pretendia tomar um copo de uísque para celebrar que estava a apenas quatro semanas de meu destino, a nuvem Chopra, o gigante gasoso que havia alterado os céus noturnos da Terra e que escapara às nossas tentativas de estudá-lo. Depois de penetrar a nuvem, eu deveria juntar amostras com a ajuda de Ferda, a mais sofisticada peça de engenharia já feita na Europa central, e estudá-las em meu laboratório personalizado no caminho de volta à Terra. Essa era a razão pela qual o Programa Espacial da República Tcheca havia me recrutado: eu era professor titular de Astrofísica e um pesquisador talentoso na Universidade Karlova. Eles haviam me treinado para o voo espacial, engenharia aeroespacial básica e supressão da náusea na gravidade zero. Perguntaram se eu aceitaria a missão mesmo que houvesse a chance de nunca voltar. Aceitei.

Pensamentos sobre morte só me ocorriam quando eu dormia. Eles apareciam como um pequeno arrepio sob as unhas e me abandonavam quando eu perdia a consciência. Eu não sonhava.

Não tinha certeza se estava mais ansioso pela perspectiva de chegar aos mistérios de Chopra ou com a conversa que teria com Lenka. Conduzir um casamento a distância Terra-espaço por meio de vídeos semanais era como ver uma infecção tomar a carne saudável centímetro a centímetro enquanto fazíamos planos para o próximo verão. Após aquelas treze semanas, percebi que o desejo humano tinha um ritmo constante.

Segunda, estágio bruto: Meu Deus, amor, como eu sinto a sua falta. Sonho com seu hálito matinal nos meus pulsos.

Terça, nostalgia reflexiva: Lembra quando os croatas nos pararam na fronteira e tentaram confiscar nossos sanduíches de *schnitzel*? Você desembrulhou um e começou a comer, gritou para que eu comesse também, gritou que íamos comê-los todos antes de cruzar a fronteira e mostrar para aqueles fascistas. Foi ali que eu soube que ia me casar com você.

Quarta, negação: Se eu soubesse desejar direito, estaria de volta ao nosso quarto.

Quinta, frustração sexual e tom passivo-agressivo: Por que você não está aqui? O que você faz com seus dias enquanto eu cuspo numa toalha azul – cortesia de Hodovna, patrocinadora da missão – e conto as horas que me separam da gravidade?

Sexta, leve insanidade e composição de músicas: *Uma coceira que não se pode coçar. Uma coceira que não se pode coçar. O amor é uma coceira que não se pode coçar. Coceira que não se pode coçar, oh, oh.*

Nas primeiras semanas, Lenka e eu ultrapassávamos o limite de uma hora e meia de conversa permitido pelo programa espacial. Lenka fechava a cortina de privacidade azul-escura e tirava o vestido. Na primeira vez ela estava com uma lingerie nova que havia comprado naquela manhã, calcinha de renda preta e sutiã preto com alças cor-de-rosa. Na segunda vez, não vestia nada; seu corpo estava coberto apenas pelo azul gentil que refletia sobre sua pele. Petr, o operador da missão, nos deixou usar o tempo de que precisássemos. Não havia lógica nas limitações, de qualquer maneira – eu podia conversar com Lenka o dia todo e a trajetória automática do foguete continuaria. Mas o mundo precisa desta narrativa: a separação trágica do casal sr. e sra. Astronauta. Que tipo de herói pode falar ao telefone?

Durante as últimas ligações, no entanto, fiquei grato pelo limite de tempo. Lenka ficava desesperadoramente silenciosa no fim de nossa primeira hora. Ela falava baixinho e me chamava pelo primeiro nome, e não pela variedade de apelidos que criamos ao longo dos anos. Não havia nenhuma conversa sobre nudez ou desejo físico. Não sussurrávamos mais nossos sonhos eróticos. Lenka arranhava o canto da orelha direita como se estivesse tendo uma reação alérgica, e não ria de nenhuma das minhas piadas. Sempre conte piadas para o público, nunca para si mesmo, o dr. Kurák recomendava. Se você se pegar acreditando que pode fazer companhia a si mesmo, vai cruzar o limite perigoso entre contentamento e loucura. Bom conselho, embora difícil de praticar no vácuo. Lenka era a única plateia que me importava. O vazio do espaço não era páreo para o desespero que eu sentia quando as risadas dela eram substituídas pelos silêncios estáticos.

Procurando a origem dessa decadência, fiquei obcecado com minha última noite e minha última manhã na Terra com Lenka enquanto cumpria tarefas de rotina a bordo da *JanHus1*. Testei sistemas de filtragem, procurando acabar com qualquer bactéria que pudesse mutar de forma imprevisível nas condições cósmicas e me infectar com uma força desconhecida na Terra. Estudei os dados para garantir a reciclagem tranquila do oxigênio (realizada por um tanque de água no qual sempre me imaginava mergulhar, como um homem de férias despreocupado mergulhando o corpo no mar de um país ensolarado) e registrei o esgotamento dos suprimentos. Ao meu redor a nave gemia e murmurava em seu barítono monótono, inconsciente, levando-me ao nosso destino comum sem pedir minha opinião. Procurei inutilmente desvios de trajetória – o computador era um explorador melhor do que eu jamais seria. Se tivesse um GPS tão sofisticado quanto o meu, Cristóvão Colombo, aquela celebridade de araque, poderia ter chegado a qualquer continente que desejasse com uma taça de vinho na mão e os pés descansados. Sem dúvida, as treze semanas da missão haviam me dado muito tempo livre para pensar obsessivamente sobre meu casamento.

Três dias antes da minha decolagem, Lenka e eu fomos a Kuratsu, nosso restaurante japonês favorito no distrito de Vinohrady. Ela usava um vestido de verão estampado com dentes-de-leão amarelos e um perfume novo, com cheiro de canela e laranja mergulhadas em vinho tinto. Eu queria me enfiar embaixo da mesa e acomodar meu rosto em seu colo. Ela disse que meu sacrifício era nobre e poético, encaixando tais abstrações entre as garfadas poderosas de seu tartar de atum. Nossa vida se tornaria um símbolo. Espremi limão sobre meu macarrão e concordei com suas palavras. A voz dela estragava o êxtase de minha exploração cósmica – eu não tinha certeza se a totalidade do universo era suficiente para deixá-la para trás, com seus rituais matutinos e seus perfumes e suas crises de pânico violentas no meio da noite. Quem iria acordá-la para dizer que está tudo bem, que o mundo ainda está inteiro? Um flash de câmera nos cegou. Os temperos queimaram minha língua e pela primeira vez eu não soube o que dizer à minha esposa. Derrubei o garfo. Pedi desculpas a ela.

"Desculpa", foi como eu disse. Bem assim: uma única palavra jogada em sua direção, que ficou ecoando em minha mente depois. Desculpa, desculpa, desculpa. Ela parou de comer também. Seu pescoço era fino, e seus lábios ambiciosamente vermelhos. Isso não era meu sacrifício – era nosso. Ela estava permitindo que eu fosse; ela, que dormia sob meu ombro enquanto eu analisava livros de astrofísica e provas de meus estudantes; ela, que em êxtase derrubou o celular em uma fonte quando contei que tinha sido escolhido para a missão. A mortalidade não era discutida, mas apenas a oportunidade, a honra. Ela não comentou os testes de gravidez negativos que enchiam nosso cesto de lixo enquanto eu passava os dias me acostumando com a falta de gravidade na piscina de treinamento da SPCR, voltando para casa com cãibras musculares e o vocabulário reduzido a "fome, sono".

Nunca descobri se ela aceitou minhas desculpas. Pegamos os garfos de novo e terminamos a refeição na companhia das câmeras dos observadores que coletavam nossas imagens. Nos beijamos e bebemos saquê e falamos sobre viajar para Miami quando eu voltasse. Por fim, tiramos uma foto daquele último jantar na Terra e a postamos no Facebook. Tivemos 47 mil curtidas na primeira hora.

Assim que chegamos em casa naquela noite, afrouxei a gravata e vomitei. Os medicamentos antináusea tinham perdido o efeito com o álcool do jantar, e meu corpo voltara ao estado natural de revolta contra o desgaste do treinamento para o voo espacial, lutando contra a falta de gravidade com vômito permanente. Enquanto eu vomitava a seco no vaso, de estômago vazio, Lenka passava os dedos pelos meus cabelos. Disse a ela que precisávamos tentar novamente, agora, se ela pudesse esperar que eu escovasse os dentes rançosos. Ela disse que tudo bem. Eu sabia que não estava. Ela esperou na cama enquanto eu me lavava, e, com os braços tremendo, deitei-me na cama e passei minha língua pela clavícula dela. Ela arqueou as costas, agarrou meu cabelo e se encostou em mim enquanto eu esfregava a mão pelo meu pinto flácido. Nós nos acariciamos e nos enrolamos e suspiramos, e no final ela empurrou gentilmente meu peito e disse que eu precisava dormir. Eu tinha certeza de que aquele era o momento perfeito, talvez predestinado – marido e mulher concebem; marido vai para o espaço e descobre grandes coisas; marido volta para a Terra um mês antes de se tornar pai. Lenka passou creme nos braços e disse que conseguiríamos quando eu voltasse, sem dúvida. Iríamos ao médico de novo. Resolveríamos o problema. Eu acreditei nela.

A frustração noturna não era minha principal preocupação. O que me preocupava era a violação de um ritual com o qual eu havia me comprometido durante minha última manhã com Lenka. Quando ainda era terráqueo, não era muito adepto de rituais matinais. Por que deveria gastar tempo olhando pela janela, bebericando líquidos quentes e cozinhando banquetes em superfícies quentes quando o mundo lá fora estava fresco e maduro, esperando para ser colhido? Mas minha esposa amava essas manhãs. Ela vestia um roupão (por que não se vestir?), fazia ovos, bacon, pães e chá (por que não comprar um *donut* e um café preto antes de pegar o metrô?), e conversava sobre nossas esperanças para o dia (se não estamos mortos ou falidos, viva), enquanto eu ia na onda. Por que não me permitia ficar preso àquela dose de sentimentalismo doméstico, relaxar os músculos da coxa e ajudá-la a mexer os ovos, dando uma olhada ocasional em seus tornozelos finos enquanto ela dançava pela casa em sua celebração diária? Lenka fritava fatias de bacon, não pré-embaladas, mas compradas no açougue da esquina, ainda fedendo a animais vivos. Ela as apresentava a mim como uma oferenda, uma coerção para aceitar sua atitude matinal de felicidade, mesmo ciente da dor que eu sentia para me mover e de minha ânsia de enfrentar o mundo. Sabia que esse era o seu poder, diminuindo o ritmo de nossa vida para uma dança suave e regulando meus batimentos cardíacos com seu toque, sua voz, suas curvas. Com gordura de porco servida na louça de porcelana. Aquela era uma das muitas cláusulas do nosso contrato: o bacon e a graça em troca da minha submissão, e eu nunca a violei. Até o último café da manhã na Terra com minha esposa.

Acordei naquela manhã com a náusea familiar do treinamento de mergulho antigravidade, tomei paracetamol e fui até a cozinha para encontrar o café da manhã já esperando por mim na mesa. Lenka bebia uma xícara enorme e segurava um laptop em cima das coxas, preparando uma apresentação de orçamento. Ela fechou a tela quando entrei.

– Está esfriando – ela disse.

– Hoje, não – respondi.

– O quê? – cruzou os braços.

– Não quero nada hoje. Não estou com fome.

Ela reabriu o laptop, sem falar nada, rompendo outra cláusula de nosso contrato: a proibição de telas quando nos sentávamos para comer juntos.

Sentei e tomei um pouco de chá, empurrando o prato para longe. Abri o e-mail no celular, sem vontade de me defender. Não queria ritualizar a manhã naquele dia. Nossa vida estava prestes a mudar, e não havia como fingir. Talvez eu estivesse enjoado demais, ou apavorado, talvez instável, mas rompi a cláusula de nosso contrato de forma imprevisível e absoluta – uma violação que nunca desaparece totalmente do registro da vida. Depois de alguns minutos, Lenka jogou meu café da manhã no lixo.

– Última vez, então – ela disse.

Pode ser que eu tenha dado importância demais a um momento isolado. Pode ser que não. Mas naquele dia, durante nossa conversa por vídeo, eu pretendia perguntar a Lenka se ela também se sentia assim sobre nossos longos silêncios e falta de humor. Ia lhe dizer no que estava pensando na manhã em que rejeitei seu ritual. Ia lhe perguntar se ela lia os jornais que previam a probabilidade do meu retorno. Ia contar que, ultimamente, minhas noites (ou períodos de sono, para ser mais preciso, mas o dr. Kurák recomendara que eu me apegasse aos conceitos de dia e noite) andavam cheias de pratos de bacon que espirravam gordura, enquanto minha boca salivava, antecipando-se à satisfação carnívora. Eu queria bacon em meus sanduíches de creme de avelã, no salsão, no sorvete. Queria migalhas de bacon espalhadas pelo meu nariz, nas orelhas, entre as pernas. Queria absorver bacon pela pele, deleitando-me com as espinhas que isso causaria. Durante a conversa com Lenka, precisava falar da minha violação do contrato, implorar perdão. Nunca mais recusaria algo que ela me oferecesse com as próprias mãos.

A ligação nos uniria novamente. Daria início a uma paixão de longa distância que tornaria o triunfo da missão muito mais satisfatório.

Eu anotava hábitos e dados de nutrição nos registros, deixando de fora os exageros em chocolate e sidra. Recalibrei Ferda e o coletor de pó, e realizei diagnósticos internos para garantir que os filtros estavam limpos e prontos para as oferendas de Chopra. Tendo completado minhas preparações, matei algum tempo lendo *Robinson Crusoé*, um dos meus livros favoritos na infância, que levei sob recomendação do dr. Kurák para criar "uma associação de conforto". Em um sentido mais óbvio, dr. Kurák apontou, eu deveria aceitar Crusoé como o exemplo perfeito de um homem que abraça a solidão e transforma as tendências paralisantes inerentes a ela em oportunidades de autodesenvolvimento.

Finalmente, um alarme no computador central anunciou que eram dezessete horas em Praga. Vesti uma camiseta preta, liguei o barbeador elétrico e o passei pelas minhas bochechas, queixo e pescoço, enquanto a máquina coletava e guardava os pelos. Um folículo solto de cabelo em gravidade zero podia ser tão perigoso quanto uma bala na Terra.

O estresse da ligação iminente com Lenka havia afetado meus intestinos o dia todo, mas resisti para garantir que não teria de voltar ali pela segunda vez. Entrei no banheiro através do Corredor 3 e ativei os purificadores de ar. Os ventiladores sugavam o ar poluído e o substituíam por uma brisa com cheiro de baunilha. Eu me atei ao vaso e fiz força enquanto o vácuo puxava os pelos da minha bunda e transportava os resíduos para fora de vista. Li *Crusoé* mais um pouco – afinal de contas, o vaso era onde meu amor por aquele livro havia começado. Quando criança, todo ano sofria com infecções intestinais, que me deixavam doente por duas ou três semanas. Enquanto cagava água, enfraquecido por uma dieta de bananas e arroz mergulhado em conserva de picles, lia várias e várias vezes sobre a solidão de Crusoé. *Assim, nunca vemos o verdadeiro estado de nossa condição até que ela nos seja ilustrada por seus contrários; nem sabemos valorizar aquilo de que desfrutamos, exceto na sua ausência.* Aquele era o mesmo exemplar que tinha lido na infância, amarelado e amassado, cheio de marcas de café do meu bisavô, que roubara o livro da casa de um capitão nazista cujo piso ele era obrigado a esfregar. Mesmo em meio ao odor de baunilha, pude perceber o cheiro do crescente descontentamento de meu sistema intestinal com a alimentação irregular, o estresse e a dieta à base de comida processada e vegetais congelados, além da água com gosto de cloro. Estudei o matagal de pelos púbicos que se espalhara pelas laterais de minhas pernas magras. Antes havia músculos ali; uma definição esculpida por anos de corridas e ciclismo, agora perdida para a palidez flácida que minhas pouco empolgadas sessões de exercícios cardiovasculares na esteira não conseguiam evitar. Limpei-me com toalhas umedecidas descartáveis, vesti as calças novamente e lavei as laterais do vaso sanitário.

Depois coloquei uma camisa branca e uma gravata preta – a mesma que tinha vestido em meu último jantar romântico na Terra. Tirei a cueca que já vinha usando nos últimos cinco dias e vesti uma limpa. Como terráqueo, sempre me recusei a sair com alguém sem trocar de cueca imediatamente antes. Abri o compartimento de compostagem e joguei a cueca lá dentro – outra evolução recente nas viagens espaciais, que consistia em liberar uma combinação de bactérias e lixo orgânico sobre a roupa íntima, desintegrando-a quase completamente. Com isso eu não tinha de sacrificar espaço de armazenagem nem despejar cuecas sujas no cosmos.

Olhei-me no espelho. A camisa que antes servia perfeitamente agora ficava solta como um poncho sobre os ombros magros. A gravata salvava a situação, ou quase, mas não havia nada que pudesse fazer com que os braços esqueléticos e o peito caído parecessem particularmente saudáveis. A magreza do meu corpo correspondia à dor em meus ossos. As marcas sob meus olhos denunciavam os pesadelos que interrompiam meu sono e as visões fugazes de longas pernas de aracnídeos rastejando pelos corredores escuros – um segredo que deixei de fora de meus relatórios e, portanto, da sede que o dr. Kurák sentia por loucura. De acordo com a Central, eu estava bem: apresentava bom ritmo cardíaco e bons resultados nos testes psicológicos, apesar dos diálogos verbais que travava comigo mesmo antes de dormir. A Central sabia das coisas.

Flutuei pelo Corredor 4, onde havia um lounge improvisado, e me prendi ao assento em frente à fonte de minha conexão e entretenimento – o Flat, cuja grande tela elegante respondia perfeitamente ao toque, com conexão à internet fornecida pelo satélite SuperCall, o maior provedor de serviços de conexão sem fio e patrocinador da missão. Eles anunciavam um banco de dez mil filmes, de *Relíquia macabra* a *O ataque dos vermes malditos 3*. Meu acesso às redes sociais era limitado – toda a comunicação com o mundo deveria passar, é claro, pela Central, pelo departamento de relações públicas, pelo escritório do presidente e de volta pelas relações públicas –, mas tinha todo o restante da web à minha disposição, com seu poder magnificente de entreter qualquer cérebro com qualquer assunto em qualquer lugar aonde seus dedos oniscientes chegassem. Não conseguia afastar o pensamento da seguinte questão: se pudéssemos dar um simples laptop a todas as pessoas castigadas pela fome e pelo excesso de trabalho, cobrir o globo com o calor do wi-fi ilimitado, não seriam a fome e o excesso de trabalho muito mais agradáveis, com *streaming* ilimitado para todos? Nas horas mais sombrias dentro da *JanHus1*, quando meus olhos doíam demais para ler e eu tinha certeza de que algo estava me perseguindo sempre que virava as costas, assisti a dezenas de vídeos do bicho-preguiça Norman, uma criatura preguiçosa e sempre sorridente cujo dono teve a ideia engenhosa de vestir com calças jeans e chapéu de caubói. Eu sorria para as travessuras preguiçosas de Norman e falava com ele aos sussurros. Norman.

No alto do lounge estava posicionada uma das últimas câmeras de vigilância em funcionamento na estação, irradiando orgulhosamente seu ponto azul de consciência enquanto me observava ao vivo.

Trinta minutos até a hora da conexão. Joguei paciência; passei a mão pelo rosto para confirmar que não havia deixado de barbear algum ponto. Imaginei Lenka se vestindo para mim, puxando a meia-calça lisa sobre as pernas cor de café com leite, até finalmente ajustá-la na altura das covinhas de Vênus, na parte inferior das costas. Pratiquei minha saudação:

Ahoj lásko.

Ou: *Cau beruško?*

Talvez o casual: *Ahoj Leni?*

Pronunciei as palavras em diferentes entonações – mais alta, mais baixa, áspera, sensível, em um murmúrio, imitando minha voz matinal, ao estilo Darth Vader, infantil. Nada parecia certo. O que eu podia dizer em seguida?

Passei a amar bacon. Quero te dar bacon na boca com meus dedos enquanto nos sentamos numa praia na Turquia ou na Grécia. Nada tem o gosto certo no espaço. Estou louco para sentir o teu gosto.

Eu a faria se lembrar de nossos melhores dias. Do dia em que dirigimos até o lago, fumamos maconha debaixo dos carvalhos, conversamos sobre os lugares para onde viajaríamos. Transamos no carro e voltamos para casa bem a tempo de comer croissants de chocolate e dormir numa cama cheia de migalhas, ambos com o queixo manchado de vinho e saliva. Os corpos secos pelo sol e cobertos de areia grossa.

Ou do dia em que entramos escondidos na torre do relógio astronômico e transamos tanto que desfiguramos um tesouro nacional.

Ou da noite em que nos casamos, num vinhedo morávio, bêbados e descalços. Na época a felicidade não exigia esforço. Ela simplesmente existia.

Esta seria a ligação. Uma pausa na sequência de nossas conversas distantes e indiferentes. Eu simplesmente sabia disso. Talvez ela até fechasse a cortina de privacidade da cabine de chamada novamente; talvez me deixasse ver aquele reflexo azul de bar de jazz.

Então a sombra das pernas peludas de um aracnídeo apareceu embaixo do balcão do lounge.

"Agora não", eu disse, com a voz trêmula.

As pernas desapareceram.

Faltavam dois minutos para a ligação. Fechei todas as outras janelas e olhei. Ela ligaria mais cedo? Mesmo alguns segundos equivaleriam a um aumento infinito da minha esperança. Um minuto. Ela tinha que ligar primeiro. Eu não podia parecer desesperado. Dez segundos de atraso. Eu não podia ceder. Problemas com o carro? Um minuto de atraso. Respirei fundo; as estatísticas de batimentos cardíacos no meu relógio de pulso aceleraram. Dois minutos. Porra. Apertei o botão de discagem.

Alguém atendeu. O rosto esperado de minha esposa se transformou numa cortina de privacidade cinza e manchada, puxada por trás de uma cadeira vazia.

– Olá? – eu disse, falando com ninguém.

Uma mão grande, com tufos de pelos brotando nas juntas dos dedos, agarrou a cortina. Ele hesitou. Nenhum corpo ainda, mas eu sabia que era Petr.

– Oi, sim, estou esperando – eu disse.

A mão puxou a cortina para o lado e finalmente pude ver Petr, líder da missão, com sua camisa preta de sempre, a tatuagem desbotada do Iron Maiden no antebraço, a cabeça raspada brilhando de suor e a barba de ciclista até o peito. Ele se sentou e fechou a cortina de privacidade. Meu indicador tremeu.

– Jakub, parece bem. Como estão as coisas? – ele perguntou.

– Tudo bem. Lenka está pronta?

– Já comeu? – ele perguntou.

– Sim, está no relatório. Onde está ela? Hoje é quarta, certo?

– Sim, é quarta. Como está a náusea? Os remédios estão funcionando?

– Acho que você deveria estar me ouvindo – respondi, de braços cruzados.

Petr bateu na mesa com os nós dos dedos. Por um tempo, ficamos em silêncio.

– Tudo bem – disse Petr –, tudo bem. Sou engenheiro. Realmente não sou treinado para isso. Está um caos por aqui. Ainda estamos tentando descobrir o que aconteceu.

– Aconteceu?

– Então, a Lenka chegou algumas horas mais cedo hoje. Estava agitada, de óculos escuros mesmo aqui dentro. Ficou na sala de descanso tomando café. A gente tentou falar com ela, mas meio que só fazia que sim com a cabeça para tudo. Kurák conversou um pouco com ela também. E aí, vinte e cinco minutos antes de você ligar, ela simplesmente levantou e foi até o saguão. Nosso cara lá embaixo foi atrás dela, perguntando o que havia, se ela tinha esquecido alguma coisa, então ela colocou um cigarro na boca e disse que precisava cair fora.

– Ela não fuma mais – eu disse. – Deixa pra lá. Quando ela volta?

– Não sei. Ela entrou no carro. Fui atrás dela. Ela trancou as portas, tentou dar partida, mas o carro não ligou. Eu fiquei ali parado, ela mexeu na chave, o carro engasgou, parou. Aí ela baixou a janela e perguntou se eu podia dar uma carona. Disse que não podia, que havia vindo de bicicleta para o trabalho, mas podia chamar um dos caras lá em cima. Então ela simplesmente chorou e disse que não conseguia entender nada disso, que não sabia por que achou que podia, que não conseguia acreditar que você havia deixado a vida que tinha. Deu um soco no volante e virou a chave de novo e o carro ligou. Daí ela acelerou, quase atropelou meu pé.

Olhei para o olho azul da minha webcam, a última lente funcional capturando minha imagem na nave. Será que eu deveria dar um nome a ela? Tinha sido tão leal me estudando. Dei-lhe um tapinha, em reconhecimento por seus bons serviços.

– Não tenho a menor ideia do que você está falando – eu disse.

– Eu também não, Jakub. Talvez ela esteja passando por algum problema. Mandei umas pessoas tentarem falar com ela. Um cara está telefonando para a mãe dela. Vamos ligar para uns amigos. Mas ela simplesmente fugiu. Acho que é isso. Ela simplesmente saiu correndo daquele saguão como se estivesse sendo perseguida pelo belzebu.

– Ela não faria isso – disse. – Ela sabe o quanto preciso ouvir a voz dela.

– Olha, nós vamos encontrá-la. Vamos descobrir o que está acontecendo.

– Ela não disse mais nada?

– Não.

– Jura? Eu juro que, se você estiver mentindo, ou se isso for algum tipo de piada...

– Jakub, seus sinais vitais estão uma bagunça. Tente se concentrar na missão agora, em coisas que pode controlar. Nós vamos encontrá-la. Ela só está tendo uma crise. Vai ficar tudo bem.

– Não venha me dizer o que eu preciso fazer.

– Apegue-se à estrutura. O que você ia fazer depois da ligação? Jantar? – Petr perguntou.

– Ia me masturbar e ler – eu disse.

– Ok, bem, eu não precisava saber disso, mas você deveria continuar com o seu dia. Mantenha a mente limpa.

– Não quero fazer isso.

– Coma uma barra de proteína. Faça exercício. Isso sempre ajuda m...

Desliguei e me soltei da cadeira. Tirei a gravata do pescoço e deixei que ela flutuasse pelo Corredor 3, depois tirei a camisa. A voz de Petr soou pelo interfone, como o último recurso de acesso forçado ao meu mundo.

– Você está numa missão, Jakub. Foco. Não é fácil para a Lenka. Deixe ela fazer o que precisa fazer.

Apertei o botão do interfone para responder.

– Sobrevivo graças a essas ligações. Durmo graças a elas. Agora ela não pode mais me ligar? O que isso quer dizer?

Eu queria Mozart, balas de goma, bolo de rum, a curva sob os seios de Lenka onde eu esquentava os dedos. O mais perto que a nave tinha de conforto eram as três últimas garrafas de uísque que a SPCR relutantemente permitiu que eu trouxesse. Inclinei uma das garrafas e coloquei meu dedo dentro dela, depois espalhei o sabor pela minha língua.

– Ao longo destes meses e destes quilômetros, Petr, não consigo deixar de lado a sensação vulgar de que em certo sentido eu me fodi aqui.

Ele estava em silêncio.

A náusea veio com a urgência usual, como se uma mão invisível apertasse minha medula e arranhasse meu estômago por dentro. Ela tinha ido embora. Precisava ir, ela disse. Onde estava minha esposa, a mulher sobre quem eu alucinava enquanto tentava dormir na vertical, a mulher por quem eu deveria retornar à Terra? Onde estavam as décadas de jantares e doenças e sexo e imagens de nossa vida se amalgamando? Ela entrou na sede do Programa Espacial da República Tcheca de óculos escuros e não aguentou esperar e falar comigo. Ela disse a um homem que mal conhecia que precisava sair. Como se eu não existisse mais.

Lenka me deixou. Os silêncios levaram a isso. Eu não tinha lido errado.

Ela me deixara uma vez antes, naquelas semanas perto do aniversário da morte de meus pais, quando me escondi em meu escritório por dias a fio e a deixei sozinha após o aborto. Mas naquela época minhas pernas estavam sujeitas à gravidade, e pude correr atrás dela até a estação do metrô, implorar na frente de todas as pessoas que esperavam o trem, dizer que nunca mais a deixaria sozinha (sim, eu via a mentira agora, enquanto flutuava na minha nave), e, quando o trem chegou, ela me permitiu beijar sua mão e pegar a mala, e voltamos para casa, onde poderíamos começar a negociação para consertar nossa união danificada. Não havia essa possibilidade aqui. A cada hora, eu ficava trinta mil quilômetros mais longe dela.

Por instinto, fui até a câmara do laboratório. A vida fazia sentido dentro de laboratórios – era medida e pesada e reduzida a seus pedaços íntimos mais essenciais. Removi uma lâmina de pó cósmico, uma amostra antiga, de seu recipiente, coloquei-a sob o microscópio e me concentrei. Era o genoma do espaço, o plâncton do cosmos, a água transformada em vinho, e aquilo sussurrava para mim, revelando seu conteúdo. Dei outro gole no uísque enquanto olhava o cristal leitoso de silicatos, os hidrocarbonetos aromáticos policíclicos e aquela praga onipresente: H_2O em forma sólida.

Sim, claro, por isso fui colocado na Terra, para recolher os pedaços do universo e dentro deles encontrar algo novo, lançar-me ao desconhecido e levar à humanidade um pedaço da Chopra. Meus fracassos no casamento, os filhos que não pude trazer à luz, os pais e avós que não pude manter vivos – nada importava, pois eu estava acima de todos esses fatos terrenos.

Não havia consolo nisso. Deslizei a placa de poeira de volta para dentro do recipiente.

Quando saí do laboratório, sem camisa, novamente avistei a sombra.

– Ei, você – chamei.

Então me perguntei, não pela primeira vez, por que estava falando com uma ilusão.

As pernas tremeram, hesitantes, antes de virar uma curva e escapulir. Eu as ouvi arranhando o teto, como se galhos de árvores estivessem raspando o para-brisa da embarcação. Atrás do Corredor 4, a sombra parou. Não havia mais para onde escapar. Eu não tinha medo, e isso me assustou. Flutuei para a frente.

O cheiro era peculiar – uma combinação de pão dormido e jornais velhos no porão, com um toque de enxofre. As oito pernas peludas saltavam do grosso tubo que formava seu corpo como varas de uma barraca. Cada uma tinha três articulações do tamanho de uma bola medicinal, nas quais as pernas se dobravam pela falta de gravidade. Uma fina pelagem cinza lhe cobria o torso e as pernas, brotando caoticamente, como alfafa. Tinha muitos olhos – olhos demais para que eu pudesse contar –, com veias vermelhas e íris escuras como o próprio espaço. Sob os olhos repousava um conjunto de lábios grossos humanos, surpreendentemente vermelhos, como se usassem batom vermelho, e, quando os lábios se separaram, a criatura revelou um conjunto de dentes amarelados que se assemelhavam aos de um fumante humano comum. Enquanto ela fixava os olhos em mim, tentei contá-los.

– Bom dia – ela disse.

E então:

– Me mostre de onde você vem.

UMA GRANDE QUEDA

A criatura alienígena vasculha os confins da minha mente, de modo gentil, mas decidido. Ela *me* vê; *me* estuda até o âmago do meu código genético. Com as pontas das patas, dedilha fios de memória, provocando uma contração rítmica dentro de minha massa cerebral. Embaralha a história da minha hereditariedade, as origens da minha nação, o que levou o nome de Jan Hus e a mim até o cosmos. A sensação não é inteiramente desagradável. Juntos, vemos Hus, um homem de Deus cujo nome está gravado em minha nave. Ele prega as palavras de John Wycliffe de uma pequena cátedra na praça pública da Universidade Karlova. O povo de Deus, diz ele, é composto por seus filhos comuns, todos predestinados à salvação – não são os membros visivelmente identificados da Igreja Católica. O favor de Deus não pode ser comprado nem mencionado pelos lábios de um homem velho banhado a ouro. A organização da religião é autodestrutiva, uma armadilha para o pecado. Hus não fala com ódio, mas com a postura calma de um profeta – um homem que sabe. E o povo ouve. Os alunos se aglomeram de caneta na mão e coração comovido. A Boêmia deve ser libertada da tirania das instituições religiosas.

A imagem muda. A criatura pegou outra coisa. Ela me vê caindo.

Muitas vezes tento esquecer a data, mas o dedilhar cerebral da criatura a trouxe para o centro da minha consciência – 26 de março, a primavera após a Revolução de Veludo. Tenho dez anos de idade. Naquela manhã, meus pais pegam o teleférico de seu hotel austríaco nos Alpes para o monte Hoher Dachstein. As férias devem lhes proporcionar a oportunidade necessária de passar um tempo a sós antes do julgamento de meu pai por seu papel como membro do alto escalão do Partido; ou seja, a tortura de suspeitos durante os interrogatórios. Meus pais correm o risco de agravar as acusações violando a ordem judicial de permanência no país, mas meu pai diz que o casamento não deve estar sujeito aos caprichos dos sistemas judiciais. Enquanto meus pais apreciam a vista dos Alpes e, suponho, fingem que os cumes virginais das montanhas podem distraí-los do pavor do castigo à frente, fico em Streda com meus avós. O vovô me leva ao jardim e colhemos uma cesta cheia de maçãs azedas e alguns morangos. Como quatro maçãs, engulo com um gole de refrigerante e finalizo com morangos cremosos de sobremesa. Recolho aranhas do espaço sob o galinheiro e as jogo para as galinhas más, observando enquanto elas destroem os aracnídeos perna por perna. Ninguém quer falar comigo sobre o futuro. Ninguém quer me dizer o que será feito com meu pai, por que minha mãe não dorme e por que o suor de sua testa cheira a vinho, ou quando vamos poder parar de assistir a todos os noticiários de todas as estações como se, a qualquer momento, o âncora pudesse estender a mão e agarrar um de nós pela garganta. Não há espaço para minhas perguntas.

Na segunda-feira, quando meus pais devem voltar, vovô pega o trem matinal para Praga comigo e me leva para a escola. O dia todo fico fantasiando sobre os chocolates austríacos e os salames chiques que meus pais vão trazer.

Espero no saguão da escola, ao lado da cabine do porteiro, que meus pais me busquem. Às quatro horas, a sra. Skopková se aproxima de mim, com as mãos cruzadas atrás das costas e os lábios pálidos. Em voz baixa, ela me diz que houve um acidente. Meus pais não podem, *no momento*, me buscar. Quando eles vão vir?, pergunto. A sra. Skopková me pede desculpas, e eu lhe pergunto por que deveria desculpá-la, e ela pergunta se preciso de alguma coisa. Meu avô vai mandar um táxi me buscar. Eu queria um pouco de chocolate, digo.

Ela veste o casaco. Dez minutos depois, volta com um Milka na mão. O rótulo exibe uma fotografia da vaca roxa Milka pastando em frente às montanhas alpinas. A sra. Skopková pede desculpas novamente. O teleférico desmoronou, ela diz, antes de sair. Seus pais... O porteiro olha para mim por cima das palavras cruzadas.

O motorista que me pega é um velho que cheira a panquecas. As mãos do sujeito tremem enquanto ele dirige. Ele faz a viagem de duas horas até Streda, aumentando o volume do rádio quando pergunto o que ele sabe sobre um teleférico que caiu de uma montanha nos Alpes. Meu avô espera por nós em frente ao portão. Ele dá dinheiro ao velho e pega minha mala. Na mão, seguro uma embalagem de chocolate vazia. Os bigodes grisalhos do vovô chegam até seus lábios. A pele afunda profundamente em suas bochechas, e seus olhos mal estão abertos. Dentro de casa, vovó bebe *slivovitz* e fuma cigarros à mesa. Nunca vi minha avó fumar antes. Síma dorme debaixo das pernas dela, balança o rabo levemente quando me vê, mas depois fecha os olhos de novo e exala respirações rasas, como se soubesse que não é hora de festa. Vovó me beija nos lábios. Vou até o sofá e me deito, e a voz deles me alcança no ritmo daquele maldito relógio, sempre resmungando, afirmando-se duramente sobre a tranquilidade da fumaça.

Meus avós se revezam explicando. Naquela manhã, meus pais embarcaram no teleférico para chegar ao topo do monte Hoher Dachstein. Olho para o teto e me lembro das palestras entusiasmadas de meu pai sobre o funcionamento dos teleféricos. As cordas aéreas do bonde são feitas de dezenas de cordas de aço individuais com cânhamo passando pelo meio. Imagino os lábios do meu pai movendo-se atrás do vidro do bonde, explicando novamente isso para minha mãe enquanto ela admira os gigantes albinos à frente, quase perdidos na névoa da manhã. Em algum ponto, uma corda estoura. E outra. E outra. O carro está suspenso no ar enquanto a física da Terra corre para alcançá-lo. Na minha imaginação do acontecimento, influenciada pelos episódios de *O Gordo e o Magro* que vejo todas as noites antes do noticiário, o carro cai muito devagar, e os corpos deslizam para frente e para trás, chocando-se violentamente uns contra os outros, até serem impelidos a uma valsa moribunda, em que senhoras e senhores de braços dados exclamam expressões antiquadas como "Oh, querida" e "Ora bolas". Mas essa serenidade da suspensão inicial – essa valsa antigravitacional – é interrompida à medida que o carro em queda ganha velocidade. Um cavalheiro acidentalmente toca a barriga de uma mulher, e ela lhe dá um tapa na bochecha com uma luva de couro. O carro balança, e seus ocupantes se agarram às gravatas e saias uns dos outros, arrancando calças e perucas, como em travessuras das comédias pastelão da era do cinema mudo. Não tenho certeza de como os membros desse elenco morrem – se seus ossos estouram na carne ou se perecem com o impacto, quando crânios e colunas vertebrais são arremessados contra as pontas afiadas da rocha escura.

Ocupamos a sala de estar, e vovó canta uma música que nunca ouvi antes sobre um jovem que deixa uma fazenda de lúpulo para cortejar uma garota na cidade grande, conquistando-a, enfim, ao preparar uma cerveja milagrosa feita com o lúpulo que sua mãe embalara para a viagem. Vovô fuma, bebe de uma garrafa quente, tosse. Síma pede comida. Eu seguro a embalagem de Milka. Vovó fala comigo, mas não consigo abrir meus lábios secos, não consigo lembrar os sons do nosso alfabeto. Procuro meus pais em meio a toda essa neve. O teto racha nos cantos, e um pernilongo rasteja para fora.

Dois dias se passam e me movo apenas para urinar no penico que vovó deixou ao lado do sofá. Ouço Síma lambendo-o quando ninguém está olhando. Vovó tenta me alimentar, mas não consigo abrir a boca. Ela molha meus lábios com água. Vovô massageia meus pés e mãos com seus dedos calejados, amarelados. Seguro a embalagem de Milka. Antes de irem para a cama, meus avós colocam um cobertor sobre mim, e Síma ronca aos meus pés, com os bigodes molhados de urina. Isso me faz amá-lo ainda mais. Vovô fica acordado até tarde assistindo a jogos de futebol e a todos os filmes americanos que os canais privatizados podem exibir. Ele sabe que também acompanho a TV pelo canto do olho, o que me distrai brevemente de minha busca por corpos, e viro a cabeça para conseguir ver melhor o homem de chapéu fedora que sussurra para uma linda loira. O brilho que circunda seus cabelos e a recusa em olhar o homem nos olhos denunciam: ela tem um segredo. Os movimentos dos lábios não correspondem às palavras tchecas ditas pelos personagens. Vizinhos fazem visitas todos os dias para prestar condolências e falar de Deus, mas vovó não deixa que passem da soleira da porta e agradece discretamente. Era um menino tão bom, dizem de meu pai. Não dizem que era um bom homem. Seguro a embalagem de Milka e me imagino em pé entre aquelas montanhas austríacas enquanto meu nariz escorre e meu lábio superior arde por causa do frio. Meus dedos estão pretos e mortos. O mundo é vasto demais, e há muitos lugares onde os humanos perecem em silêncio. O que sou eu, senão uma bolsa fina de ossos quebradiços e carne prestes a estragar? Não consigo encontrar meus pais. No quarto dia, estou com cheiro de sofá, uma mistura de cachorro, detergente e café derramado. Tenho cãibras nas panturrilhas e parece que tiraram todos os órgãos do meu abdome. Vovó usa um vestido preto e pó nas bochechas. Seus lábios não param de tremer ao ritmo dos brilhantes brincos de cruz. Ela não gosta de Deus, mas ama a cruz. Vovô se inclina sobre mim, vestindo paletó e calça pretos – uma variação chocante de seu habitual guarda-roupa de macacão enlameado e jaquetas velhas do exército. Ele segura um prato cheio de frango assado, pão e manteiga.

– Você precisa se levantar e comer – ele diz.

Meus olhos estão fixados nas rachaduras do teto, e meus dedos, estirados, desejosos de retirar as camadas de gesso. Tenho cãibra na perna direita. Cerro os dentes e ignoro.

– Você não tem que ir ao funeral, mas tem que comer – ele diz.

– Acharam os corpos? – pergunto.

– A gente sempre soube onde estavam. Demorou um pouco para trazê-los da Áustria para cá. Pense se quer vir conosco. Ninguém vai ficar chateado se não quiser.

Minha busca pelos corpos foi inútil, então. Ele me deixa ter alguns minutos de silêncio, depois abre minha boca com força e enfia um pedaço de galinha lá dentro. Em seguida, arranca a embalagem de Milka da minha mão e a joga dentro da câmara fria do forno. Mastigo, e o sal e a pele têm um sabor tão bom que meus olhos se enchem de lágrimas.

– Você precisa se levantar – diz vovô. – Precisa ser uma pessoa.

Resisto, rejeito. A criatura perde o fio da minha vida, e voltamos a Jan Hus. O rei Venceslau não o protege mais – Hus foi oficialmente declarado herege pela Igreja, um estigma permanente como uma marca de nascença. Os romanos agora consideram a Boêmia a nação de hereges. Hus veste uma túnica branca simples e sobe num cavalo manchado e desnutrido. Sigismundo, rei dos romanos e herdeiro da coroa da Boêmia, promete a Hus uma passagem segura e hospedagem se ele comparecer a um conselho de líderes da igreja para explicar sua traição. Hus pressente traição à frente? Difícil dizer, pois seus olhos estão sempre voltados para o futuro, como se visse maravilhas além da realidade, como se pudesse penetrar nas dimensões e escolher verdades ocultas. Hus chega a Konstanz e vive, ileso, na casa de uma viúva. Os longos cabelos escuros dela chegam até os joelhos e seus ombros afundam pela decepção do amor morto. Ela nunca olha Hus nos olhos, mas fala com ele com severidade, como se estivesse se dirigindo a um garotinho malcomportado. Faz uma sopa de legumes rala para ele, e Jan encharca sua crosta de pão, tomando cuidado para não sujar a barba. Ele diz à viúva que nenhum grupo terreno pode proporcionar a verdadeira salvação. Sua fé não será prescrita ou ditada. Os livros que ele ama e odeia não serão queimados. Sua nação não será banida por causa da ganância. Contra ordens de seus anfitriões, Hus prega em Konstanz – sua convicção é uma compulsão não sujeita à autopreservação. A viúva o beija antes de ele ser preso. Os homens que o condenaram colocam um sinal em sua cabeça: *Heresiarca*. Líder dos hereges.

Ele passa 73 dias em uma masmorra do castelo, braços e pernas acorrentados, comendo pão cinza com mofo. No interrogatório, os membros do conselho cospem e pedem que ele se retrate, mas ele não o faz. Um homem é livre, ele responde. O homem é livre sob Deus.

A sentença é a morte.

Os carrascos têm dificuldade em aumentar o fogo – o corpo de Hus simplesmente hesita em queimar. Na tentativa de ajudar, uma velha da plateia joga um punhado de mato na pilha e assopra um pouco na direção das chamas impotentes. *Sancta simplicitas!*, grita Hus da estaca, enquanto seus pés enrubescem. *Santa ingenuidade.* A 44 graus Celsius, as proteínas dentro da série de células conhecidas como Jan Hus começam a se decompor. À medida que a temperatura aumenta, as camadas iniciais da pele descascam como as de uma salsicha kielbasa. A camada dérmica mais espessa encolhe e se divide, e uma pasta amarela gordurosa vaza e queima com um guincho baixo. Os músculos estorricam e se contraem; os ossos, contudo, resistem bravamente ao fogo, como se a base sólida do homem não fosse a alma – que não se pode ver em lugar algum –, e sim aquela estrutura frágil. Aqui está Jan Hus, e ele está morto. Um dia, um ônibus espacial levará seu nome.

A criatura me capturou mais uma vez. Estou no sofá; meus avós estão vestidos para um funeral. Seguro o prato que meu avô me deu, como o frango e vou molhando o pão na gordura, depois molho os dedos e pego as migalhas.

– Vou ficar aqui – digo.

Vovô tira o prato e me pega no colo, me apertando com tanta força que posso sentir a comida se mover pelo meu corpo. Então me põe de pé, e vovó me beija com lábios que têm gosto de banha e álcool.

O silêncio na sala de estar muda durante as horas de sua ausência. Estou sozinho. Síma está no jardim, procurando ratos. O relógio bate obediente, mecânico e morto. As cordas de aço estouram, uma a uma, e o vagão paira suspenso no ar por um longo segundo antes de começar a cair. Ligo a TV no jornal das 18 horas. Os pequenos negócios crescem, os comunistas sumiram e somos livres para viver como quisermos. Livres para viajar, livres para beijar, livres para permanecer em silêncio enquanto o vagão despenca, e despenca um pouco mais, até que estejamos livres para morrer. Livres para ser aquilo de que gostamos. Meus avós voltam para casa às 19 horas e estou sentado na mesma cadeira; não lembro como cheguei aqui e não sei o que planejo fazer em seguida – até que de repente não sou o único habitante da *JanHus1*, e o que me resta é suar e olhar para meu visitante.

– Santa ingenuidade! – a criatura diz. – Você é o que estou procurando.

OS SEGREDOS DA HUMANITUDE

– Humano magrelo – a criatura disse. Ignorei e olhei para a garrafa de uísque vazia.

As palavras não viajaram pelo meu canal auditivo nem fizeram vibrar o meu tímpano; não encheram meu crânio como uma voz humana faria. O som era uma dor chata, um leve congelamento do cérebro.

Dei meia-volta e segui em frente. A pressão ao redor das têmporas causou manchas verdes e azuis em minha visão. Se estivesse usando as pernas, certamente teria tropeçado de parede em parede, tateando como se fosse bêbado ou cego. No entanto, a falta de gravidade me proporcionava um deslocamento impecável, e, sem olhar para trás, sem dar bola para os arranhões e para a respiração às minhas costas, voltei ao lounge e me atei à cadeira Flat. Assisti, petrificado, ao uísque deslizar para cima e para baixo no meu copo cósmico, cujo formato fora projetado para se assemelhar a tanques de combustível de naves espaciais: fino perto do fundo e redondo no topo, quase, quase parecendo o coração humano. O líquido viajou dentro do recipiente em manchas indisciplinadas até eu sugá-lo e então liberá-lo na minha corrente sanguínea.

A queimação do álcool alimentava minha raiva como uma punção lombar, e me tornei um escravo liberto de seus grilhões, fadado a agarrar as rédeas de *JanHus1*, essa magnífica besta de aço, e conduzir seu mergulho rumo ao planeta que me havia gerado. O trabalho, o isolamento, a deterioração física – suportei tudo isso para que minha mulher simplesmente desaparecesse. Planejei um apocalipse: de alguma forma, eu transformaria a *JanHus1* num meteorito senciente, daria meia-volta e a levaria diretamente para a Terra. De alguma forma, eu impediria a influência da física sobre o ônibus espacial, colidiria com a atmosfera e incendiaria o planeta. Meu corpo carbonizado voltaria à vida só para poder procurar Lenka. Eu me sentaria para tomar um café com ela em meio ao fim da civilização e perguntaria como havia sido aquela manhã, quando ela acordou sabendo que "precisava cair fora" – o que quer que isso significasse.

O amor era capaz de transformar todos nós em criminosos de guerra. O Flat ganhou vida e mostrou três notificações de e-mail, uma das quais era um lembrete de que minha sessão de perguntas e respostas ao vivo com terráqueos selecionados começaria em uma hora. Os feeds das minhas conversas com cidadãos comuns consistiam, basicamente, em crianças vestindo camisetas estampadas com a minha imagem, mulheres que insistiam em se referir à minha esposa como "tão sortuda" e pessoas que faziam perguntas bobas: se eu podia tomar cerveja e como suportava não tomar banho, por exemplo. Técnicos de vídeo suavizavam meus traços faciais desgastados pelo espaço, tão dolorosamente enfatizados pela imagem de alta definição, com retoques e filtros que conferiam à minha pele um aspecto jovem e firme – porque, afinal de contas, de que vale um herói que perde a boa aparência?

Não vou fazer, foi minha resposta ao lembrete de Petr.

– Humano magro, você já reconheceu minha existência – disse a criatura. – Não é razoável que volte a ignorá-la.

Deixei pairando no ambiente a garrafa de uísque, num gesto muito menos satisfatório do que atirá-la contra a parede.

– Sinto muito por sua parceira. Se quer a minha opinião, os ritos socioculturais de sua sociedade parecem estar em conflito com a realidade biológica.

Olhei para ela. A voz era aguda, infantil, mas um rosnado profundo acompanhava cada palavra, como um rádio com defeito. Seus dentes estavam congelados num sorriso contraído, e todos os seus olhos piscavam ao mesmo tempo.

– O que foi isso?

– Desculpe?

– O que você estava fazendo comigo? Eu senti isso.

– Eu sou um viajante – disse a criatura.

– O dr. Kurák vai adorar essa situação – comentei. – Ela se encaixa perfeitamente na expectativa dele: reviver traumas, personificar medos. Aquele filho da puta.

– Como você responderia? – perguntou ela.

– Eu não responderia.

– Sim. Sua mente está crivada de não respostas. Barragens fluviais que capturam a alegria selvagem da água em nome da praticidade. Um poeta humano disse isso.

– Estou com gases. Exausto.

– É de extrema importância que falemos um com o outro.

– Preciso dormir até você sumir. Como se fosse uma dor de estômago.

Flutuei para longe da cadeira e atravessei os Corredores 3, 2 e 1 rumo à minha câmara pessoal, onde Útero, o saco de dormir espacial, esperava por mim. Muitas crianças tchecas na Terra tinham réplicas do Útero casa, mas na horizontal, posicionadas em segurança sobre a cama. Olhando para trás algumas vezes, vi a criatura seguir, ostentando as oito patas que remavam suavemente para a frente e para trás, para a frente e para trás, como os remos de um navio antigo a caminho da guerra. Ela parecia ser capaz de ajustar sua posição e altitude independentemente do vácuo, como se não estivesse sujeita à física. Por um momento, examinei sua anatomia em detalhes, analisando a extensão das articulações ao longo das pernas, a opulência da barriga, as íris escuras dos olhos, todos voltados para a mesma direção – e será que poderia ser de outro jeito? Será que o sistema nervoso lhe fornecia controle individual sobre o alcance de cada um? Os olhos estavam cravados em mim, sempre em mim; então sacudi a cabeça e implorei a mim mesmo que interrompesse aquele estudo do ser imaginário.

O dr. Kurák era um especialista em alucinações – na verdade, ele admitiu que o conceito o deixava tonto. Fora muito cuidadoso ao explicar a distinção entre alucinações – uma percepção na ausência de estímulos que, no entanto, contém as qualidades da percepção real – e percepções delirantes, nas quais um estímulo corretamente percebido, ou, pode-se dizer, algo real, recebe algum significado adicional e distorcido. Para percepções delirantes, dr. Kurák riu, veja Kafka. Embora as teorias freudianas propusessem que as alucinações eram a manifestação de desejos subconscientes, de perversões e até autoflagelação, ondas mais recentes de psicólogos menos obcecados com o ego sugeriam que as alucinações tinham a ver com habilidades metacognitivas, ou com a possibilidade de "conhecer o conhecimento". O dr. Kurák era um verdadeiro freudiano, insistindo, portanto, que, se ocorresse uma crise durante meu período na *JanHus1*, toda a mitologia da minha infância viria à tona, enchendo os corredores escuros da nave com visões de horror, medo, prazer, o corpo nu de minha mãe e o falo ereto de meu pai, sonhos de violência mal direcionada e, sim, talvez até um "amigo". Qualquer que fosse a teoria, minha situação era a mesma. As previsões de loucura de Kurák pareciam estar se tornando realidade.

O certo a se fazer, é claro, era tocar a criatura. As alucinações não podem ser tocadas sem que se dissipem. Mas e se eu tomasse entre meus dedos os pelos finos da criatura e os sentisse, ásperos e compridos, ou talvez macios e quentes, mas os sentisse e, assim, tivesse de declará-los reais? Eu, Jakub Procházka, estava pronto para reconhecer a existência de um extraterrestre sem perder os últimos resquícios de controle sobre minha psique? As consequências dessa descoberta – existencial, cósmica, sem precedentes na história do homem – iam muito além do que eu podia suportar. Deslizei para dentro do saco de dormir e prendi as alças em volta das pernas e dos ombros. Baixei o botão da luz e o tom amarelo da sala se converteu em um azul-escuro profundo. Mesmo o pouco de luz que restava irritou meus olhos, e puxei o zíper sobre o rosto, suspirando na escuridão.

– Humano magrelo, neste momento preciso muito da sua atenção – a criatura disse.

– Suma.

– Sou um estudioso, ou melhor, um explorador, como o grande Colombo do seu povo.

– Colombo não foi tão grande.

Falar com a criatura parecia mais apropriado enquanto eu escondia o rosto. Eu era apenas um humano sussurrando para si mesmo sob o cobertor, algo não menos comum que cantar no chuveiro. E daí que algo estava respondendo?

– O que você está explorando? – perguntei.

– Tenho viajado pela sua órbita, aprendendo os segredos da humanitude. Por exemplo, colocar carne morta sob o solo. Gostaria de levar tais histórias para o deleite e educação de minha tribo.

– Realmente estou além do meu limite.

– O órgão cardiovascular que gerencia seu funcionamento biológico está liberando vibrações irregulares – um mau sinal, acho. Vou deixá-lo descansar, humano magrelo, mas me diga: a despensa desta nave tem ovas de aves? Ouvi muitos elogios e gostaria de me deleitar consumindo-as.

Fechei meus olhos agressivamente. Num dos vídeos a que assisti durante o treinamento, um cosmonauta chinês aposentado disse que a experiência de dormir na Terra nunca mais foi a mesma depois que ele havia voltado para casa. No espaço, o sono é o estado natural de existência. Uma vez que o ambiente é insensível à ação humana – o vácuo tem pouca paciência para tentativas de conquista –, a vida se torna uma trajetória específica de tarefas muito básicas que visam garantir a sobrevivência. No espaço, submetemos relatórios, consertamos maquinário, lutamos com roupa íntima suja. Não há interesses sexuais, nem apresentações no trabalho na manhã seguinte para temer, nem acidentes de carro. Quanto mais perto das estrelas estamos, mais controladas e entediantes nossas rotinas se tornam. O velho astronauta disse que estar no espaço significa dormir como uma criança novamente. A carga sobre os ombros é tão leve que se fica tentado a chupar o dedo.

Mas o sono não vinha. Enfiei a mão em um bolso interno do Útero e retirei um frasco de Sladké Sny, gotas poderosas para dormir desenvolvidas pela Laturma, grande fabricante de produtos farmacêuticos e patrocinadora da missão. Seu uso se restringia a crises de insônia que ameaçavam interromper o ciclo de vida do astronauta – o uso frequente causaria tontura, confusão e dependência. Como eu já sofria dos dois primeiros sintomas e pouco me importava com o terceiro, tomei uma dose tripla, espalhando o líquido amargo pela língua e o engolindo com um breve engasgo. Em segundos, as pontas dos meus dedos ficaram dormentes e meus pensamentos perderam o foco. Enquanto hibernava, ainda podia sentir aquilo lá fora; uma tensão que rondava minhas têmporas mesmo quando a criatura não podia me ver. E, embora culpasse a química que afetava meu cérebro por aquela percepção, não podia negar que, por um momento antes da minha perda de consciência, me senti feliz. Estava feliz por ter aquela criatura, real ou não, ali comigo, procurando ovos na cozinha.

Acordei na escuridão do Útero, mas não podia mover nenhum membro. Tinha plena consciência de minha coluna espinhal, a cobra de vértebras que me mantinha inteiro, e imaginei o que aconteceria se alguém a despedaçasse, partindo-a em pedaços como se fatiasse uma porção de queijo em finas tiras; imaginei se meus ossos romperiam e atravessariam a minha pele – e, nesse caso, se a consciência de mim mesmo também entraria em colapso em meio à pilha de fragmentos perfeitamente esmigalhados do meu corpo. Será que é assim que as pessoas com paralisia sentem a coluna vertebral? Senti horror por elas. A criatura dedilhava minha mente mais uma vez, provocando pensamentos sem meu consentimento, mas não havia nada a fazer além de aceitar, assumi-lo até que a paralisia diminuísse e eu fosse, novamente, protegido pelo sono.

A criatura o encontrara: o momento que havia me impulsionado para o alto.

Sete anos depois de me casar, publiquei minhas descobertas sobre os anéis de Saturno, a primeira recompensa tangível da minha eterna obsessão por pó cósmico. Fiz um tour pela Europa para dar palestras e recebi a oferta de um cargo como professor assistente de Astrofísica na Universidade Karlova. Após quatro anos de trabalho satisfatório, o senador Tuma me convidou para visitar seu escritório e "ouvir uma proposta". Cheguei de terno preto e colete novo, certo de que o governo queria reconhecer minhas conquistas com um financiamento ou prêmio.

Tuma era da nova geração de senadores. Enquanto os velhos senhores usavam ternos mal cortados para disfarçar a barriga de cerveja, combatiam a careca com óculos cada vez maiores e culpavam o estresse pelo alcoolismo público, Tuma era um vegetariano dedicado, praticava musculação e mostrava-se um orador competente. O dia em que o senador falou comigo também foi a primeira vez que ele atraiu a atenção da mídia. Naquela manhã, o ministro do Interior tinha sido preso por corrupção, e a coalizão governamental fora atacada pela oposição por tentar esconder o escândalo comprando testemunhas. Como membro de um dos partidos da coalizão, Tuma deu uma declaração nos degraus do tribunal de justiça de Praga enquanto derrubava cinzas de carvão sobre a própria cabeça. Era um gesto antigo, que apelava aos tchecos que preferiam a sabedoria tradicional à incerteza do progresso; símbolos à integridade factual. Com as cinzas cobrindo-lhe os ombros, os cabelos e as bochechas, Tuma declarou que a política tcheca havia se tornado de domínio de interesses individuais, de devassos, porcos gananciosos e ladrões comuns. Com a mão no coração, Tuma prometeu mexer na coalizão desde dentro. Eu não me importava muito com política.

Tuma entrou no gabinete e retirou as cinzas do terno com um lenço. Seu assistente lhe trouxe uma toalha úmida e uma lata de coca-cola sem açúcar. Com as pálpebras ainda molhadas e o terno acinzentado, ele me olhou. Ri quando me disse que o país estava construindo um programa espacial. Ele riu também e me serviu um pouco de refrigerante, perguntando se eu gostaria de rum ou fernet junto. Recusei.

Tuma foi até uma mesa perto da janela do escritório e mexeu numa cortina que cobria algo alto e esbelto. O pano caiu no chão e então eu vi: três cilindros grossos ligados por painéis estreitos, uma dezena de painéis solares estendidos sobre as laterais, um lindo acabamento azul-escuro. O modelo inteiro lembrava um inseto que alguém poderia esperar encontrar na era dos dinossauros, quando a natureza era mais criativa e mais pragmática. No cilindro do meio estava estampada a bandeira do país – um triângulo azul, representando a verdade, e duas linhas horizontais: vermelha para força e valor, branca para paz –, e ao lado dela lia-se a palavra *JanHus1*. Perguntei se poderia tocar. Tuma assentiu com um sorriso.

– Certamente não podemos financiar isso – eu disse.

Mas podíamos. Tuma citou a longa lista de parceiros corporativos dispostos a queimar capital em patrocínio de missões. Ele deveria apresentar a missão ao Parlamento no dia seguinte. Os suíços estavam preparados para vender uma espaçonave inacabada de que não precisavam mais.

–Você quer que a gente tente alcançar a nuvem Chopra – eu afirmei.

– Claro que quero.

– Quer que a gente vá primeiro. Mesmo que signifique não voltar.

– Mas Gregor conseguiu voltar, e veja como ele está indo bem!

Tuma passou os dedos pelas bordas dos cilindros, examinando-me enquanto eu me familiarizava com a espaçonave.

Uma voz de criança dentro de mim me encorajou a pegá-la, correr para fora do escritório e encontrar uma sala silenciosa em que pudesse admirá-la sozinho.

Tuma recostou-se atrás da mesa e pigarreou.

– Resistimos aos austro-húngaros quando tentaram queimar nossos livros e banir nossa língua. Éramos uma superpotência industrial antes de Hitler nos transformar em servos. Sobrevivemos a Hitler apenas para dar boas-vindas à devastação econômica e intelectual dos soviéticos. E aqui estamos nós, respirando, soberanos, ricos. E agora, Jakub? Qual é a visão para nós, o que nos definirá no futuro?

– Ouvi dizer que os preços do leite vão disparar ano que vem – disse.

– Ah, um cético! Adoro céticos. Vocês mantêm a democracia honesta, mas nem sempre pensam grande. Pense grande. O que faz um país grandioso? Riqueza, exército, saúde para todos?

– Deixo isso para os profissionais.

– A grandeza de uma nação não é definida de forma abstrata, Jakub. É definida por imagens. Histórias transmitidas boca a boca, pela televisão, imortalizadas pela internet; histórias sobre a construção de um novo parque e sobre projetos para alimentar pessoas em situação de rua e sobre homens maus presos por roubar homens bons. A grandeza de uma nação está em seus símbolos, seus gestos, em fazer coisas sem precedentes. É por isso que os americanos estão ficando para trás – eles construíram uma nação sobre a ideia de fazer coisas novas, e agora estão sentados rezando para que o mundo não os faça ter de mudar demais. Não vamos seguir os americanos nesse caminho. Não seguiremos ninguém. Vamos pegar esta espaçonave e mandá-la para Vênus. Somos uma nação de reis e descobridores, mas uma criança do outro lado do oceano ainda nos confunde com a Chechênia, ou nos reduz à nossa grande afinidade com cerveja e pornografia. Em alguns meses, a criança saberá que fomos os únicos a ter coragem suficiente para estudar o fenômeno científico mais inacreditável do século.

Permaneci sem reação. Não queria que ele percebesse que eu estava convencido; ainda não.

–Você acha que o público vai concordar? – indaguei.

– O que nosso povo mais quer agora? Quer saber que não somos fantoches da União Europeia, ou dos americanos, ou dos russos. Quer saber que os políticos tomam decisões pensando neles, não em empresários e governos estrangeiros. É esse crescimento que as pessoas desejam. Derrotamos os comunistas há décadas, Jakub. Não podemos viver disso para sempre. A república nunca terá a agricultura da América Latina ou os recursos naturais da Ucrânia. Não temos as forças armadas imensas dos americanos ou o monopólio de peixes dos escandinavos. Como podemos ficar à frente neste mundo? Ideias. Ciência. Este país precisa de um futuro, e não descansarei em nenhum leito de morte até conseguir isso.

Tomei um gole da coca-cola e olhei pelo escritório. Não havia nada fora do lugar; era como se ninguém nunca tivesse mexido nos troféus de hóquei ou nas fotos da esposa dele, como se ninguém jamais tivesse tirado uma soneca no sofá de couro abaixo da janela com vista para o centro de Praga. O escritório era tão organizado quanto a vida do sujeito.

– E para que precisa de mim? Consultoria?

– Pelo que entendo, à minha frente está o mais qualificado pesquisador de poeira cósmica da Europa. Você descobriu uma nova partícula da vida! Deve ser uma sensação extraordinária.

O assistente dele entrou na sala com uma cumbuca de sopa de alho e um prato de salsicha de chouriço, croquetes de batata fritos e um molho aromático de raiz-forte. O senador cortou a salsicha, e um pouco da gordura espirrou na gravata ainda suja de cinzas.

– Claro, claro; conselhos são bons, Jakub, mas queremos mais. – Ele colocou os talheres de volta na mesa e gastou um tempo mastigando, engolindo a comida e sorrindo para a mão impaciente que batia no meu joelho. – Queremos que você seja o primeiro tcheco a ver o universo – declarou.

Senti tontura. Bebi um pouco de coca, lamentando não ter aceitado o álcool.

– Você é vegetariano... – eu disse.

– No meu gabinete sou um homem. Confio que vai guardar segredo. Sei que podemos confiar um no outro. O que acha da minha proposta?

– Difícil de acreditar numa palavra sequer.

– Extraordinário, Jakub, e não estou falando só da sua descoberta sobre Saturno. Sei quem você é. Nós dois precisamos fazer isso juntos. Seu pai era um colaborador, um criminoso, um símbolo do que assombra nosso país até hoje. Como filho dele, você está um passo adiante, já distante da história de nossa vergonha. Jakub Procházka, o filho de um comunista leal, exemplo brilhante de um comunista reformado (você não é mais comunista, certo? Bom, bom). Um homem que sofreu a morte dos pais, que cresceu numa vila humilde com a aposentadoria honesta dos avós e que, apesar de tudo, conseguiu mostrar seu brilhantismo para o mundo, tornando-se um peso-pesado em sua área. É a encarnação da democracia e do capitalismo, mas também um servo humilde do povo, em busca da verdade. Um homem da ciência. Quero colocar um tcheco no espaço, Jakub, e será você. A Europa vai desdenhar de nós; contribuintes vão reclamar, cheios de ceticismo. No entanto, há um futuro aqui, um significado para o país, e dá para vender isso se você estiver no pacote. O astronauta de Praga. A encarnação da transformação da nação, levando nossa bandeira para o Cosmos. Consegue ver?

Eu via. Via e me contorcia enquanto algo rosnava nas profundezas de minhas tripas.

Os caninos do senador mais uma vez mergulharam no porco, e a testa estava úmida de suor, revelando os efeitos da raiz-forte. Ele era muito diferente do que mostrava na televisão: animado, barulhento, descontrolado, corado – e pensei: "Esse cara muda de identidade cada vez que entra numa sala, não deveria confiar nele". Mas confiei mesmo assim.

Endireitei os ombros, limpei a garganta e apoiei a mão trêmula no joelho, que já sentia o peso do destino que aquele estranho havia acabado de me oferecer. Então, engrossei a voz e, adotando um tom mais adequado à seriedade do momento, disse:

– Então, puta que pariu.

Três dias depois, o Governo havia aprovado a missão quase por unanimidade. Em uma semana, eu estava visitando o esqueleto de *JanHus1*, em cuja lateral ainda se destacava a cruz suíça branca sobre fundo vermelho. Apertei a mão do homem com a tatuagem do Iron Maiden. Dois meses depois, o mundo descobriu quem eu era e para onde estava indo. A nave estava pronta. Lenka usou um vestido preto na festa de revelação da nave e apertou a mão do presidente. Manteve a conversa animada, graciosamente, enquanto eu corria até o banheiro para vomitar. Em seis meses, eu acordava a bordo da *JanHus1*.

Abri o zíper do Útero e segui em direção ao Corredor 2, onde a temida esteira me aguardava. Não ouvi a criatura se movendo em nenhum dos corredores e pensei que, talvez, de fato tivesse conseguido dormir até esquecê-la. A Central exigia que eu me exercitasse duas horas por dia para diminuir a velocidade da perda óssea, mas ultimamente eu dedicava cada vez menos tempo à roda de hamster, preferindo passar tempo no laboratório. Puxei os cintos presos na parede e passei as alças sobre os ombros, apoiando-me na pequena almofada cinza sob meus pés. Eu estava andando nas calçadas da Terra novamente. Comecei com uma caminhada de aquecimento, depois ajustei a velocidade. A tensão afetou minhas panturrilhas enfraquecidas, e respirei fundo para não mais pensar na criatura, na alucinação desaparecida. Acelerei até enjoar para não pensar em Lenka, para não me lembrar do formato exato de seu nariz. Corri por uma hora e tirei o cinto. Meus olhos ardiam de suor, e meu suor cheirava a uísque. Voltei à câmara de dormir para me lavar e me trocar.

A criatura estava lá, com o cheiro peculiar que a acompanhava. Minhas roupas envolviam suas pernas, como se estivessem num cabideiro vivo; o rosto e uma das pernas estavam enfiados em meu armário, remexendo e arranhando tudo.

– Pare – ordenei.

Com os lábios cerrados, a criatura se virou, revezando o olhar entre mim e o contrabando preso em suas pernas. Então, devolveu minhas camisetas e calças de moletom ao armário.

– Fiquei tão entretida na busca que me esqueci de monitorar seus movimentos. Estou envergonhada, humano magrelo.

– Achei que você tinha desaparecido. Que eu tinha sido curado pelo sono.

– Você quer que eu vá embora?

– Não sei. O que você está fazendo?

– Estou procurando por elas. As cinzas de seu ancestral.

– Você estava... me estudando novamente. Eu senti.

– Desculpe. Não consigo me conter. Um pesquisador não consegue fugir de seu objeto de estudo, concorda? Mas quero sua permissão, humano magrelo. Permissão para estudá-lo.

– O que está aqui não pertence a você. Não quero que faça isso mais.

A voz de Petr surgiu pelo interfone:

– Precisamos conversar – disse ele, estressado.

Murmurei um agradecimento pela interrupção e abandonei a criatura; então flutuei em direção ao lounge e me amarrei na frente do Flat. Atendi à ligação de Petr.

– Ei – ele disse –, o pessoal de RP ficou irritado por você cancelar a chamada por vídeo. Tinha um monte de civis esperando para falar com você.

– Não dava para participar. Não hoje.

– Eu disse a eles que assumo a culpa. Com a história da Lenka e tudo o mais. Mas tem outra coisa: os filtros de ar estão detectando uma substância estranha. Não conseguiram identificar o que é. Você viu algo fora do comum no Corredor 3? Ou em qualquer outro lugar?

Olhei em direção à abertura do filtro no corredor e vi a criatura flutuando em direção à cozinha.

– Não – eu disse.

– Ok, bem, vamos purificar, como medida de segurança. Você conhece o procedimento.

Fui até o laboratório. Para evitar a contaminação das amostras, a sala tinha um filtro separado, e, portanto, era um lugar protegido durante limpezas de emergência. Passei pela cozinha e flagrei a criatura com o rosto mergulhado no freezer, mexendo nos pacotes de picolé. Cogitei avisá-la. Será que ela já não sabia o que ia acontecer?

Fechei a porta do laboratório e liguei a análise do filtro no meu tablet. Nenhuma substância estranha encontrada. Puxei a ligação com Petr para a tela.

– Posso lhe pedir um favor? – perguntei.

–Vamos isolar você. Limpeza em dois minutos. O que foi?

– Pode pedir a alguém para encontrar a Lenka? Quero saber se ela está segura.

– Um minuto e meio. Olha só, acho que não é uma boa ideia. Ela precisa de um tempo.

– Inferno, não posso continuar sem saber onde ela está, o que ela está fazendo. Ela não conseguiu nem falar comigo, Petr.

– Trinta segundos. Não sei, Jakub. Dê um tempo. Se a gente começar a fuçar, as pessoas vão comentar. De repente, isso vira um escândalo nas capas das revistas de fofoca.

Ele tinha razão, mas ser humilhado pelos notórios panfletos de fofocas da nação parecia um preço justo a se pagar em troca de alguma informação a respeito de Lenka. Por que cargas d'água ela havia me abandonado daquele jeito, em meio à dúvida e à agonia?

– Não tenho como ficar aqui sem saber de nada. Você precisa descobrir alguma coisa para mim.

Olhei ao redor do laboratório. Na parede à esquerda havia gavetas com partículas de poeira do espaço, já analisadas e catalogadas, que teriam de ser comparadas com amostras novas da poeira recolhida em Chopra. Eram fragmentos altamente processados do cosmos, contendo H_2, magnésio, silício, ferro, carbono e carboneto de silício, muitas vezes misturados com poeira de asteroides e de cometas – estes últimos, os propulsores de esperança, nômades que funcionam como catadores de resíduos do universo, carregando incansavelmente seu carrinho de lixo intergaláctico ao longo dos séculos. É nesses carrinhos que temos a chance de descobrir novas partículas orgânicas sugerindo pistas de outras formas de vida no universo, substâncias que esclareceriam a formação de planetas e as estruturas de outros sistemas solares, e talvez até mesmo vestígios do que ocorreu durante o Big Bang. Contudo, todas aquelas amostras eram notícias antigas, que não ofereciam estímulos à minha imaginação. Do lado direito da sala, recipientes vazios de vidro e titânio, estéreis, habilmente lustrados, estavam à espera, prontos para ser preenchidos com os pedaços de poeira interestelar oriundos do desconhecido para nós.

– Me deixe pensar – disse Petr. – Provavelmente posso chamar o Ministério do Interior para isso. Você precisa recuperar seu foco. Tem muito dinheiro envolvido nisso. E as pessoas estão assistindo.

Uma névoa já esperada, que expelia uma substância levemente amarelada, irradiava dos dutos de ventilação: Bomba!, produto revolucionário na limpeza doméstica e patrocinador da missão. Chega de lenços antibacterianos, chega de Lysol. Uma vez por semana, a boa dona de casa coloca o cubo azul de Bomba! no centro da sala, ativa o dispositivo e deixa agir por cinco minutos. Enquanto isso, a névoa se espalha pela casa, combatendo 99,99993% de todas as bactérias. É um genocídio implacavelmente eficiente! Depois, a substância se transforma em partículas inofensivas de nitrogênio, difundindo pelo ambiente um agradável aroma cítrico. Em parceria com os criadores da Bomba!, os engenheiros da SPCR desenvolveram uma nova versão do produto para combater qualquer partícula nociva que um astronauta possa encontrar. *Bomba!*, vibravam os comerciais. *Agora no espaço!* Eu me perguntava se a criatura seria afetada, se eu encontraria o cadáver e teria de arrastá-lo comigo de volta para a Terra. A névoa se dissipou.

– Tudo limpo – disse Petr. – Nenhum vestígio de substâncias estranhas.

Às minhas costas, ouviu-se uma batida suave na porta.

– Ótimo. Posso sair daqui? – perguntei.

– Eu preciso de você estável, Kubo.

Kubo. Como minha mãe me chamava.

– Entendo. Vou me recuperar. Só me dê um tempo e tente encontrar minha esposa.

Pausa.

– Vou dar uma olhada em você daqui a três horas – ele disse, e seu rosto desapareceu da tela do e-tablet.

Outra batida. Abri a porta. A criatura parecia um *schnitzel* antes de ser frito – tinha a pele coberta por um fino pó branco, os pelos molhados por um muco amarelado e os lábios de uma coloração azul doentia. Uma de suas pernas estava presa a uma embalagem de Nutella tamanho família.

– Você comeu minha sobremesa – falei.

– Desculpe. Não encontrei ovas de aves. Passeei pelos limites de sua memória – por pouco tempo, garanto – e, para usar o termo de vocês, fiquei *deprimido*.

– Falei para não fazer isso – eu disse.

– Delicioso esse creme de avelã. Rico e cremoso, como as larvas *shtoma* em casa. Abra uma delas, chupe a gordura.

– Você se machucou? – perguntei.

– Não o culpo por sua curiosidade, humano magrelo. Não senti dor em meu encontro com os líquidos de limpeza da Terra.

Flutuei em direção a ela, torcendo para a criatura não desaparecer. Seus lábios estavam cerrados, e matutei sobre que tipo de evolução cósmica poderia levar a uma espécie como aquela. Será que a associação que faço entre partes de seu corpo e animais da Terra significa um vínculo ou estou simplesmente procurando desesperadamente por familiaridade? Talvez eu seja um lunático por ter esses pensamentos. Suguei entre os dentes e esfreguei os olhos doloridos.

– Não estou muito feliz com a Nutella – eu disse. – Tinha só um pote.

– Aceito a responsabilidade – a criatura disse –, embora ache minha desculpa aceitável. Sua espécie considera o tamanho das coisas em torno de vocês num contexto comparativo. As coisas que são maiores que a capacidade reflexiva de seu cérebro são vistas como apavorantes. Acho esse medo desconfortável, como dormir numa cama cheia de conchas de *shtoma*. Isso me infecta. Com você, fiz amor com sua esposa e vigiei enquanto ela urinava em dispositivos de detecção de gravidez. Com você, considerei a coisa que chama de morte e a ameaça existencial que vem com sua ambição. O estranho é que o creme de avelã pareceu grudar ao redor dos meus dentes e meu estômago ficou saciado, tornando meus pensamentos menos desagradáveis. O que me dói mais, humano magrelo, é que agora compartilho de seus medos, embora não os entenda. O que vai acontecer quando eu perecer? Por que fazer essa pergunta quando, como dizem os Anciões da minha tribo, a certeza é impossível?

Uma alucinação não poderia estar cheia de pensamentos que nunca tive, certo? Não poderia estar pingando gosma de limpeza e provocando memórias de maneira quase cinemática, vividas através de molduras e bordas, como se eu estivesse ao mesmo tempo em uma poltrona de teatro e passando pela tela. Sim, o medo estava presente, e não havia nenhuma divindade a quem pedir favores; mas, quanto antes eu passasse pelo momento da prova, mais cedo eu poderia enfrentar as consequências de ou descobrir nova vida no universo ou encontrar o que havia perdido da minha mente.

Estendi a mão, com um dedo esticado. Ainda dava para voltar atrás. Ideias, ciência, o futuro do país, disse Tuma. E se eu capturasse um extraterrestre para você, senador? Isso inspiraria o orgulho nacional que você espera? Pode não ser real. Os lábios, os dentes de fumante, os olhos, a ausência de genitais – o que a análise freudiana de Kurák revelaria desse mosaico produzido por minha imaginação? Sim: minha mãe tinha lábios grossos, parte de seu ar de estrela de cinema. Sim: os dentes de meu pai eram amarelados. Mais possivelmente eu daria a Tuma um novo paciente para Bohnice, a melhor instituição de Praga para tratar insanos.

Toquei a perna da criatura, sentindo a aspereza de carpete de hotel barato em cada pelo; a rigidez de aço no interior dos ossos; a pele seca pulsando suavemente.

Estava lá. Estava.

– Você está aqui – eu disse.

– Estou – respondeu ela.

Soltei a perna da criatura e, num impulso, lancei meu corpo para trás, puxando desesperadamente as alças na parede.

– Gostaria de poder ajudá-lo com seu estresse emocional. Não posso lhe oferecer o conforto da Nutella, pois consumi o pote todo.

Eu precisava pensar, digerir – precisava de uma distração daquele toque. Deixei a criatura e voltei ao laboratório, onde inventariei amostras antigas, poli o vidro, destruí freneticamente antigos registros e criei novos, e por fim reorganizei os itens fixados à minha mesa: um abajur, notas adesivas, canetas prateadas, um caderno.

Permaneci escondido no laboratório por duas horas. Quando voltei aos corredores, ouvi um ronco baixo. No canto superior do lounge, a criatura flutuava, com todos os olhos fechados e as pernas dobradas sob a barriga, formando uma esfera quase perfeita. Eu sabia o que precisava ser feito.

Peguei um bisturi no laboratório. O que um cientista deve fazer quando enfrenta possibilidades impossíveis? Um cientista reúne dados e os estuda de acordo com o método científico. Considerava correr o risco de retirar uma amostra de pele, ou talvez raspá-la um pouco, e rapidamente voltar ao laboratório antes que a criatura percebesse o que estava acontecendo. Havia uma opção mais segura: coletar apenas pelo. Esse era o caminho. Se eu colocasse um fragmento sob o microscópio e encontrasse partículas reais, poderia ter certeza. As partículas não mentem. Elementos dizem a verdade. Por um momento, cogitei simplesmente enfiar o bisturi na barriga da criatura e espalhar as possíveis entranhas que ali estivessem pela nave toda – não haveria prova mais tangível do que essa. Com intensa dor de cabeça e os dedos trêmulos, efeitos colaterais do remédio para dormir, aproximei-me da criatura alienígena, contando suas expirações. Levantei a faca, optando pela opção mais segura: coletar pelo.

De olhos ainda fechados, a criatura exclamou:

– Eu não levaria adiante suas intenções, humano magrelo.

Vacilei. A frase era um rosnado puro.

Os olhos se abriram. Suas pernas não se moveram.

Minhas pálpebras pulsaram, e eu engoli em seco. Tinha de haver um jeito. Algo que eu pudesse pôr no microscópio para confirmar ou refutar meus sentidos. Naquele momento, isso parecia mais importante que roubar fogo do Olimpo ou dividir o átomo. O que fiz era inevitável.

Mergulhei a lâmina à frente, em direção às costas da criatura.

Ela agarrou o bisturi com uma das pernas, enquanto outras três me envolveram. Disparamos para o alto numa velocidade assustadora, e ela pressionou todo o peso contra meu peito, estômago e virilha. A pressão daquelas pernas era como um trio de cobras errantes; eu não podia mover uma única parte do corpo abaixo do pescoço.

– Você se recusa a ser meu objeto de pesquisa, mas quer que eu seja o seu – disse a criatura. Não parecia ter raiva; apenas declarar um fato. O bisturi voou em direção à janela do lounge.

– Desculpe. Não queria machucar você.

– Sei disso, humano magrelo. Mas o corpo não pode ser violado. Essa é a maior verdade do universo.

– Você sabe que isso foi... inesperado. Preciso saber se você está aqui.

– Imagine minha surpresa quando descobri a Terra – disse a criatura.

– Não dá para comparar com todas as outras coisas que você já viu.

Ela ficou em silêncio.

– Me dê uma amostra de pele. Pequena. Para eu ter certeza. Podemos ser o objeto de estudo um do outro. Você tem um nome? Como eu posso chamá-la?

Mais silêncio. Ela aliviou a pressão. A barriga quente espalhava-se sobre mim como um colchão de água.

– Talvez isso tenha sido um erro – disse a criatura. – Sim, tenho certeza disso. – Ela soltou meu torso e, rapidamente, avançou pelos corredores.

– Não foi – eu disse. – Fique aqui.

Lancei-me para a frente pelas alças, mas não consegui seguir na velocidade da criatura. Logo ela desapareceu de vista. Procurei dentro do laboratório, do quarto, da cozinha, do banheiro, em cada canto do lounge. Gritei, implorei que voltasse, prometi dar a ela o que quisesse. Prometi nunca mais cogitar uma violação. Jurei que era muito importante.

Não houve resposta.

Horas depois, quando finalmente me enfiei no Útero, reduzi as luzes e despejei o dobro da dose recomendada de Sladké Sny sobre a língua, senti novamente a pressão em torno das têmporas, enquanto uma coleção de manchas coloridas se projetava diante dos meus olhos, embaçando-me a visão. Sentia dor na mandíbula, provocada pela cárie no molar. A criatura, então, ainda me sondava, mesmo ausente. Ela procurava um dia específico: o dia que um estranho surgiu em minha vida carregando um artefato que pertencera a meu pai. Um sapato de ferro.

O SAPATO DE FERRO

Dois dias depois de meu aniversário de treze anos, estou de cama com febre e dores no estômago. Minha vó vem me ver a cada hora enquanto leio *Robinson Crusoé* e vomito num balde normalmente usado para armazenar sangue de porco. É um verão chuvoso e, pela janela, vejo vovô, xingando os céus e mergulhando as botas na lama enquanto enfia palha nas gaiolas de coelho. A água capturada pelas calhas viaja até uma pequena tina de onde minha vó tira a água para hidratar as plantas da casa. As galinhas dormem no galinheiro, agarrando-se com as unhas aos poleiros de madeira que lhes servem de cama. Do telhado da casa, dois gatos pretos caem na lama, miando e gritando. Não tenho certeza se estão se matando ou cruzando, e também não tenho certeza se isso faz alguma diferença.

Em meio aos suores e calafrios, perdi a noção do tempo; não sei se é domingo ou quinta quando um Nissan azul estaciona em nosso portão. Um homem de terno sai do carro, arruma o amassado do paletó e tira uma mochila roxa do porta-malas. Sua batida ressoa pelo corredor frio. Minha vó conversa com ele na porta da frente. Saí do quarto e tentei ouvir seus sussurros.

– Vá dormir – ordena minha vó.

– Então é esse o menino – diz o estranho. Ele fala pelo canto da boca, e, apesar das marcas profundas de varíola nas bochechas, tem o visual de um ator de cinema – queixo definido coberto por barba, olhos frios e cabelos lisos, mas não oleosos.

O vô vem do jardim, com um cigarro entre os dentes e um maço de trigo na mão. Ele ouve o homem.

– Jakub, cama – diz ele. Em seguida, gesticula para que o estranho o siga até a sala de estar e fecha a porta. Conto até sessenta e ando até a porta. Lentamente, tiro a chave da fechadura e espio pelo buraco. Vovô está sentado bebendo uma cerveja, enquanto o estranho coloca sua mochila molhada sobre a mesa e tira dela um sapato de metal, tão grande que só poderia servir num gigante. Minha vó molha as plantas, de costas para os homens.

– Como disse, fui, de uma maneira muito específica, próximo de seu filho – explica o homem. – Quando nos conhecemos, ele me mostrou o sapato que está vendo na mesa. Ele me levou para uma sala de interrogatório na sede da polícia secreta e perguntou se eu gostava de poesia.

– Te ofereço uma cerveja se você tirar suas coisas molhadas da mesa da minha mulher – diz meu vô.

– Desculpe – pede o estranho, mas deixa o sapato onde está. – Contei a ele que me arriscava. Gostava dos clássicos, como qualquer estudante universitário. William Blake foi o que eu disse a seu filho. Ele me perguntou se eu escrevia poesia também.

– Está perdendo seu tempo aqui – meu vô diz.

– Não escrevo poesia, sr. Procházka. Gosto, mas não sou bom em ver o mundo em imagens. Mas seu filho tinha certeza de que eu editava uns boletins internacionais, chamando para a ação. Tinha certeza de que eu escrevia versos convocando uma revolução violenta, um massacre da liderança do Partido e suas famílias, como fizeram com o czar, abrindo as portas do nosso país para os capitalistas e mais uma vez escravizando a classe trabalhadora. Tinha tanta certeza que colocou meus pés nesses sapatos. Este é um deles, bem aqui.

O homem toca o sapato.

– Você sabe que meu filho morreu – diz o vô.

– Alguma vez já sentiu suas pernas amortecidas? De uma maneira violenta, quero dizer. Você tenta se levantar, mas não tem controle, como se alguém lhe tivesse cortado os nervos e você não mandasse mais na própria carne. É assim com esses sapatos. Seu filho foi muito gentil quando raspou meu peito e colocou os eletrodos, logo abaixo dos meus mamilos. Ele tossiu educadamente ao aproximar um pouco mais minha cadeira da parede, para que eu pudesse descansar a cabeça. Enfiou um pedaço de papelão na minha boca para que eu mordesse. Deu um tapinha no meu ombro, como um estranho avisando que havia derrubado uma moeda, antes de apertar um botão. E aí ficou parado observando os sapatos transmitirem a carga pela minha medula óssea. Você se torna uma lâmpada humana. Você se mija, chora um pouco, pega a caneta e assina, gritando: *Ah, sim, fiz tudo, escrevi poemas.* Mas seu filho – não posso falar pelos outros oficiais do Partido, mas posso falar com cada célula do meu corpo sobre seu filho – não me deixou confessar tão cedo. Ele baixou o nível da descarga elétrica e descreveu um dia comum na vida de minha mãe. De manhã, ele disse, ela come um pãozinho com geleia e queijo Edam. Escova os dentes com Elmex enquanto ouve a rádio Dechovka. Pega a linha A até a Praça da Cidade Velha, onde trabalha como datilógrafa. Para o almoço, faz um rolo de presunto, exceto às segundas-feiras, quando reaproveita o *schnitzel* que sobrou do domingo, colocando-o entre duas fatias de pão de centeio com picles. Na hora do almoço, ela lê peças. Chega em casa por volta das 16 horas e assiste à televisão enquanto descasca batatas e cozinha chucrute com porco para o jantar. Foi aí que a cara do seu filho ficou muito séria, senhor Procházka, veja bem, porque agora ele tinha certeza de que eu estava na mão dele, e estava feliz, mas não podia demonstrar seu prazer sádico. Seu filho tinha vergonha. Estava muito sério quando me disse que minha mãe copulava com meu pai apenas às quartas-feiras e que nunca permitiria que ele ejaculasse dentro dela, porque acreditava que haveria outra guerra mundial e os americanos matariam todos nós – então, qual seria a finalidade de fazer mais filhos somente para vê-los morrer? Como eu, tenho certeza de que você está se perguntando se seu filho inventou essas coisas simplesmente para me aterrorizar, ou se os bolcheviques realmente os vigiavam pela janela para descobrir se meu pai e minha mãe davam ou não prazer um ao outro. Sempre me perguntarei, sr. Procházka. O que devo fazer: perguntar à minha mãe? Vejo que você também está curioso. Depois de me contar essa história, seu filho permitiu que meus dedos dormentes assinassem um papel, que, então, ele levou consigo, radiante, como um bichinho prestes a entregar o jornal da manhã ao seu dono. O que o senhor acha disso?

Minha vó fica parada, olhando pela janela. Meu vô se levanta da cadeira, geme um pouco e passa um momento alongando as costas. Anda até o refrigerador e pega uma cerveja. Ele coloca a garrafa na mesa, abre e bebe metade num gole só.

– Você quer que eu me desculpe em nome dele? – pergunta meu vô. – Bem, não posso, porque não tenho certeza de que ele lamentaria agora. Não tenho certeza de que ele se arrependeria de nada. Era um homem de convicção.

– O senhor não está curioso para saber como consegui o sapato? Sou um homem rico agora, sr. Procházka. A privatização foi generosa comigo. Aposto em ferro, zinco, alguns contratos de armas. Estou até pensando em abrir lanchonetes de *fast-food* no centro. Comprei esse sapato de um amigo meu no inventário da polícia. Sei que é o mesmo com o qual tive uma relação íntima porque seu número de série está marcado na minha pele. Pode imaginar? A acusação iria usá-lo contra seu filho, para acabar com o nome dele pelas próximas dez gerações, mas ele conseguiu partir antes disso. Imagino-o se arrastando pela corda de aço e cortando-a por conta própria, de tão covarde que era. O senhor acha que vim de Praga para ouvir um velho me pedir desculpas? Pegue suas desculpas e dê a seus porcos.

Meu avô termina a cerveja. Levanta-se e pega a garrafa pelo gargalo. Vovó derruba seu frasco de spray. O estranho arranha a barba por fazer, o que produz o som de um fósforo riscando uma caixa de fósforos. Espero que meu avô machuque o estranho, mas ele não levanta a garrafa. Sua mão treme. Ele larga a garrafa e tem um ataque de tosse de fumante, rugindo como um urso ferido, até que vovó lhe dá uma pastilha de hortelã e esfrega suas costas. O estranho bate no sapato com o dedo ao ritmo da chuva. Há quase uma polidez nisso, como se ele estivesse dando uma chance ao seu oponente.

– Fui rude – diz o estranho. – Não quero insultar sua ocupação ou a sabedoria de sua idade, mas, me diga, como eu poderia manter distância? São necessárias algumas regras neste universo. O Partido recompensou sua família porque seu filho era um bom cachorro. Diga-me que não mereço justiça. Convença-me de que eu não deveria estar aqui, e eu vou embora para nunca mais voltar.

– Você é um homem religioso? – pergunta meu avô.

– Não.

– Então vá se foder com essa Justiça. Um carro atropelou um dos nossos gatos na semana passada. Quem eu devo procurar para ser indenizado? Os homens nem sempre pagam por seus erros.

– Não. Mas se eu puder ajudar… – diz o estranho, que se levanta e, mais uma vez, alisa os vincos do paletó. – De qualquer forma, essa foi uma apresentação amigável. Você vai me ver por aí. Talvez na loja, talvez no bar. Vou conversar um pouco com seus vizinhos. Tenho uma cabana perto da floresta agora. Linda vista.

– O que você quer? – indaga meu avô. – Seja claro.

– Ainda não tenho certeza – diz o estranho –, mas, quando decidir, vou procurar vocês de novo.

Ele pega o sapato e o guarda na mochila. Os ombros de vovô afundam, e ele olha pela janela para as galinhas recém-acordadas que bicam as sobras das sementes matinais. Esqueço que não estou vendo um filme. O homem com o sapato abre a porta, e eu caio para trás.

– Pequeno Jakub – diz o estranho.

Esforço-me para ficar de pé. Ele estende a mão. Eu ignoro.

– O que você vai ser quando crescer?

– Astronauta – respondo.

– Um herói, então. Você gostava do seu pai?

Meu avô pega a garrafa novamente, corre em nossa direção com a velocidade de um homem jovem e grita:

– Xô, escória. Suma!

O estranho corre para a porta e sai pelo portão enquanto Síma morde seus tornozelos. Ele vai embora. Vovô fica de pé na frente do portão e respira pesadamente. Falta pouco para o meio-dia, e os vizinhos andam em pares e trios na rua principal para pegar pão fresco na padaria. Eles param para ver a cena da fuga do estranho, certamente entusiasmados em compor teorias sobre o evento depois, durante o jogo noturno de Mariás*.

–Você ouviu a conversa? – o vô me pergunta, ao voltar para dentro.

Faço que sim com a cabeça.

–Você está enjoado?

Faço que sim. A raiva queima meu estômago, como se estivesse prestes a vomitar, mas não sei bem de quem eu deveria sentir raiva. Eu nunca tinha testemunhado uma ameaça de violência na minha frente. Não é bom nem emocionante como nos livros.

–Vamos esfolar um coelho – vovô diz.

– Ele está gripado – diz a vó.

– Dê uma dose de *slivovitz* pra ele, então. Ele está em casa faz semanas. Como isso pode ser saudável para um menino?

Vesti um casaco de chuva e segui vovô até as gaiolas dos coelhos. Ele pega Rost'a, um macho gordo branco encolhido num canto. Rost'a chia e se debate até que vovô acerta um golpe atrás do seu pescoço. As galinhas se juntam em êxtase em torno da composta e cacarejam alto, enquanto meu vô corta a garganta de Rost'a e deixa o sangue escorrer, grosso e quente, sobre o bico das aves.

Vovô pendura Rost'a em dois ganchos de madeira, arranca os olhos com a ponta da faca e me deixa oferecê-los às galinhas. O resíduo grudento parece meleca nos meus dedos.

Meu pai raramente falava comigo sobre seu trabalho. Ele dizia que, enquanto outras pessoas se sentavam na recepção de hotéis ou ordenhavam vacas, empregos agradáveis designados pelo Estado, ele garantia que a verdade e a estabilidade

---

* Popular jogo de cartas na República Theca. [N. de T]

do regime não fossem comprometidas por aqueles que não tinham fé. As pessoas pareciam gostar dele – sempre o cumprimentavam e sorriam, embora, a cada ano, à medida que eu crescia, ficasse mais clara para mim a insinceridade dos gestos. Mesmo depois que ele recebera a intimação para o julgamento e os jornais escreveram sobre pessoas como ele, não cogitei que meu pai fosse capaz de machucar alguém inocente, qualquer um que não estivesse disposto a destruir nosso modo de vida.

– Não acredite em tudo o que aquele homem disse – diz vovô, passando a faca pela barriga de Rost'a.

– Você saberia? Se papai estivesse errado em machucá-lo?

– Não sei muito mais que você, Jakub. Sei que seu pai fez coisas com as quais eu não concordava. Ele achava que estava criando um mundo melhor para você com as próprias mãos.

– Ele teria ido para a prisão?

– Você já sabe que o mundo está sempre tentando nos pegar – este país, aquele país... E nós, dez milhões de tchecos, não podemos lutar contra o mundo inteiro; então, escolhemos as pessoas que julgamos merecedoras de punição e infligimos a elas o maior sofrimento possível. Em um livro, seu pai é um herói. Em outro, é um monstro. Os homens sobre os quais não se escrevem livros têm uma vida mais fácil.

Vovô pega o fígado, o coração, os rins. Corta fora as pernas e as costelas, e deixa a pele pendurada na árvore enquanto caminhamos de volta para casa. A pele vai secar por alguns dias antes de ele vendê-la. Tiramos cocô de galinha dos sapatos com uma faca de manteiga e, enquanto vovô lava a carne no balde antes de empacotar para pôr no freezer, peço à vovó para fazer chá. Na mesa da sala de estar, uma marca gigante de sapato interrompe uma fina camada de pó. Queria que o sapato estivesse ainda ali para que pudesse tocá-lo. Em algum momento meu pai o tocara, e talvez um pedaço dele ainda estivesse ali; um grão de pó, o menor pedaço de pele composto da mesma vida que a minha.

Quando me deito para dormir naquela noite, já sem febre, mas ainda nauseado, ouço meus avós conversarem na cozinha, e há uma palavra que reconheço com segurança, repetida várias e várias vezes: *Praga*.

Alguns dias depois, estou bem novamente. Depois da escola, ando até o rio Ohre que sai de Streda, segue por todo o distrito e deságua no Elba, a veia azul da Europa. Amentilhos vermelhos cobrem a superfície do rio. Um ocasional respingo de peixe interrompe o silêncio da hora do almoço de domingo na estrada principal. Todo mundo está em casa comendo batatas e *schnitzel*, ou batatas e salsichas, ou batatas com creme azedo. Vão assistir aos programas de debate político em que os recém-descobertos apóstolos da democracia discutem como um mercado livre deve funcionar e quão severamente os colaboradores comunistas devem ser punidos sob a direção humanista do *slogan* do presidente Havel: "Amor e verdade prevalecem sobre ódio e mentiras".

À frente, sob um galho frondoso e baixo, um homem mija no tronco de uma bétula. Ele fecha o zíper e se vira. O estranho do sapato.

– Pequeno astronauta – diz ele, mascando chiclete.

– Você não devia falar comigo.

– Lugares encantadores, esses vilarejos. Um bom descanso de Praga. Muitos americanos e britânicos chegando com suas câmeras depois que Moscou caiu. Aqui tudo é cerveja e rios e amistosos de futebol. Bom lugar para um menino. Chiclete?

Ele estende a mão. Imagens de maçãs e laranjas decoram o pacote. Nunca masquei esse chiclete e quero muito pegar um – o cheiro que sai da boca do homem é tão agradável quanto o das cerejeiras no verão. Mas ele não é um amigo. Derrubo o pacote no chão com um tapa e ergo os punhos, pronto para receber o ataque do oponente. Ele ri.

– Lutador! Bom, bom. Só não vá muito longe. Todo homem hoje em dia pensa que é um lutador. Nem todos somos. E tudo bem. Basta pensar: se os americanos tivessem nos libertado de Hitler antes dos russos, poderíamos ter sido livres. Seu pai e eu podíamos ter sido grandes amigos. Você poderia ter tirado todo o chiclete que quer de mim. Eu fico imaginando. Sempre fico imaginando.

Até aquele momento, nunca tinha me sentido odiado. Em Praga, tive uma rivalidade com um menino chamado Jacko – nós dois éramos bons no futebol e, portanto, sempre competíamos pelo papel de capitão do time da escola. Travávamos brigas em que nos esbofeteávamos e quase sempre errávamos os golpes, e ambos sabiam que nunca causaríamos danos reais. Professávamos ódio um pelo outro, mas de certa forma eu gostava dele, e acho que ele também gostava de mim. Jacko, agora, não existe mais; todo mundo que eu conhecia em Praga não existe mais em minha vida, e sinto falta dele e das regras de nossa guerra, porque não há regras estabelecidas com o homem à minha frente. Ele sorri, como se soubesse das coisas. Entrou na casa dos meus avós e fez meu avô – Vovô, o filho de Perun – parecer fraco. Agora está aqui comigo, sozinho, enquanto me lembro de histórias que me deixam enojado, histórias de pessoas com a minha idade que foram arrastadas para a floresta e mortas por adultos. Mantenho os punhos erguidos. O que quer que ele faça comigo, não vou facilitar para ele.

O homem acende um cigarro e se afasta. Sinto como se pudesse cair no chão. Ele sobe para a estrada principal, depois para o norte, em direção às casas de veraneio. Sento e respiro, absorvendo a adrenalina, até que meus pensamentos recuperam a clareza. Ao meu lado está o pacote de chiclete do estranho. Pego, rasgo a embalagem e ponho o conteúdo rosa sobre a língua. É doce e azedo, como frutas com creme. Jogo o chiclete no rio, o mais longe que posso. Enquanto caminho para casa, imagino os tanques americanos, decorados pela estrela prateada dos Aliados, rolando pelos nossos campos de batata, e as meninas da Boêmia entregando seus lábios aos maxilares definidos e aos corpos saudáveis de meninos criados à base de Marlboro e *sundaes*, em vez de abraçar os esguios e famintos corpos de meninos soviéticos. Fico imaginando como deve ter sido.

Durante horas ando pelos campos, atiro pedrinhas nos patos, assovio músicas que só existem na minha cabeça e provoco cães ferozes atrás dos portões, cutucando-os com uma vara. Sinto-me infantil por nunca ter perguntado a meu pai sobre sua vida. Tudo o que eu sabia de nossa família enquanto ele estava vivo baseava-se em boatos e no estranho comportamento das pessoas ao nosso redor; na maneira como meus amigos se acovardavam e atendiam a todos os meus caprichos sempre que saíamos (e agora me pergunto: e Jacko? Por que não tinha medo de mim? Talvez os pais dele não o tivessem alertado, ou talvez ele fosse simplesmente um dissidente que não se importava com o status da minha família); ou no modo como nossos vizinhos entravam correndo em casa quando minha mãe e eu voltávamos do mercado para não ter de nos cumprimentar. Procuro em minha mente por esses momentos agora, tomando cuidado para não inventar nenhum deles, mas a nitidez das lembranças desaparece como a névoa da manhã se estendendo pela superfície do lago. O que agora sei com certeza é que há um estranho que vê meu pai em mim e me odeia por isso. Sou odiado, e talvez ele me deseje coisas más, realmente más. Por um momento, desejo voltar no tempo, antes da revolução, da queda do Partido. Quero estar de volta ao nosso grande apartamento em Praga, onde meus pais cozinham juntos e arremessam comida um no outro, e onde o vapor do aquecedor combate a anexação do inverno. Eu não me importo com o que reina fora de nossa casa – capitalismo, comunismo ou o que quer que seja –, desde que meus pais voltem para mim e me mantenham a salvo de homens como o estranho. Sim, talvez meu pai pudesse até torturá-lo um pouco. Eu permitiria. Eu pediria ao meu pai para torturar o homem até ele parar de me odiar.

Limpo o rosto na manga da camisa e olho em volta para garantir que ninguém presenciou meus soluços.

Ao pôr do sol, ando de volta para casa. Quando chego, apenas metade do sol aparece no horizonte. Na sólida madeira marrom do portão, letras foram pintadas com spray vermelho:

Os porcos de Stalin, oinc oinc oinc.

Urina e cuspe maculam o gramado. Leio as palavras repetidamente até escurecer e eu não conseguir mais vê-las. Entro na sala e vovó tira os olhos do jornal para me ver. As salsichas fervem no fogão.

– O que vai passar na TV hoje à noite? – pergunto.

– Um documentário sobre *rock and roll* na Alemanha Oriental, antes da queda do muro. *Octopus*, um filme de gângster francês. Violento, mas você pode assistir.

Quero confessar à vovó. Quero dizer a ela que gostaria que meu pai voltasse e machucasse as pessoas por mim. Quero dizer a ela que estou com medo. Em vez disso, como salsichas com mostarda quente e assisto aos franceses na tela, movendo os lábios fora de sincronia com as palavras que falam em tcheco. Vovó aplica seu creme facial e eu peço para cheirá-lo na garrafa.

– O vovô viu o portão? – pergunto.

– Sim. Ele foi ao pub para se acalmar.

Saciado e preguiçoso, eu me inclino para trás na cadeira e coloco Síma no colo. Lá fora, ouço Kuka, o bêbado da vila, tropeçando na estrada principal e cantando sobre peitos e rios cheios de Becherovka*. O portão abre, e Síma e eu corremos até a porta para cumprimentar o vovô.

Com sangue escorrendo em ambos os lados do rosto, ele se senta numa cadeira. Síma lambe os espaços salgados entre os dedos dos pés do vovô, enquanto vovó embebe um lenço ranhento em água oxigenada e o segura sobre a ferida. A bochecha direita do vovô está preta e inchada.

– Foi o Mládek, com seus amiguinhos da cidade – diz ele.

Mládek, o cretino da cidade, alimenta o corpo sempre com carne de porco, e a mente, sempre com raiva mal direcionada. Anda pela cidade como um xerife nomeado, acompanhado de um grupo de capangas composto por adolescentes de Praga que passam as férias aqui, vivendo de mesada dos pais e bebendo o suficiente para morrer cedo. Ele é o símbolo da nova geração de jovens tchecos, convertidos em inúteis para a sociedade pelas deficiências causadas e subsidiadas pelo comunismo. Era evidente que Mládek encontraria na vergonha de nossa família o seu novo interesse.

– Ainda tinha um pouco de tinta vermelha na camiseta dele, o fascista. Vou ter que comprar um monte de tinta. Com essa aposentadoria de merda.

– Já foi pior – diz minha vó.

– Nunca é o suficiente – ele retruca. – Senhores diferentes e a mesma merda para o plebeu.

---

* Bebida alcoólica tcheca feita à base de ervas. [N. de T.]

– Fique parado.

– Você bateu neles? – pergunto.

Vovó então me lança o mesmo olhar que impõe sobre mim quando piso nas plantas dela ou me esqueço de alimentar Síma.

– Bati. Sabe que bati, Jakub. Você deveria ter visto, malditos pagãos, fascistas de merda. Agarrei Mládek pelo rabo de rato e mergulhei seu focinho na calçada.

– Não era isso que a gente queria – diz vovó, discretamente.

– É tudo por causa dele. O cara do sapato – esbraveja o vô. – Ninguém se importava muito antes de ele vir aqui e começar a falar. Sempre tem a possibilidade de a gente ir embora.

– Não fizemos nada – diz minha avó. – O filho da velha Sedláková está na prisão por tocar um adolescente, e o que você vê no portão dela? Nada. Todo mundo se acotovela para lhe dar tapinhas no ombro, coitada, dando à luz um monstro, "Olha, fizemos strudel para você". Por que ela não está fugindo? Por que nós somos diferentes?

– Os pervertidos não ocuparam o país por sessenta anos – vovô diz.

– Eles ocupam o planeta desde o princípio dos tempos – responde vovó.

Ela cobre o ferimento do vô e lhe dá três doses de *slivovitz* para ajudar com a dor, apesar de seu hálito feder a rum e cerveja. Sem dizer palavra, os dois seguem para o quarto, e eu me enfio embaixo das cobertas. Síma não pode subir nas camas, mas eu o pego mesmo assim e mergulho meu nariz em seu pelo, sorvendo o cheiro da comida de vovó e os resíduos do xampu antipulga. Normalmente meu avô ronca alto a noite toda, mas hoje, exceto pelos galhos da macieira batendo no telhado, a casa está silenciosa. Pela primeira vez, desde o funeral de meus pais, não consigo dormir.

Meu pai amava Elvis Presley. Comprava os discos de um ator alemão que estava banido e fazia contrabando pelo Muro de Berlim. Punha Elvis para tocar quando cozinhava, enquanto minha mãe cozinhava, antes de dormir, no banheiro, no banho e até quando parava para contemplar, pela janela, os conjuntos habitacionais de blocos de concreto, magnífica e assustadoramente eficientes. As mulheres voltavam do trabalho e jogavam vestidos e sutiãs molhados sobre varais de roupas amarrados a postes do lado de fora das janelas, formando filas de trapos que se estendiam pelo mundo como as velas de um navio pirata assombrado; os homens caminhavam devagar e de cabeça baixa, tentando decidir entre ir ao bar, sob o risco de beber demais, dizer alguma bobagem e acabar na cadeia, ou ir para a casa, onde lhes fariam companhia a televisão de emissora única e a estante de livros de pensamento único – ferramentas incapazes de interromper o silêncio da vida deles. Meu pai fumava e sacudia a cabeça ao som da música, e parecia que tudo estava exatamente do jeito como ele queria.

Não conte a ninguém sobre o Elvis, dizia ele no café da manhã. Era seu bordão. Quem fosse pego ouvindo música ocidental era levado para interrogatório; nada muito severo, segundo ele – embora agora eu me pergunte o que ele entendia por "nada muito severo": só passar um tempo em uma salinha com uma pequena janela e um camarada perguntando casualmente por que os dons musicais da Mãe Soviética não eram suficientes para satisfazer o suspeito.

Um dia, minha mãe encontrou a caixa de discos na mesa da cozinha, fora de seu esconderijo habitual na despensa.

– Você perde o emprego se alguém tira uma fotografia pela janela – disse ela.

Meu pai colocou a mão em volta da cintura dela e acariciou as bordas dos discos com a ponta do dedo.

– Podem tirar mil fotos – disse ele –, e aqui estaremos nós, tomando café e descascando batatas. Ninguém delata o delator.

Dois dias depois, encontrei meu pai segurando uma xícara na parede entre nossa sala e a dos vizinhos, com o ouvido no espaço oco. Ele pôs um dedo sobre os lábios, pedindo silêncio, e gesticulou para que eu me aproximasse. Abaixou a xícara até minha altura e escutei: uma voz aguda transmitia estática, anunciando que a escassez de batatas em toda a União Soviética era apenas mais um sinal da má administração de Moscou. Rádio Europa Livre, o pecado capital, o inimigo. Meu pai foi para o quarto e discou um número no telefone. Cerca de uma hora depois, gritos irromperam no corredor, e abri a porta para ver o sr. Strezsman e seu filho, Stanek, sendo levados por quatro policiais. Senti na nuca a respiração do meu pai, e o sr. Strezsman, em um tom não muito diferente da voz inexpressiva do locutor de rádio, vociferou, na direção da nossa porta: "Colaboracionista safado". Várias vezes.

Quis fazer algumas perguntas para ele na época. Gostaria de tê-lo amarrado a uma cadeira e colocado uma chaleira quente em seu colo até que ele me contasse sobre seu horário de trabalho, seus segredos de Estado, quem ele era. Tinha gestos sempre tão serenos – ao baixar a agulha do toca-discos, ao acariciar minha mãe, ao atender ao telefone, ao manter as costas sempre alinhadas, ao emitir uma tosse fraca antes de adotar sua voz oficial, o "barítono do dever" – que eu não conseguia conceber uma vida em que ele não fosse o herói. Ele continuou a tocar seus discos, e eu continuei com meu silêncio.

E aqui estou agora, vendo um gato de rua fincar suas garras em um besouro, no peitoril da janela, enquanto o sol brilha lá fora e meu avô ainda não começou a roncar. Chuto para fora o cobertor pesado e a poeira flutua pelo ar em finíssimos raios de luz, como o primeiro pólen do verão ou projeções de estrelas nas paredes de um planetário.

De manhã, vovô e eu saímos de casa com xícaras de chá nas mãos. Durante a noite, mais pessoas tinham vindo contribuir com a arte em nosso portão: *Fascista*, *Baba-ovo do Marx*, *O amor e a verdade prevalecerão*, bem em cima de um *Vá se foder*, e uma mensagem mais simples: *Caia fora*. A certa altura, os vândalos desistiram de pichar letras e resolveram investir em linhas simples e cruzes vermelhas, azuis e brancas – as cores da república. Em meio ao aroma de meu chá rosa, eu sentia cheiro de urina, muita urina. Meu avô subiu na bicicleta e foi comprar tinta. Voltou horas depois, tão bêbado que não conseguia sequer manter a bunda no selim.

A maioria das crianças da vila nunca gostou de mim – sou um menino da cidade, sempre vou ser um menino da cidade, e por isso supõem que me acho superior a elas e a suas raízes de vilarejo, embora eu considere Streda minha casa tanto quanto Praga, desde que nasci. No entanto, agora são também hostis: gritam comigo, me perseguem de bicicleta, e eu tento garantir que nunca me encontrem sem um adulto por perto. A hostilidade dos adultos é mais discreta. Quando ando na rua principal para comprar sorvete, os "Olá!" e os "Como vai você?" exprimem acusações, como se meu bem-estar fosse um problema para eles. Os homens, jovens e velhos, são discretamente agressivos, fechando os punhos e flexionando os braços sempre que me veem. A única pessoa que não age diferente comigo é meu amigo Boud'a. Passamos todos os verões juntos desde os três anos, e agora ele se tornou meu único amigo e companhia. Ele nunca fala de meus pais, não menciona meu passado. Nós simplesmente caminhamos pelo Riviera, a versão de praia da vila, e nadamos no rio quando todas as crianças vão embora.

Colecionamos formigas em latas de sopa e, juntos, provamos nosso primeiro cigarro na floresta.

A chuva passa, e o mundo agora é quente e convidativo, mas vovó para de ir até a loja todo dia e vovô assiste à TV em vez de ir ao pub. Frequentemente o pego pesquisando a seção de apartamentos no jornal, circulando imóveis em Praga. Ele esconde o jornal quando me aproximo e não fala nada. Não quero pensar em me mudar desta casa, deste lar. Apesar de ter crescido em Praga, Streda sempre foi para mim como um santuário, um lugar onde minha mãe frequentemente sorria, me levando para caminhadas de uma hora; um lugar onde meu pai falava mais, e nunca sobre trabalho ou política; um lugar onde nenhum carro passava de noite e onde era possível encontrar a escuridão perfeita nos campos, longe dos faróis das ruas e das luzes douradas que escapavam das janelas dos prédios.

É nossa casa, mas não somos mais bem-vindos. Quando meu pai, o herói, se perdeu, meu pai, o vilão da nação, apareceu. As músicas de Elvis pela manhã, misturadas aos sons do café sorvido aos goles e do farfalhar dos jornais (*Os imperialistas estão matando os pobres com drogas*, zombava), ressoam nos meus ouvidos por toda a noite e pela manhã, impedindo-me de dormir.

VIGILÂNCIA PROFUNDA

As distâncias que a vida viaja para encontrar outra vida.

Desde os primeiros procariontes que lutaram nos mares revoltos da Terra pré-histórica até os hominídeos que adotaram primitivas e rudimentares ferramentas; dos neandertais que arranhavam as paredes das cavernas para criar imagens, em ocre e vermelho, de seu mundo até o primeiro satélite russo a orbitar a Terra, pesando oitenta e três quilos, que emitia bips emocionantes às rádios terrestres; dos primeiros astronautas fantasmas soviéticos enviados pela pátria para morrer no anonimato até os primeiros homens a fincarem bandeiras em superfícies alienígenas – sim, aquelas rochas brilhantes agora nos pertencem; do telescópio *Hubble* e suas fotografias dos primeiros mundos descobertos além do nosso (será que eles poderiam ser nossos?) ao êxtase de encontrar o maior sustentáculo da vida bacteriana, o H_2O, nas superfícies dos planetas, instigando impiedosamente nossa imaginação – chegamos, finalmente, à primeira *Voyager* produzida pelo homem, pronta para abandonar a vida de luxo proporcionada pelo nosso amado sistema solar. A vida sempre sairá em busca de outras vidas.

E lá estava eu: Jakub Procházka, único membro da tripulação do ônibus espacial *JanHus1* capaz de varrer essas descobertas da mesa como se fossem apenas resquícios insignificantes de uma era passada.

Seis dias e dezoito horas haviam se passado desde que vira a criatura fugir. Encontrei conforto em suas visitas mentais, mesmo que fossem invasivas – a dor constante ao redor de minhas têmporas preservou minha crença de que eu a veria novamente.

A Terra agora era um ponto brilhante nas profundezas dos céus, uma casa reduzida a um sinal de pontuação. Uma vez por dia, focava meu telescópio para me lembrar do azul e branco que aguardavam meu retorno; um planeta disposto a sustentar a mim e a todos os que eu conhecia. Em comparação com as ampliações do meu planeta, Vênus parecia bastante monótono e tão hostil quanto suas intermináveis tempestades e explosões vulcânicas; sua superfície, um malte enganosamente imóvel de areia e rocha. O planeta era pálido e estático quando visto através da neblina grossa da nuvem Chopra, ainda a duas semanas de distância e, portanto, aparentemente imóvel, apesar de as leituras diárias comprovarem que a nuvem continuava a desmoronar sobre si mesma.

Agora, todos os dias meu progresso em direção à nuvem tomava conta do noticiário, e o *frenesi* de relações públicas sobre minha missão estava no auge. O *New York Times* publicara um perfil de seis páginas detalhando as ações de meu pai: herói do regime, traidor do povo. Era um belo ensaio sobre a história do país (eu me perguntava se o *Times*, alguma vez, já teria dado tanto espaço para meu país), associado a comentários irrelevantes e condescendentes sobre minha vida como um "menino pobre em ascendência que delineava o próprio futuro em um pequeno país, com a coragem dos grandes países". Os meios de comunicação de todo o mundo assumiram a tarefa de me descrever para suas respectivas populações como se estivessem falando de um amigo. Uma estrela norueguesa, em turnê por Hollywood para um novo grande filme, declarou que, de todas as celebridades do mundo, eu era seu *crush* número um. A equipe de relações públicas do meu governo – da qual eu não conhecia quase ninguém e cujos membros pareciam ter acabado de obter sua licença de corretores de imóveis – viajou pela Europa para falar sobre minha bravura, sobre a importância de manter viva a exploração espacial e minha preferência por cuecas boxers. A Central me encaminhou montes de e-mails de agentes se oferecendo para me representar, para vender os direitos da minha biografia para produtores de filmes, biógrafos e ocasionais romancistas desesperados.

Não fazia tanto tempo assim que as pessoas cuspiam no portão da casa de minha família. Agora queriam me dar dinheiro pelo que aquele nome representava, talvez oferecer o papel de meu pai a um ator sério em ascensão que quisesse entrar na mira dos maiores prêmios, depois de personificar uma série de homens brancos multifacetados e moralmente ambíguos em filmes independentes.

Todo dia eu continuava a receber e-mails de Petr detalhando o cronograma de tarefas a ser concluídas antes de chegar a meu destino: testes de filtragem, limpeza de sensores, um programa de exercícios mais rígidos para me preparar para um possível protocolo de emergência, videochamadas para satisfazer o sentimento de posse e orgulho dos contribuintes. Eu cumpria as tarefas, mas sem muita empolgação. Eu só conseguia pensar na criatura – seu peso, sua voz que desafiava as ondas sonoras – ou em Lenka – a incapacidade da Central em encontrá-la, o silêncio e o meu ressentimento dela, apesar de meus esforços contínuos para combatê-lo. A caça à Chopra parecia inoportuna; talvez nem fosse mais digna do tempo e do dinheiro que estavam sendo gastos, diante da descoberta de vida extraterrestre inteligente. No entanto, Chopra estava à minha frente, visível, afetando a vida dos terráqueos, enquanto a criatura desaparecera tão rapidamente quanto havia aparecido – e aquelas leves dores de cabeça, provas persistentes de sua presença, começavam a parecer autoinfligidas. Tanto Lenka quanto a criatura me abandonaram à minha missão. Minha carne atendia às tarefas domésticas com profissionalismo seco, enquanto minha mente vagava por toda parte, em qualquer lugar, às vezes maníaca e às vezes passiva, uma mosca zumbindo em um quarto, dividida entre a liberdade prometida pela luz do sol que se infiltrava por uma janela e o infinito bufê de migalhas espalhadas em cantos escuros.

Seis dias e dezoito horas depois do desaparecimento da criatura, quando me acomodei na cadeira do lounge para checar minha caixa de entrada antes de duas monótonas horas de entrevistas para a televisão, encontrei um e-mail do ministro do Interior, encaminhado por Petr. O anexo era um arquivo de texto chamado *Lenka P.* O texto do e-mail dizia:

Um presente do senador Tuma. Um agente de segurança do Estado está de olho em Lenka p/ vc.

P.

Abri o documento.

O sujeito foi visto pela primeira vez ao sair do prédio da prefeitura em Plzen. Em comparação com a fotografia nº 3 fornecida, os contrastes são imediatamente impressionantes – cabelo curto e tingido de laranja-sangue, alguma perda de peso notada ao redor *das maçãs do rosto. Sujeito caminhava com confiança e um telefone celular ao ouvido. Registros telefônicos mostram que a ligação em particular foi para a mãe. Outras ligações foram feitas para uma amiga em Praga e um conhecido em Plzen. O conhecido masculino será acompanhado em breve para averiguar possível envolvimento. O sujeito dirigiu até um supermercado Hodovna, onde comprou meio quilo de presunto magro, Camembert, três pãezinhos de trigo integral, duas garrafas de Cabernet Sauvignon e um Bounty*. Parece que o sujeito compra apenas uma refeição de cada vez. Suas atividades noturnas se limitavam a assistir a reprises de* Os Simpsons, *consumir industrializados e escrever em um caderno que o agente ainda não conseguiu acessar. Ressalta-se que o sujeito consumiu uma garrafa inteira de vinho tinto e fumou sete cigarros Marlboro mentolados antes de dormir. Como foi orientado a fazer apenas observação leve, o agente se absteve de analisar as atividades do quarto do sujeito e não entrou no apartamento. A vista da janela revelava uma sala de estar bem arrumada com pouca mobília, sem quadros ou arte nas paredes, sem livros e uma televisão colocada sobre uma mesa barata. O sofá de couro parece ser o único móvel substancial, sugerindo que o sujeito não está considerando uma estadia permanente. A vigilância será retomada...*

Fechei o e-mail. *Conhecido masculino. Possível envolvimento.* Talvez a vigilância tenha sido uma ideia terrível – o pouco alívio que me proporcionava não compensava o sentimento de culpa. Mas a culpa por espiar Lenka não era maior do que a sede repentina, provocada por aquele relatório, que tive de saber sobre cada refeição dela, cada conversa, cada suspiro possivelmente dedicado a mim – talvez um cheiro

* Barra de chocolate com recheio de coco e cobertura de chocolate. [N. de T.]

que a faça se lembrar dos dias em que acordávamos lado a lado. Qualquer coisa poderia ser indício de que ela iria voltar.

Obrigado, escrevi a Petr, *isso é o mais importante para mim.*

Cocei os olhos cansados e apaguei as luzes do lounge, um hábito de casa que não conseguia abandonar, apesar de ter energia solar ilimitada à disposição. De alguma forma, não apagar uma luz ainda parecia desperdício.

Fui até a cozinha para um lanche da meia-noite e recuei com o que vi.

A porta aberta da geladeira estava coberta de manchas finas de chocolate, assim como os balcões. Uma tampa branca flutuou pela sala, rachada em duas, e à minha frente, suspensa no ar, estava a criatura, arranhando o interior do pote de Nutella com duas de suas pernas. Ela piscou algumas vezes, depois estendeu o pote para mim.

– Estou envergonhada – ela disse. – Parece que adquiri uma incapacidade de resistir a impulsos quando se trata da avelã da Terra.

Com a mão trêmula, recuperei o pote.

– Você voltou.

– Depois do nosso confronto desagradável, eu precisava meditar e reconsiderar. Você deve entender que nosso encontro não é uma questão simples para mim.

Aproximei-me da despensa e peguei um pacote de tortilhas. Espalhei o milagre feito de avelã sobre elas e as enrolei como anoréxicos burritos. As pernas da criatura tremiam enquanto ela me observava, possivelmente em sinal de empolgação.

– Estou feliz por você estar aqui – eu disse.

– Antes de eu ir, você perguntou sobre meu nome. Minha espécie não precisa de marcas distintivas, identidades. Nós simplesmente somos. Ajudaria se você pudesse me chamar por um nome, humano magro?

– Ajudaria.

– Me chame pelo nome de um humano inteligente. O nome de um filósofo-rei, ou de um grande matemático.

Revisitei o catálogo dos grandes humanos, as crônicas surpreendentes que brilhavam nas páginas manchadas da história. Havia muitos – o suficiente para converter qualquer um, por um breve período, em um otimista animado –, mas o correto se apresentou como uma absolvição, como se o fantasma do primeiro nome de Adão estivesse falando através de mim. Num passado distante, Adão apontou para algo que era nada e declarou: "coelho". E, assim, "nada" se tornou "coelho".

– Hanus – eu disse.

E, assim, aquilo que era nada se tornou Hanus.

– O que ele fez? – perguntou Hanus .

Ofereci o burrito. Com um sorriso, Hanus aceitou a oferenda entre os dentes. Ele mastigava com lábios e olhos fechados, a parte inferior da barriga balançando de um lado para o outro enquanto ele emitia um resmungo baixo que lembrava o som de um cachorro grande implorando por guloseimas. Eu não sabia por que havia começado a chamá-lo de "ele", já que não havia sinal de genitais.

– Ele construiu o relógio astronômico em Praga. Orloj – eu disse. – Mais tarde, a cidade contratou bandidos para enfiar barras de ferro quente em seus olhos, para que ele nunca construísse outro igual. Com sangue pingando de suas órbitas, Hanus enfiou a mão dentro do relógio e interrompeu suas funções com um único movimento. Ninguém conseguiu consertar o relógio pelos cem anos seguintes.

– Ele era um astrônomo.

– Sim. Um explorador. Como você.

– Eu serei chamado de Hanus.

A criatura se acomodou no chão, repentinamente não mais afetada pela gravidade zero. Estendeu uma perna em minha direção e abriu um largo sorriso, mostrando que seus lábios haviam recuperado a cor vermelha intensa original. Toquei a ponta afiada da perna, sentindo a casca dura e lisa sob os pelos. A ponta estava quente, como uma xícara de chá recém-servida. Fiz mais dois burritos.

– Por que você me escolheu? – perguntei a Hanus.

– Examinei a Terra em sua órbita, humano magrelo. Estudei sua história e aprendi suas línguas. No entanto, tendo acessado todo o conhecimento, não consigo entendê-los. Minha intenção original era estudar você por um ou dois dias, observar seus hábitos. Mas o acesso à sua memória me prendeu. Eu queria saber mais, sempre. O grande espécime humano, um sujeito ideal.

– Se você diz...

– Sua pergunta, é claro, é o que você pode receber de mim.

– Uma amostra de pelos. Amostra de sangue. Qualquer coisa que você possa dar. O maior presente seria você ir para a Terra.

– A humanitude não inspira a confiança necessária – disse Hanus. – Não há nenhum benefício para minha tribo. E lamento não poder lhe dar um pedaço de mim. O corpo não pode ser violado. É a lei.

– Não há nada que possamos dar em troca?

– Vamos começar nós dois, a consciência de dois seres únicos, e ver aonde nossa coabitação nos leva.

Fiz que sim com a cabeça e mordi o burrito. Poderia Hanus ler meus pensamentos de desespero? Astronauta tcheco descobre vida inteligente no espaço. Presidente tcheco é o primeiro líder mundial a apertar a mão do extraterrestre e passeia com ele pelo Castelo de Praga. Chefes de Estado sobrecarregam o aeroporto de Praga com seus aviões e aguardam na fila para conhecer a nova forma de vida. Hanus concorda com a pesquisa não invasiva de cientistas tchecos, e suas funções orgânicas levam a avanços impressionantes na biologia e na medicina. A questão da morte de Deus é debatida mais acaloradamente do que nunca: enquanto ateus reafirmam sua inexistência, os católicos pregam contra o demônio que espalha o engano de Satanás. Estou no centro de tudo. Hanus se recusa a viajar para qualquer lugar sem minha companhia.

– Não espere por essas coisas, humano magrelo – disse Hanus –, embora eu deva perguntar: é possível compartilhar mais avelã da Terra?

Depois de preparar outro burrito, coloquei a mão dentro do pote e do pacote de tortilha para confirmar que os ingredientes que eu havia usado para Hanus estavam realmente desaparecendo. A loucura continuava sendo uma possibilidade, apesar de tudo. Naquela noite, dormi sem medicação.

No dia seguinte, eu deveria conversar com cidadãos selecionados numa sessão de videoblog. A primeira saraivada de perguntas resumia-se ao de sempre: minhas crenças religiosas, minha opinião sobre desperdiçar o dinheiro dos contribuintes na missão, o funcionamento dos banheiros espaciais e coisas do tipo. A última pergunta do dia veio de um jovem, um tipo universitário, com óculos de lentes finas e voz baixa. Tinha uma mania grotesca de pigarrear que me lembrava os velhos amigos da universidade, aqueles seres maníacos correndo pelo centro de Praga com mochilas nas costas e sacolas do McDonald's na mão, sempre frenéticos, sempre inquietos, com transtornos hiperativos manifestando a crença genuína de que vão, de que devem mudar o mundo. Assim que o jovem fez sua pergunta, os olhos de Petr se arregalaram de horror na segunda tela. Era óbvio que havia mentido na entrevista de pré-seleção: aquela dúvida ocupava o primeiro lugar entre os assuntos banidos da Central.

– Com que frequência você pensa na possibilidade de morrer como resultado do fracasso da missão? – indagou. – Fica ansioso ou indiferente diante desse pensamento?

Olhei para Petr. Ele passou a mão pela testa e assentiu, fracamente. A pergunta estava feita, e cortar a transmissão ao vivo só tornaria evidente que segredos estavam sendo guardados, que narrativas estavam sendo manipuladas, que a percepção pública era controlada. Não; em uma democracia, uma pergunta ressoa com um eco sem fim. Eu deveria responder.

– Quando penso na morte – disse –, penso em um alpendre coberto de sol nas montanhas. Tomo um gole de rum quente. Dou uma mordida num pedaço de cheesecake e peço à mulher que amo para se sentar no meu colo. Depois, a morte.

A facilidade com que inventei essa fantasia inundou-me de culpa, e aquele sentimento fez minha cabeça doer. Quando o moderador anunciou o fim da sessão, a tela ficou escura, e imaginei o jovem sendo escoltado para fora da sede da Central. Petr pediu desculpas, mas as dispensei. Meus deveres para com o público haviam sido cumpridos naquele dia, então me despi e parti para encontrar Hanus.

– Outros humanos olham para você, humano magricela – observou Hanus durante o jantar. – Como se você fosse o Ancião de sua tribo.

* * *

O tempo passou a ser irregular, como uma fita cassete arranhada. Eu demorava mais para concluir tarefas, estava sempre atrasado e era constantemente atormentado por músicas confinadas por anos em meu arquivo de memórias inativas, mas que, agora, voltavam à minha mente para nunca mais sair. Era como se a proximidade de Vênus provocasse distorções no tempo, retardando minhas funções cerebrais enquanto recompilava as lembranças mais inúteis – informações sem propósito prático, simples fragmentos da vida, como retalhos que não compõem o vestido e são deixados pelo chão.

Checava os e-mails obsessivamente. Mais uma atualização do Ministério havia chegado:

... não pode determinar se o sujeito está envolvido em relacionamento sexual com um conhecido do sexo masculino, Zdenek K., 37 anos, um pouco acima do peso, bem-humorado e de rosto limpo, com emprego seguro como caixa de banco...

... apartamento não permite acesso visual para determinar a natureza das reuniões. O Ministério tem condições de ordenar vigilância profunda, o que permitiria ao agente acessar o apartamento quando vazio, coletar evidências, como sêmen...

... sujeito comprou um pacote de amendoins e legumes salteados congelados, produzindo um kung pao habilmente preparado...

... vivendo uma vida aparentemente pacífica e comum, como se tivesse assumido outra identidade...

... os motivos permanecem em grande parte um mistério, recomenda-se vigilância profunda.

Respondi com *Seguir com vigilância profunda, obrigado.* Dei a Hanus o resto do meu jantar, nauseado pela vergonha. Ela tinha fugido para começar a vida em outro lugar, anônima – ou, pelo menos, assim esperava. Não me sentia nada feliz por sua aparente satisfação, sua paz na solidão – em minha mente só havia espaço para a vaidade, a carência de consolo, as suposições sobre o que eu tinha feito para afastá-la. Será que eu poderia fazer a Central forçá-la a se comunicar comigo? Mas, pensando bem, essa comunicação imposta não valeria nada. Não; eu teria de ser paciente.

Alguns dias depois de inaugurarmos a tradição do jantar conjunto, Hanus começou a me seguir nas tarefas de preparação para a chegada à Chopra. Enquanto me aventurava na pequena câmara que abrigava Ferda, o coletor de poeira cósmica e componente crucial da missão, ele perguntou se poderia ajudar. Desapertei os parafusos grossos que fixavam a parte externa da grade de Ferda e removi a camada de metal que protegia o delicado design dos filtros no interior do cubo volumoso. Hanus tocava a parte inferior da barriga com as pontas das patas, enquanto revezava o olhar descontroladamente entre mim e a grade que eu segurava. Estava sempre ansioso para ajudar, para pôr as mãos em qualquer pedacinho de tecnologia humana. Quando estendi a grade em sua direção, ele abriu um sorriso e ofereceu uma pata como suporte temporário. Agora eu podia ver os filtros – dispositivos cobertos de um silicone pegajoso que deveriam capturar partículas e presos a trilhos que, mais tarde, os guiariam de volta à nave para análise manual.

– Humano magrelo, posso fazer uma pergunta que talvez lhe cause desconforto emocional?

– Você pode sempre falar comigo – respondi a Hanus.

– Por que você deseja tanto ter descendentes humanos? Acompanhando histórias de ficção, como novelas e séries, na programação de TV da Terra, descobri que sua espécie nem sempre usa a relação sexual para fins reprodutivos.

Removi a tampa da placa-mãe, e ela flutuou em minha direção como um coração ainda preso às artérias.

– Acho que é um seguro que protege você de ser um ninguém – respondi.

– O que é ninguém?

– Bem, é o oposto de ser alguém. De ter um corpo sobre o qual as pessoas podem perguntar.

– Os registros escritos de sua língua não descrevem bem a palavra. Todo ser humano não deveria ser alguém?

Conectei meu tablet à placa-mãe e executei o diagnóstico. Os sensores e as análises de Ferda estavam cem por cento funcionais. *Viva*, Petr escreveu, em uma mensagem enviada ao meu e-tablet.

– Estou falando de fazer coisas que importam – expliquei. – De amar coisas e ser amado, reconhecido.

– É o amor que neutraliza seu luxo de procriar por escolha. Eu tive muitos exemplares de descendentes, humano magro. Em cada véspera da procriação, lançamos nossa semente no vácuo e esperamos para recebê-la caindo de volta para nós, como chuva. A cerimônia é lei, e recusar-se a participar dela implica pena de morte. Deve-se projetá-la para bem longe, a fim de garantir que não se receba a própria semente, o que seria motivo de um grande embaraço. A galáxia inteira brilha na véspera. Carregamos os "eus" menores até que eles deixem nossa barriga. Não se deve perder uma véspera. É um dia muito revigorante. A consistência, a umidade, a solidez da semente... Para você, ter prole é uma escolha, mas o prazer dessa liberdade é negado pela chantagem do amor. Se você ama um parceiro, anseia por procriar. Ao obter prole humana, você é obrigado pelo amor a cuidar de suas necessidades. Tais apegos contrariam o conceito de escolha como definido pela humanidade, mas o planeta Terra está cheio dessas obrigações. Eles definem você.

Recoloquei a grade e apertei os parafusos. Essas tarefas – mexer com Ferda, os diagnósticos voltando a cem por cento – deveriam ser o clímax antes do clímax, o grande prazer da missão enquanto eu me aproximava da nuvem de poeira e de suas possibilidades. Mas, sem Lenka, meu entusiasmo por Chopra foi silenciado.

– Algum dia, gostaria de ver sua véspera – disse.

– Isso não será possível.

– Por que não?

Hanus nunca respondeu. Na verdade, ele parou de falar por completo e pareceu desaparecer da nave até a manhã seguinte.

Quatro dias antes de minha chegada à Chopra, entre meus muitos videoblogs e entrevistas com a mídia tcheca – sr. Procházka, o que o senhor acha de o homem por trás de sua missão, o senador Tuma, tornar-se primeiro-ministro do país? *Fantástico*, eu disse, ou algo parecido. Sua esposa estará presente na exibição nacional de seu triunfo ou assistirá ao evento do conforto de sua casa? *Certamente, sim, ela estará observando muito de perto*, eu disse, ou algo parecido. Enquanto espera pelo encontro, diga-nos: dá tempo de ver jogos de futebol? O que você achou do desempenho do país na Copa do Mundo da Letônia? *Qual a versão educada de "Eu não dou a mínima para nada disso, você não vê que eu não posso dizer o que realmente quero?"* –, Hanus disse: "Notei que você anda sonhando muito com a morte. Há um prazer nisso. Uma sensação de alívio. Por quê, humano magrelo?".

No lugar de uma resposta, escovei os dentes e abri outra toalha descartável. Lamentei não ter registrado quantas havia usado desde o início da missão. O recipiente de compostagem que continha as toalhas sujas estava muito cheio para calcular, porque as toalhas não produziam bactérias suficientes para se decompor adequadamente junto com minhas roupas íntimas.

A pergunta me perseguiu. Fiquei em silêncio durante o jantar com Hanus.

– O que está incomodando você, humano magrelo? – ele perguntou.

– Você continua fazendo perguntas – disse –, mas não me diz nada: de onde você vem, o que pensa e sente. Onde está o seu planeta e todos da sua... tribo. No entanto, pode navegar em meus pensamentos sempre que quiser. Isso não é preocupante?

Ele saiu sem me dar uma resposta. Assisti a um vídeo de Norman, o Bicho-Preguiça, visitando um programa de culinária. Norman mergulhou a ponta do dedo em molho alfredo e o lambeu com curiosidade. A plateia caiu na gargalhada.

Os sonhos que Hanus mencionou não só continuaram como se tornaram mais intensos, até que perdi a capacidade de dormir, mesmo com a ajuda de medicamentos. Recém-cunhado insone, eu estava sentado no lounge, jogando paciência no Flat – cuja simplicidade me acalmava; não queria mais saber de jogos difíceis de computador, assistir a filmes complexos ou ler notícias; isso tudo eram coisas da Terra, e a Terra não me pertencia; eu era um teletrabalhador –, quando uma sombra passou pela janela de observação, interrompendo o brilho dourado de Vênus. Flutuei até o vidro e novamente o objeto passou, desta vez tão perto que reconheci um pequeno focinho canino, uma linha branca avançando pela pelagem escura da testa, de orelhas em pé, olhos pretos bem abertos que refletiam as luzes piscantes do infinito e um corpo esbelto inchado no estômago, amarrado em um cinto grosso.

Puxei suavemente a pálpebra do meu globo ocular e ouvi um *plop* – truque que minha avó me ensinara para determinar se eu estava consciente. Eu estava acordado, e aquilo era real. Era ela, a pária de Moscou, a primeira heroína viva do voo espacial, uma ladra de rua transformada no orgulho de uma nação.

Era Laika, a cadela, com o corpo preservado pela bondade do vácuo, negando os efeitos erosivos do oxigênio. Pensei em tentar uma caminhada espacial para recuperar o corpo, mas estava cansado e muito perto da Chopra para receber a aprovação da Central. Por que levá-la para casa, de qualquer maneira, só para apodrecer no chão ou se deitar ao lado do cadáver embalsamado de Lenin nas catacumbas de Moscou, quando aqui ela seria a eterna rainha de seus domínios? Os camaradas engenheiros choravam enquanto ela morria agonicamente, e a nação construiu uma estátua em sua homenagem para se redimir de seus pecados. A Terra não poderia lhe dar mais honras, enquanto o cosmos lhe dava imortalidade. A secura havia evaporado a maior parte da água em seu corpo, deixando sua pele pálida e as orelhas, em pé. Cada pelo se movia para a frente e para trás, como algas no mar. Com a decomposição biológica suspensa, o corpo de Laika poderia flutuar por milhões de anos, de modo que sua forma física ultrapassasse a espécie que a sentenciara à morte. Pensei em tirar uma foto e enviá-la à Central, mas não somos dignos da honra de testemunhar isso. O voo eterno de Laika pertencia a ela.

O corpo desapareceu. Quando voltei, Hanus estava comigo. Perguntei se ele a havia visto também.

– Você realmente se importa em saber? – ele perguntou.

* * *

Outro e-mail do ministério do Interior havia chegado. Hesitei antes de ler.

... o sujeito não está, repito, atualmente envolvido em uma relação sexual, pelo menos não na casa dela. Análises das roupas de cama, manta de sofá, toalhas no banheiro...

... sem traços de fluidos corporais...

... à tarde o sujeito conversou por telefone com um jornalista que conseguiu encontrar seu novo número de telefone. O sujeito alegou estar simplesmente de férias, e grosseiramente pediu ao jornalista que parasse de assediá-la. Depois de desligar, o sujeito recuperou a fotografia de J. P. debaixo da cama e brevemente cobriu o rosto com a mão. Depois desse episódio, o sujeito pediu pad thai de um restaurante local...

... baseado nas profundas relações de Zdenek K. com outro homem do lado de fora do bar Kleo, está claro que o sujeito não está envolvido com Zdenek K. de maneira alguma além de forma amigável e platônica, e, portanto, J. P. pode relaxar em saber que não foi abandonado por outro homem, pelo menos não este...

... às oito da manhã o sujeito andou até um consultório local de ginecologia. O agente não conseguiu entrar no prédio de maneira a monitorar a conversa entre o sujeito e o profissional de saúde, mas outra varredura no apartamento do sujeito revelou um teste de gravidez positivo enrolado em dois lenços Kleenex. Isso pode indicar que o sujeito está no início de...

... o agente enviou uma amostra de urina para análise para confirmar que ele pertence a...

Por um momento perdi a capacidade de enxergar. As letras pretas no fundo branco pularam da tela e cobriram meu entorno. Eu me abaixei e, com grande força de vontade, contive a vontade de vomitar. Tossi e senti pedaços ácidos de tortilha na ponta da língua. Hanus flutuou atrás de mim.

– Não faz sentido – eu disse a Hanus.

– O filhote humano pode ser seu, humano magrelo – propôs Hanus.

– Se fosse, ela não teria ido embora.

– Como aprendi com todos os recursos de autorreflexão da humanitude, seus motivos não são lineares.

– Não entendi nada – eu disse.

– A nuvem de Chopra está a dias de distância, humano magrelo. Todas as outras coisas poderão ser entendidas depois.

Respondi ao relatório: *A criança é minha? Posso obter uma foto dela?*

A resposta veio quase imediatamente: *Vou descobrir. Que tipo de foto?*

Uma foto bonita, escrevi.

Apertei meu dedo indicador na tela e fechei o navegador. Na cozinha, contei as garrafas de uísque restantes. Três.

Maldita Central e seus regulamentos. A obsessão estúpida do dr. Kurák com a ideia de que todo humano é um alcoólatra em treinamento. As garrafas não seriam suficientes, mas decidi beber adequadamente em vez de guardar as mercadorias para o resto da missão. Sim: não é esta a maneira certa de viver nos tempos modernos, consumir e esquecer o resto? A civilização pode desmoronar a qualquer momento.

Enquanto abria a garrafa, Hanus apareceu atrás de mim.

– Quer um pouco disso? – perguntei.

– Ah, o *spiritus frumenti* da Terra. Li muito sobre seus efeitos destrutivos.

– Você deve ter pulado os capítulos sobre cura.

Ofereci a garrafa. Hanus fechou os olhos.

– Temo já ter sacrificado meus impulsos no caso do creme de avelã, humano magrelo. Não desejo novas interrupções no meu funcionamento.

– Sobra mais para mim – eu disse, e dei um gole.

–Você está triste por seu amor humano – apontou ele.

– Posso te perguntar uma coisa? Ou você já sabe?

– Talvez eu saiba, mas pergunte. Sua fala me conforta.

– Quando o flagrei no meu quarto, procurando a caixa...

– Sim. As cinzas de seu ancestral.

– Por quê?

Hanus saiu da cozinha, e eu o segui até o lounge. Ali ele tocou a tela do computador, ativando-a.

– Por favor, abra a janela – disse Hanus.

Apertei o botão da cobertura da janela. À nossa frente o universo se abriu.

– Estou interessado na perda humana – explicou Hanus. – Ela pertence a mim e à minha tribo de uma maneira particular.

– Quais são as particularidades?

Hanus se virou para mim e, pela primeira vez, seus olhos se voltaram para duas direções diferentes – a metade da esquerda olhava diretamente para mim, e a outra encarava distraidamente o espaço.

– Eu te enganei, humano magrelo, mas não posso mais. Não aprovo as sensações fisiológicas associadas a tais ações. Não vou levar as notícias da Terra para meus Anciões. Não posso.

O corpo de Hanus se encolheu no chão. Ele olhou pela janela com anseio, o que me fez lembrar daquelas semanas em que procurei pelos meus pais, como se a visão pudesse penetrar no espaço e no tempo e nos limites da mortalidade. O olhar dele era de quem não sabia de algo, um olhar que parecia ser partilhado e reconhecido por todas as espécies.

– Viajei por galáxias – ele disse. – Corri em chuvas de meteoros e pintei as formas de nebulosas. Entrei em buracos negros, senti minha forma física se desintegrar com minha tribo entoando cânticos ao meu redor, depois apareci novamente, no mesmo mundo, mas numa dimensão alterada. Tracei os contornos do universo e testemunhei sua expansão – uma mudança de algo para nada. Nadei na matéria escura. No entanto, nunca, em minhas viagens ou na memória coletiva de minha tribo, experimentei um fenômeno tão estranho quanto a sua Terra. Sua humanitude. Não, humano magrelo, você não era conhecido por nossa tribo. Eu não fui enviado aqui por eles. Nós nos considerávamos os únicos espíritos do universo, a par de todos os seus segredos, mas você foi mantido fora de nosso alcance. Como diria um humano, encontrei você por pura coincidência; não por missão.

Sorvi o uísque. Gravidade zero ou não, a queimação era a mesma: intestino afagado, dilatação dos vasos sanguíneos, felicidade.

– Continue – pedi.

– Naturalmente, minha curiosidade me levou a começar minha pesquisa sobre a humanidade imediatamente. Vivi em sua órbita por uma década de anos humanos. Visitei alguns astronautas, mas os três me ignoraram ou começaram a rezar. Seu cântico sem sentido, confesso, me causou repulsa. Eu estava contente como um observador silencioso até saber disso que você chama de cometa Chopra.

Amarrei-me à espreguiçadeira para beber mais facilmente. Minhas panturrilhas estavam dormentes. Hanus estava realmente falando sobre si pela primeira vez. Senti que isso justificava beber a garrafa inteira. Haveria melhor resposta para tal progresso?

– Sabe, esse cometa vem do meu mundo natal. Eu não tinha certeza antes, mas agora tenho. De certa forma, o pó de Chopra está ligado a todos nós e ao Princípio. Preciso ver, humano magrelo. Devo vê-lo antes que certos eventos aconteçam. Antes que venham me buscar.

– Quem? Por favor, me conte – implorei.

– Os Gorompeds estão vindo. Só posso dizer isso, por enquanto.

O monitor Flat emitiu um som de notificação. Outro e-mail do Ministério do Interior, dessa vez com uma imagem anexada. Larguei a garrafa e deixei-a flutuar, permitindo que seu conteúdo se espalhasse por todo o lounge: meus aparelhos eletrônicos, a janela, a barriga de Hanus.

Abri o e-mail.

... médico concordou em fornecer informações confidenciais do paciente por um pagamento considerável. Confirma-se que o teste foi um falso positivo, e a cobaia não está grávida, nem esteve desde que começou a visitar o doutor...

... confirmou então que se tratava de um caso da chamada gravidez fantasma, em que o corpo do sujeito começa a reagir à certeza do cérebro quanto à concepção...

Claro. Milagres eram bobagens, meros mecanismos de enfrentamento. Apesar da dor na barriga, eu estava feliz. Lenka não teria que enfrentar mais uma complicação em minha ausência. Eu a deixara com preocupações suficientes – seria melhor que o crescimento de um ser humano dentro de seu corpo não fosse adicionado à lista.

Ainda assim, alimentei esperanças. Esperanças de que esse fosse o motivo de sua partida, que ela precisasse se afastar e pensar no teste positivo, antes de voltar e me dizer que eu seria pai. Foi uma espécie de calmante enquanto durou.

Eu gostaria de poder viajar para fora da nave e arrancar os painéis solares, as baterias, e arremessar o recipiente contendo a água que fornece meu oxigênio pela porta. Eu desligaria as luzes, os zumbidos, a vista e descansaria na escuridão.

Pense.

Estudei a fotografia de Lenka, tirada de perfil no estranho quarto novo enquanto ela se preparava para dormir. Usava uma calcinha de renda preta, e seu rosto estava ligeiramente afastado do foco da câmera. A luz do sol do fim da tarde que penetrava pelas cortinas delineava suas maçãs do rosto e derretia as sombras de suas curvas. Meus lábios estavam secos. Eu devia ter ficado indignado, indignado comigo mesmo por permitir tal violação contra ela – algum tonto do governo a vigiando pela janela, tirando fotos de seu corpo para manter meu pavor sob controle. Mas o prazer da imagem me dominou. Lembrei-me da sensação da renda preta roçando minhas bochechas e do gosto daquilo entre meus dentes, quando eu ficava ansioso demais para esperar que ela se despisse.

Por que ela foi embora?, perguntei à foto. Aonde você foi, por que me deixou para trás? Não, espere; fui eu que fiz isso. Implorei à foto para não me permitir desviar. Dos pixels que formavam a carne artificial do meu amor, não recebi resposta.

A FOGUEIRA DAS BRUXAS

O último dia de abril é o Dia das Bruxas, e pela primeira vez meus avós, desconfiados da crescente hostilidade dos vizinhos, não querem participar das cerimônias. As Bruxas são meu feriado favorito, então supliquei e implorei e prometi ser cuidadoso, e logo concordaram em me deixar ir. No campo de futebol, uma pilha enorme de madeira repousa sob a bruxa do ano – um espantalho feito de longas varas amarradas uma à outra e trajado com uma velha jaqueta militar, saia na altura dos joelhos e capa. Um arame enferrujado mantém a vassoura presa à mão sem dedos. O rosto, um travesseiro de pelúcia, constitui-se de duas lascas de carvão no lugar dos olhos e uma pimenta como nariz, na ponta do qual um pedacinho de cocô de coelho simula uma verruga. Os lábios, pintados com tinta, formam um sorriso torto com espaços enegrecidos que representam a falta de dentes. Boud'a e eu compramos uma salsicha e sentamos nos bancos, armando planos para conseguir cerveja. Ofereço à garota do bar vinte coroas extras, jurando guardar segredo, e ela me serve um pouco de Staropramen num copo preto.

Quando retomo meu lugar no banco, a fogueira é acesa; a bruxa se enruga, desfazendo-se camada por camada até que sua nudez de manequim seja revelada. A pimenta estoura e seu suco ferve entre as chamas, enquanto os olhos da bruxa se tornam os olhos de um demônio, queimando, brilhantes e vermelhos, até que a cabeça finalmente cai e toda a vila vibra. Os meninos mais velhos começam a pular sobre o fogo; as mulheres jogam vassouras velhas nas chamas e fazem um desejo pedindo anos melhores. Minhas pernas e braços estão dormentes; meu estômago, sobrecarregado com cerveja. Jogo o copo vazio no fogo e outros seguem, e logo as chamas estão absorvendo garrafas, salsichas meio comidas, uma bandana, pratos de papel, uma bola de futebol vazia, qualquer oferta que possamos encontrar para satisfazer as forças da boa sorte. Ninguém está olhando para mim, ninguém parece se ressentir de mim nesse momento; somos todos feras da tradição, escravos da cerimônia. Dou um tapa nas costas de Boud'a e cambaleio pelo campo, em direção à floresta, onde abro o zíper e urino a cerveja que me atravessa ferozmente.

O som dos gravetos se partindo ecoa atrás de mim.

Não percebo que é Mládek até que ele empurra meu rosto contra a árvore e algo se quebra no interior do meu nariz. Caio de bruços e, ao virar a cabeça, vejo-o ali, com o crânio raspado na frente e os cachos bagunçados atrás que descem à altura do pescoço. Ao lado dele está o garoto de Praga, com uma camisa da Nike, jeans largos e a franja encharcada de gel. Mládek segura uma vara que queima fracamente em sua mão trêmula. Suas sobrancelhas se tocam em uma carranca nervosa que pretende ser ameaçadora.

– Você é igual ao seu velho? – ele pergunta.

– Só presta pra brigar com gente amarrada – diz o menino de Praga.

Olho para o sangue em minhas mãos, na camisa e no musgo no chão. O sangue não para de pingar. Mládek está embaçado; tudo está. Eu me pergunto de onde vem todo aquele sangue, como ele me enche até a borda e espera pelo menor motivo para jorrar. O menino de Praga me segura, enquanto chuto e arranho. Seus dedos empurram a parte de trás do meu crânio, e o joelho está alojado entre minhas nádegas. Mládek arregaça a perna direita da minha calça e respira fundo. A princípio, a chama parece fria em minha panturrilha, mas um ou dois segundos depois a dor rasga meu corpo, e sinto o cheiro de minha própria carne queimada; meu músculo parece derreter e se fundir com a sujeira no chão. Manchas vermelhas disparam contra a minha visão. O menino de Praga me solta, mas não consigo me mexer. Sinto os músculos de minha mandíbula se contorcerem e não tenho mais certeza se minha garganta está produzindo algum som. O menino de Praga foge e Mládek deixa cair o pau quente perto do meu rosto. Sua compreensão da história que nos traz a esse momento não é mais clara do que a minha, o que significa que não há nada que possamos dizer um ao outro. Ele está olhando para a minha perna com a boca aberta.

– Ah, isso é sério, sério demais... – Ele corre também, e eu estou sozinho.

Só os pássaros que cantam lá no alto sabem quanto tempo leva para que eu recupere o controle dos braços; então enfio as unhas na terra e no musgo e me empurro para a frente, e de novo, e agora posso empurrar com minha perna esquerda também, mas não consigo evitar a dúvida: a direita pegou fogo? Ela caiu? Não ouso olhar para trás para descobrir. Rastejo para fora da floresta e volto para o campo de futebol, onde o orvalho noturno da grama bem cuidada encharca meus lábios. Por fim, sinto minha perna direita novamente – um momento de alívio provocado pelas gotículas frias antes que a dor real se instale, quando meus nervos chamuscados não estão mais sob a anestesia do choque. A bruxa está enterrada em algum lugar dentro da pilha de madeira que não para de queimar, e agora os participantes da celebração estão mais interessados em álcool e gritos. Rastejo em direção à fogueira, até que finalmente os olhos deles se voltam para mim e uma onda de corpos corre em minha direção. A sra. Vlásková desmaia ao ver minha perna. Os homens estendem as mãos para mim e erguem meu corpo, apoiando-o sobre seus ombros largos. Fecho os olhos e conto. Conto e desejo que meu pai pudesse me carregar agora; desejo que ele pudesse se desculpar em todas as línguas do mundo.

Duas semanas depois, vou mancando até a caixa de correio e encontro uma carta do governo. Durante o período de descanso, ordenado pelo médico e intensamente vigiado pela vovó, essas pequenas viagens até o correio são o ponto alto dos meus dias. O envelope é aquele padrão dos serviços postais e contém uma página dobrada três vezes, com um carimbo do tamanho do meu punho. Meu avô rosna para a mesa enquanto termina de ler, depois olha para mim deitado no sofá. Fecho os olhos e respiro fundo, fingindo dormir. Minha perna está dolorida e coçando por baixo do curativo, e, toda vez que arranho para aliviar a coceira, uma mistura de plasma e antisséptico amarelo se acumula sob minhas unhas. Respiro pela boca para evitar o cheiro de remédio e pus.

Meu avô se levanta e vai até a despensa. Pega uma caixa de plástico cinza e a coloca na mesa da sala, olhando para mim com frequência. De dentro dela, ele tira sua pistola de pederneira, um frasco de pólvora e um saco de balas de chumbo, depois raspa um pouco de ferrugem com a unha e sopra na abertura do cano. Deslizando a pistola sob o cinto, puxa a barra da camisa de flanela sobre ela e guarda a munição no bolso da frente. Síma estuda-o com a cabeça inclinada. Vovô pega sua bengala e sai, seguindo pela estrada principal em direção às cabanas de férias à beira do lago. Quando ele está fora de vista, levanto, dou um tapa de leve no meu ferimento para abrandar a coceira e apanho minha própria bengala – aquela que meu avô esculpiu para mim quando eu tinha seis anos. Vovó vai ficar na cidade comprando livros por mais algum tempo, então não há mais ninguém para me manter no sofá. Quando saio, Síma emite um gemido sutil. Ele nunca gostou de ficar sozinho.

Para a maioria da população de Streda, as cabanas de férias formam uma cidade à parte, porque aquelas pessoas não têm nada em comum com os habitantes da vila. As casas são afastadas umas das outras, e cada uma é cercada por ricas camadas de árvores, arbustos e jardins. Deve haver pelo menos duas dúzias delas agora, abrigando essas novas famílias que chegam para abraçar a vida no campo de fim de semana, com filhas adolescentes bronzeando-se em piscinas infláveis, filhos adolescentes cutucando árvores com varas e pescando no lago, pais com as pernas abertas grelhando carne e mães bebendo vinho ou lendo nas varandas. As crianças da vila dizem que a casa do Homem do Sapato fica longe das outras, que foi construída na beira da floresta e que ninguém o vê chegar ou partir – num dia ele simplesmente está lá, e no outro as venezianas estão fechadas e as pesadas portas de carvalho, trancadas e protegidas. Ele não compra suas mercadorias na cidade, não vai ao bar e não sai para passear na estrada principal.

Finalmente alcanço meu avô. Ele atravessa o portão da frente e pisa no capim que cobre o gramado da frente. Uma grande cerejeira paira sobre a casa, ostentando frutos ainda não maduros, mas já violados por bicadas de pássaros e pesando nos galhos. A cabana em si é humilde em comparação com as outras: pequena, com telhado de zinco e sem antena parabólica, varanda, garagem ou piscina – as comodidades mais populares entre as residências dos demais visitantes-de-fim-de-semana oriundos de Praga. A julgar pela textura desbotada das paredes de madeira e por uma chaminé desmoronada, a cabana deve estar aqui há muito tempo, talvez décadas, mas nunca a vi durante as incursões de espionagem de que participei, quando algumas das crianças da vila ainda me toleravam. A casa apareceu diante de mim tão repentinamente quanto o Homem do Sapato e sua mochila: uma parte de nossa vida que sempre esteve presente, mas, até agora, escondida.

Paro diante do portão. Talvez seja melhor permitir que meu avô faça seja lá o que for. O que a carta poderia ter dito para levá-lo a colocar a arma na cintura? Se ele matar, nós o perderemos. Seremos só eu, vovó e Síma, um clã pequeno demais para ser qualquer coisa. Precisamos do vovô. Eu preciso de seus ataques noturnos de tosse para adormecer; preciso do almíscar que emana de suas camisas de trabalho para sentir que tenho um lar.

Entro na casa; a dor na panturrilha já se estende até a altura do joelho, e as pontas dos meus dedos tremem. A porta da frente range quando entro. O interior da cabana é tão triste e estéril quanto o exterior – há uma mesa de plástico na sala com uma garrafa de cerveja vazia, um fogão e um tapete felpudo debaixo de uma cadeira à minha esquerda, onde vejo meu avô sentado, com a pistola no colo. À sua frente, o Homem do Sapato está recostado em um horrível sofá laranja, coberto por um cobertor. A seus pés repousa um pastor-alemão preto, com a cabeça apoiada nas patas e as orelhas em pé. O espaço é tão pequeno que eu poderia dar dois passos e tocar qualquer um deles.

– Jakub, volte para casa – ordena meu avô. – Eu não vou dizer duas vezes.

– Não – respondo.

– Acho que bater à porta não faz parte dos costumes da sua família – diz o Homem do Sapato, esticando o braço direito. Ele parece relaxado, agradavelmente desgrenhado, como se tivesse acabado de acordar de uma soneca.

– Preciso que me ouça agora. Vá para casa – insiste vovô.

Ando até a cadeira ao lado do vovô e me sento. Dá para ouvir sua dentadura rangendo. O cachorro me observa atentamente.

– Se você me quer em casa, vai ter que me arrastar até lá – respondo.

– Gosto dele – diz o Homem do Sapato.

– Fique de boca fechada – retruca o vovô.

– Sim, claro, eu não deveria falar dentro da minha própria casa. Que diferença faz se o menino está aqui? Você veio aqui para conversar, não para atirar, apesar do show que está fazendo. Além disso, o menino não deveria saber que tipo de sangue corre em suas veias? Não o proteja do que ele está prestes a se tornar.

– Vou atirar no seu joelho – vovô sussurra.

– Meu cachorro vai rasgar sua garganta.

Sinto que estou respirando muito alto e tento me acalmar. No entanto, quanto mais eu tento, mais cansados meus pulmões ficam, até que estou ofegante e me curvando para a frente. Vovô coloca a mão nas minhas costas.

– Podemos fazer isso outra hora – sugere o Homem do Sapato. – Ou podemos falar com calma, sem ameaças.

Vovô puxa a carta amassada do bolso.

– O cachorro vai atacar se eu entregar isso a você?

– Eu sei o que está escrito – diz o Homem do Sapato.

– Diz aqui que nossa casa foi confiscada de você pelo Partido em 1976 e dada à nossa família como parte da redistribuição de propriedades entre funcionários do Partido.

– Sim.

O Homem do Sapato não parece se divertir com isso; não sorri, nem tripudia. Ele tem a mesma aparência solene e neutra de uma moça do tempo anunciando no telejornal uma tempestade iminente que pode tanto destruir a cidade como passar, sem grandes consequências, em direção ao oceano.

– Meu bisavô construiu a casa com seu salário de operário antes da revolução industrial – diz vovô. – Isso é uma mentira com um carimbo de um burocrata. – Ele bate o dedo inquieto no cabo da pistola. É um tique que nunca vi, pois meu avô não é nervoso. Então enxuga as palmas das mãos suadas na camisa.

– E isso não nos leva direto ao cerne do problema, sr. Procházka? Não importa. Não importa que seu bisavô tenha cavado o porão com as próprias mãos, que o sol tenha queimado sua testa enquanto ele revestia o telhado. O documento em sua mão afirma que a casa foi roubada de mim e dada a você como recompensa pelo trabalho de seu filho. Assim o Estado declara. Você tem duas semanas para sair e entregar a propriedade ao seu dono legal.

Vovô coloca a mão no bolso da frente e tira um maço de cigarros. Enquanto acende um, o Homem do Sapato pega a garrafa térmica à sua frente e serve-se de um copo alto de leite.

– Claro, você pode fumar aqui – diz o Homem do Sapato. – Sem problemas. Você gostaria de um pouco de leite? Jakub? Ainda está quente, recém-saído da vaca.

Pela primeira vez em duas semanas não sinto a dor do meu ferimento. Não tenho nenhuma sensação física além da dificuldade de respirar. Como podemos fazer isso sem esforço o dia todo e a noite toda? Cinco respirações curtas, uma longa. Três longas, uma dúzia curtas. Conto, bato um dedo no joelho e tento sincronizar com as batidas do vovô; concentro todo o meu poder cerebral em voltar ao clássico inspirar, expirar, um, dois, mas não sou mais senhor de meus próprios pulmões.

– Não fale com ele – vovô sussurra entredentes, e não tenho certeza se ele está falando comigo ou com o Homem do Sapato. Ele se levanta e dá um passo à frente, e o Homem do Sapato contém o avanço de seu cachorro, que rosna, segurando-o pela pele do pescoço.

– Pensei nesse momento por anos – diz o Homem do Sapato. – Primeiro, claro, quando cumpri minha pena, quatro anos na prisão política. A comida era sal e mingau de lata, presunto aos domingos, com pão de centeio duro e água branqueada. Meu companheiro de cela se masturbava enquanto me observava dormir. Ele disse que no escuro meu maxilar o fazia se lembrar da esposa. Era um artista que pintou genitais nas sobrancelhas de Brejnev. Foi ali que decidi que um dia iria procurar seu filho. O Partido tirou minha mãe e meu pai do apartamento onde passaram a maior parte da vida e os colocou num daqueles apartamentinhos apertados com as outras famílias exiladas de presos políticos. Quando descobriram que éramos de origem húngara, até pensaram em botá-los em um trem para Budapeste. Levaram a maioria dos nossos móveis e cortaram a aposentadoria dos meus pais. Só posso agradecer por não ter tido filhos – imagine o que o Partido teria feito com eles, ou com uma esposa. Minha vida foi tirada de mim por correntes elétricas e uma assinatura em uma declaração de condenação, sr. Procházka. Minha família foi banida para que a sua pudesse florescer. Agora, sou eu quem tem amigos. Estou do lado vencedor.

A luta para respirar deixa minha garganta seca. Desejo o leite do Homem do Sapato, mas não posso aceitar. Nunca. Vovô acende o segundo cigarro enquanto o Homem do Sapato termina seu copo. Admiro sua resistência à lactose.

– Você os mandou para machucar Jakub – diz vovô. – Isso faz parte do acerto de contas? Machucar garotinhos?

– Eu não sou um garotinho.

– Lamento profundamente o que aconteceu com Jakub – diz o Homem do Sapato. – Nunca fui um defensor do uso da violência para alcançar meus objetivos e certamente nunca encorajei ninguém a agir contra você. Ouvi dizer que os culpados foram pegos e punidos.

– Pegos e soltos – zomba meu avô. – É a palavra de Jakub contra a deles, disseram. Ele mesmo deve ter tropeçado e caído na vara em chamas, disseram. Fico pensando como o pai do Mládek, um motorista de trator, pagou um advogado chique de Praga.

– O outro garoto era de Praga, não era? Escute, sr. Procházka, não tenho dormido muito. Não quero que você pense que me sinto bem por estar aqui, representando uma ameaça para você. Eu não durmo porque queria muito saber o que eu quero de você. Que tipo de reparação você pode oferecer. Foi depois do ataque ao Jakub que finalmente percebi. Você acredita em destino? Eu não. Mas às vezes minha educação e meus livros e meu senso de caos são derrubados pela pura força das coincidências que vivemos. Meu castigo para você também será sua salvação. Banimento. Você vende alguns móveis, muda-se para algum lugar longe daqui, onde pode ser anônimo, e deixa Jakub crescer sem o peso das conquistas de seu filho. Ninguém mais vai poder machucar vocês, ele não será vítima da raiva que lhe causou dano. Por enquanto, é a opção mais segura. E a única.

Pergunto-me se o cachorro me morderia se eu tentasse fazer carinho nele. Como será que se chama? Em silêncio, o vovô fuma o terceiro cigarro, depois esmaga o maço vazio sob o pé. Dedo no gatilho.

A raiva que queima em meu peito não é direcionada ao Homem do Sapato, mas a meu pai. Meu pai deveria estar sentado aqui, fumando sem parar e perdendo sua casa natal. Quero me desculpar com o estranho. Chutá-lo. Implorar pela casa que meu avô manteve por toda a vida, atacando as infestações de ratos do verão com gatos e veneno, enchendo as rachaduras nas paredes com concreto para que o gelo não as preenchesse e destruísse. Quantos porcos encharcaram a terra com seu sangue, quantas flores desabrocharam e murcharam no jardim sob nossa vigilância?

– Esta é a reparação aceitável – diz o Homem do Sapato. – Eu quero a casa. Eu quero você fora. Não posso obter justiça de seu filho, mas vou conseguir alguma coisa. Entregue-a pacificamente. Seja digno em sua derrota.

Vovô pesa a pistola em sua mão. O cão levanta a cabeça na direção do dono. Não há relógios na sala, noto; nenhum tique-taque, nem ritmo – uma quietude perfeita.

– Você vai nos deixar em paz se formos embora? – pergunta vovô.

– Claro.

– Não é bom o suficiente. Eu posso lutar contra isso no tribunal.

– Com sua aposentadoria? Você não percebe que posso fazer um juiz negar seu pedido antes mesmo de você entrar com o processo? Você será expulso da casa se não a desocupar.

– Eu poderia atirar em você e fazer uma bala atravessar seus pulmões. –Vovô segura o punho da pistola. Lembro-me da bala de chumbo da pistola esmagando as entranhas do porco, daquele fluxo instantâneo de sangue misturando-se com o solo. Um tiro em um humano com aquela pistola velha causaria o mesmo sangramento?

– Poderia. Você vai perder a casa do mesmo jeito. O Jakub aqui pode visitá-lo na prisão aos domingos.

Vovô volta a se sentar e coça a ponta do nariz.

– O que acontecerá com a casa se eu a entregar para você?

–Vou reformá-la. Alugar para uns caras legais de Praga. Um museu do nosso relacionamento, uma lápide para injustiças mútuas. Até posso enviar a você uma parte do aluguel, para evitar que passe dificuldade. Oferta de paz. Não se trata de dinheiro.

Vovô se levanta novamente. O cachorro solta um rosnado de barítono, e o Homem do Sapato põe a mão em sua cabeça para acalmá-lo. O cachorro me mataria sem hesitação, percebo; rasgaria minha garganta e a mastigaria como uma bola de tênis. Que assim seja. Vou morrer ao lado de meu avô.

–Vamos – vovô me diz.

Estendo a mão, e ele a pega, ajudando-me a ficar de pé. Inclino-me sobre seu ombro para não cair.

– Eu confio que você vai desocupar a casa dentro do prazo especificado na carta.

– Não – vovô responde, sem acrescentar mais nada.

Ele me ajuda a sair da cabana, passar o portão, cruzar a ponte do rio e chegar de volta à estrada principal, e enquanto caminhamos seu *não* ressoa, seu tom fraco e descomprometido, tão diferente da natureza declarativa do discurso habitual de meu avô, em que cada sílaba é uma verdade que não deve ser desprezada. Um *não* silencioso e humilhado, dito por um homem totalmente diferente. Um *não* que não significava nada.

– Nós não vamos sair – digo eu, quando chegamos em casa.

– Vá se lavar. Vovó logo vai chegar em casa. Eu vou cozinhar salsichas.

– Nós não vamos embora.

– Não. Não vamos.

Meus avós falam sombriamente até tarde da noite. Cutuco a língua de Síma enquanto leio *Robinson Crusoé* com uma lanterna embaixo do lençol.

O dono do bar não serve mais meu avô. Ele bebe na garagem enquanto afia suas facas de matar.

Encontramos um rato eviscerado em nosso capacho. Provavelmente obra dos gatos.

Procuramos transferências escolares para mim. Eu poderia acordar às cinco da manhã e pegar o ônibus para uma escola a três cidadezinhas de distância. Vamos de trem até o consultório médico em Louny, e ele passa pomada na minha ferida.

– Curando bem – diz ele. – Vai ser a cicatriz mais interessante do mundo.

Tiro jornais do lixo. Apartamentos em Praga circulados em verde.

Não.

Passo três vezes pela cabana do Homem do Sapato. Suas janelas e portas estão fechadas. Um gato selvagem pula em mim do alto do portão. Urino na lateral da casa. Raspo pequenas obscenidades na madeira com um canivete.

O homem que geralmente compra as peles de coelho do meu avô diz que não pode mais aceitá-las.

Minha avó não é mais bem-vinda no clube do livro que ela fundou. Eu a pego sussurrando para as plantas de manhã cedo.

Não.

O cabelo de meu avô parece terrivelmente fino e grisalho; as pálpebras flácidas caem sobre os olhos, como aberturas de caverna tão pequenas que nenhum humano poderia rompê-las.

O cheque da aposentadoria da minha avó foi perdido pelo correio. Por duas semanas, vovô precisa trabalhar como segurança durante a noite na cidade para garantir o pagamento à companhia de gás. Todos os dias, no café da manhã e no jantar, ele come batatas fritas baratas do restaurante de frango assado em frente ao trabalho. Às vezes o cozinheiro fica com pena e lhe dá as asas queimadas que seriam jogadas fora. Seu hálito e suor cheiram a óleo de canola, e ele passa o pouco tempo que tem conosco falando sobre seus porcos, sua terra, comida que enche o estômago sem rasgar o revestimento intestinal. O cheque perdido nunca é recuperado, apesar das várias reclamações que fazemos ao governo.

Cinco semanas se passaram desde o *não* de vovô, e subconscientemente começamos a empacotar nossos pertences. Nenhum de nós tem forças para manter a crença no nosso *não*. Estamos de acordo, sem a necessidade de dizê-lo um ao outro.

Deixamos muitas coisas para trás. Levamos a grande mesa de carvalho que meu bisavô esculpiu quando trabalhava como carpinteiro para os austro-húngaros; um quadro do século XVII retratando uma ruiva chorona que se parece muito com minha avó; panelas, frigideiras e pratos de porcelana que sobreviveram a guerras mundiais e grandes inundações. Deixamos para trás a cama *king size* dupla sob a qual minha avó se escondia quando as sirenes anunciavam a possibilidade de bombardeios da Luftwaffe. Deixamos o fogão que mantém a casa aquecida desde os tempos de Francisco Ferdinando*. Deixamos a dúzia de gatos de rua que vivem no sótão com uma tigela cheia de leite no lugar de um pedido de desculpas. Deixamos os coelhos, as galinhas e a pequena nova Louda. A dúzia de fantoches esculpidos à mão que minha avó fazia para crianças em idade escolar. A latrina lá fora, com suas famílias de aracnídeos. Deixamos livros que escaparam das fogueiras austro-húngaras, das fogueiras alemãs, das fogueiras stalinistas – livros que mantiveram a língua viva enquanto os regimes tentavam matá-la de fome. Não podemos levar muita coisa.

Deixamos Síma em outra aldeia com nosso primo Alois. Ele é muito selvagem para a cidade, gosta muito de perseguir criaturinhas e nadar no rio. Não seria justo fazê-lo sofrer com o concreto e o barulho dos incessantes carros da cidade. Minha avó e eu choramos por ele enquanto pegamos o trem de volta para Streda. *Síma.*

Durante todo o dia de mudança, mantenho-me agarrado a meu exemplar de *Robinson Crusoé*. Marcas de dentes de camundongo ferem a capa e o cheiro de mofo está impregnado nas páginas, mas a lombada dura é tão forte quanto os portões de uma fortaleza. Depois de tudo carregado, vovô insiste em pintar o portão antes de sairmos. Os carregadores, um casal de cazaques esguios com cheiro de rum, fumam cigarros e suspiram de aborrecimento. Tento ajudar, mas ele diz que quer fazer isso sozinho. A dor nas costas e a tensão muscular nos ombros e antebraços o forçam a parar de cinco em cinco minutos. Quando finalmente vamos embora, o portão tem a cor dos troncos de madeira recém-cortados que vovô e eu colhíamos na

---

* Francisco Ferdinando (1863-1914) foi um arquiduque da Áustria, herdeiro do trono do Império Austro-Húngaro. [N. de T.]

floresta no início da primavera – uma madeira bem nutrida pelas chuvas matinais e o solo rico, uma madeira que teríamos de deixar ao sol por meses antes que começasse a secar e perder a vontade de viver. Deixamos o portão marrom e robusto para seu novo destino.

O apartamento que alugamos no Parízsk pertenceu a um funcionário do Partido até 1989. Depois disso, o novo proprietário transformou todo o andar num restaurante francês que faliu em um ano. Aí um empresário alemão comprou o andar e o dividiu em cinco apartamentos no estilo New West – e o resultado ficou tão grosseiro que é impossível se sentir em casa. A pia é pequena e frágil, as paredes são finas, o assento do vaso sanitário é de plástico. Sempre que o vizinho de cima dá descarga ouvimos o eco dentro dos canos. É o que podemos pagar com a aposentadoria dos meus avós: um apartamento para o qual eu nunca levaria um amigo, se tivesse amigos. Não há história aqui, nenhum legado – tudo o que possuímos ou alugamos parece ser feito de plástico ou estanho em alguma fábrica onde a mão de obra imigrante trabalha em troca de um punhado de moedas. Mesmo que o Homem do Sapato estivesse falando sério sobre nos ajudar financeiramente, sei que vovô iria preferir queimar o dinheiro e conseguir um emprego na construção, se fosse necessário.

Mas tudo isso está por vir. A caminho de Praga, ainda não sei nada sobre o apartamento e, enquanto o vovô segue o caminhão da mudança, passo o tempo no banco de trás do Skoda emprestado, decidido de que devo ser o portador biológico da maldição de meu pai. Ela deve repousar em minhas entranhas como uma tênia. Estou determinado a nunca decepcionar meus avós, a nunca me comportar mal, pois a vida deles agora ficará confinada ao espaço apertado de uma cidade sem solo por causa de algo que é inerentemente parte de mim. Atravessamos os tijolos cúbicos da Cidade Velha de Praga, freando a cada poucos minutos para que turistas dispersos no meio da estrada tirassem fotos de torres góticas, antigos bairros judeus e portões de cemitérios. A padaria onde meu pai costumava comprar *rakvicky*, ou cascões – pequenos pastéis com recheio de *tiramisu* cobertos com chantili e raspas de chocolate –, agora é um Kentucky Fried Chicken, e anseio por uma coxa suculenta que poderia mergulhar em purê de batatas e molho, mas não tenho o direito de fazer exigências. Eu sou a maldição, e não temos dinheiro para comida ocidental. O jantar será batatas e creme de leite, o mesmo prato que sustentou as famílias dos meus avós durante a Segunda Guerra. Passamos pelos shoppings e cinemas que se erguem das ruínas de antigos centros comunitários, os lugares onde os jovens de Praga se reuniam para assistir a filmes educativos que falavam da importância de apoiar os soviéticos e jogar futebol com camisas vermelhas. Não reconheço esta cidade – seus novos exploradores bem-vestidos, seus táxis e *outdoors* Tommy Hilfiger. Eu não conheço essa Praga livre, mas gostaria. Tantos luxos estão agora ao meu alcance, e não posso pagar por nenhum deles.

Estacionamos em frente ao prédio e, enquanto vovô dá instruções aos transportadores, "Jailhouse Rock", do Elvis, começa a tocar no rádio. Inclino-me para a frente e mudo de estação. Vovó não diz uma palavra. Ressoam sons de flautas, fagotes e uma harpa. O soprano de uma mulher que clama por algo me lembra uma coruja buscando o retorno das ondas sonoras em meio à noite escura. Pergunto à vovó o que é isso, e ela sorri.

– *Rusalka** – diz. – É uma ópera.

---

* Ópera tcheca de Antonín Dvorák, composta em 1900. [N. de T.]

– Você já viu? – pergunto.

– Era a favorita de sua mãe. Nós a vimos juntas logo depois que ela se casou com seu pai.

– Você está zangada com ele? Por tudo isso?

O sinal da estação desaparece e a música se transforma em estática. Vovó a ignora e fita a vista à sua frente, com o olhar fixo. A estática me lembra uma dor de dente. Finalmente, vovó abaixa o volume, pega suas coisas e fala mais alto, como se estivesse fazendo uma declaração para a multidão pelo microfone.

– *Não* – diz ela, soando como meu avô.

RUSALKA

A caixa de charutos era feita de cedro maciço e pesava exatamente dois quilos e trinta gramas. Nas últimas noites, depois que eu e Hanus terminávamos de conversar e ele se aninhava em seu canto de costume, logo na entrada de minha câmara de dormir, eu a tirava do baú de armazenamento e acariciava sua tampa amarelo-fosca, saudando a inscrição *Partagas – Hecho en Cuba.* Abria a caixa e retirava de dentro dela a bolsinha de seda com as cinzas de meu avô. Então deixava a bolsa flutuar pela cabine por um tempo, como uma mãe guiando o filho no primeiro mergulho.

Não conseguia parar de pensar no verdadeiro corpo de meu avô e em como ele se comportaria no espaço, com suas pernas curtas, fortes o suficiente para sustentar um abdome abastecido por sessenta anos inteiros de paixão pela cerveja; os braços grossos, estampados com tatuagens de um caubói já desbotado e um pássaro azul; o rosto taurino coberto de barba grisalha e os cabelos finos, permanentemente infestados de caspa – toda aquela massa suspensa no ar avaliando calmamente o universo lá fora, vez ou outra chiando e rugindo com tosse de fumante e pedindo um Marlboro para acalmá-lo. Eu sabia que ele gostaria da paz e tranquilidade do espaço para ler o jornal e escrever seus diários, mas suas mãos ansiariam por gado e jardinagem em meio a todo aquele ócio, aquela espera. Não, eu supunha; meu avô não teria paciência para observar as estrelas e a expansão da matéria. Não era um homem capaz de se maravilhar olhando a escuridão. Contudo, eu o trouxera comigo na esperança de encontrar um lugar definitivo onde ele finalmente pudesse descansar, depois de passar anos agarrado à caixa que continha suas cinzas. Todo dia, depois do café da manhã e antes de dormir, eu desejava colocar a caixa no dispensador e soltá-la no cosmos. Todo dia eu não tinha coragem de fazer isso. Aquele era o dia. Vênus estava tão perto que ocupava a maior parte do panorama. Em poucas horas, eu faria contato com a nuvem Chopra.

Voltei ao lounge, onde Hanus testemunhava a tempestade de poeira que se aproximava pela janela de observação. Nas últimas horas, os padrões fotografados pelas lentes do *JanHus1* tinham sido analisados pela Central, e a equipe de Petr concluiu que o comportamento aparentemente calmo da nuvem era um disfarce para uma tempestade que ia se enfurecendo no interior de suas fronteiras – como se o núcleo, mais denso, tivesse poderes gravitacionais que faziam a poeira girar em torno dele, tal qual um ciclone. A preocupação com a minha segurança não foi verbalmente exposta, mas se manteve evidente no rosto de Petr durante nossas videochamadas.

As pernas de Hanus pendiam, frouxas. Ele era apenas uma sombra contra as explosões de luz à frente. Uma espessa nuvem púrpura manchava o mapa de estrelas moribundas diante de nós, como um bando de urubus atacando uma lata de tinta. Ao longo de minha missão, a nuvem encolheu para metade de seu tamanho original, mas não se moveu um centímetro, estabelecendo uma relação desconcertante com a influência gravitacional de Vênus. Eu estava tão perto agora que podia ver o movimento de suas partículas, flocos de neve dentro de um globo recém-sacudido. O enxame de poeira, fosforescente, brilhava nas bordas e ia escurecendo à medida que se aproximava do núcleo púrpura – uma massa tão densa que impedia minha visão de atravessá-la. A velocidade das partículas, medida por análise fotográfica, foi considerada segura o suficiente para permitir a entrada. A empolgação pela missão, que eu havia perdido, voltara a cercar as fronteiras de minha mente. O que quer que Hanus fosse, ele não poderia ser meu, e eu nem mesmo poderia entendê-lo. Sua presença era reconfortante, mas sua existência era incompreensível. A nuvem à frente, no entanto – que se comportava de uma maneira nunca antes vista num fenômeno do gênero, mensurável e incapaz de fugir –, era minha. A nuvem à frente poderia ser colocada sob um microscópio. Poderia ser entendida.

Hanus virou-se para mim. Um líquido preto pingava do canto de sua boca, formando minúsculas bolhas que dançavam ao redor do lounge.

– Quando eu era jovem, capturei esses grãos em minha língua, humano magrelo. Essa poeira é o começo de todas as coisas.

– É impossível saber onde as coisas começaram – afirmei.

– Mesmo assim, você quer acreditar com todas as forças. Eu insisto, humano magrelo – esses grãos estavam presentes quando uma explosão deu origem ao universo. Eles foram os primeiros a existir e serão os últimos.

Hanus, então, abriu o sorriso mais largo que eu já tinha visto. Uma ligação da Central veio do Flat. Atei-me à cadeira, passei a mão sobre meu crânio recém-raspado e aceitei a ligação. Na tela apareceu a sala de operações principal do

Instituto Espacial, um auditório em forma de U cheio de monitores e corpos. A tripulação dessa sala, trinta engenheiros com Petr na liderança, era responsável por toda a missão, desde a execução das funções automáticas do *JanHus1* até a análise das minhas fezes. Naquele dia, a sala abrigava uma amostra muito maior dos melhores do país, além de garrafas de champanhe, garçons servindo coquetéis e mesas com sanduíches de camarão e chá. Ao lado de Petr estava o dr. Kurák, com um caderno nas mãos para tomar notas. Havia ainda membros do conselho de administração, CEOs de empresas parceiras, o senador Tuma (bronzeado, magro e pronto para se tornar primeiro-ministro), acompanhado de outros membros da Casa que eu tinha visto na televisão, e, à frente de todos eles, o próprio presidente Vancura. Aqueles homens e mulheres importantes, escoltados por assessores de imprensa que lealmente tiravam fotos e gravavam vídeos, formavam o núcleo de um círculo maior de funcionários do instituto, engenheiros e burocratas do gênero que me aplaudiam em unanimidade. Atrás do monitor do Flat, fora da visão da câmera que transmitia minha imagem para a Terra, estava Hanus. A maior descoberta da história humana estava a cerca de um metro e meio de se tornar realidade para o resto dos terráqueos. Meu papel era permanecer sentado e fingir que ele não estava lá.

Suaves sons de flautas preenchiam os espaços vazios de *JanHus1*, seguidos por trompas inglesas. Era minha deixa.

– O que é esse som, humano magrelo? – perguntou Hanus.

– *Rusalka* – respondi. – É uma ópera. Foi a música que escolhi para anunciar este momento.

Hanus assentiu, e Petr já tinha começado a executar as falas ensaiadas entregues a nós pelo pessoal de relações públicas:

– *JanHus1*, confirme a funcionalidade dos sistemas de filtragem. Iniciando contagem regressiva para o contato: vinte e nove minutos, três segundos. Relatório...

Sintonizei o canal da TV Nova, que transmitia ao vivo as festividades na Colina Petrín, e ali, onde a nação testemunhara minha ascensão quatro meses antes, mais uma vez as pessoas se reuniam, com cervejas e *fast-foods* nas mãos. Daquela vez, a atenção se voltava para a magnífica tela IMAX instalada no topo da colina, cortesia da Tonbon, principal operadora dos maiores cinemas do país e patrocinadora da missão. Um trio de imagens apareceu na tela: meu rosto – tão ampliado que eu podia ver o suor nos lóbulos das minhas orelhas –, com as imperfeições suavizadas por magos do retoque; uma transmissão que alternava entre a sala de operações principal, onde estavam os políticos e cientistas responsáveis pelo triunfo, e o palco exclusivo em que atores, cantores e astros de *reality shows* tchecos concediam entrevistas na Colina Petrín; e um conjunto de cenas capturadas pela *JanHus1*, que se pareciam muito com o que Hanus e eu estávamos vendo da janela de observação, com a adição de contraste ajustado e de algum tipo de brilho produzido por efeitos especiais para enfatizar uma experiência de ficção científica. Os três quadros eram intercalados com a programação da televisão internacional, brevemente interrompida por comerciais de todos os patrocinadores da missão. Como eu queria que houvesse uma maneira de contatar o misterioso agente do governo agora, pedindo-lhe que corresse até o apartamento de Lenka e espiasse pela janela para ver se ela estava grudada na televisão, ansiosa para participar do meu triunfo...

Era noite em Praga, e, embora as poderosas luzes do estádio ao redor da colina massacrassem grande parte do horizonte, Chopra, na tela diante da multidão, anunciava-se na forma de matizes em aquarela derretendo-se na atmosfera. Em minha tela, entretanto, a coloração, tão distante e tão estranha, era como uma mancha sinistra. Parecia muito mais apropriado que a nuvem Chopra se ligasse a Vênus e permanecesse lá para sempre, eternamente longe de nossa casa, e deixasse de ameaçar a reconfortante escuridão noturna a que os humanos se acostumaram ao longo dos séculos. O pânico tomou conta de mim. Olhei ao redor do painel do Flat, procurando um botão que instantaneamente me lançaria de volta à Terra, diretamente para a minha cama, quatro ou cinco anos no passado, quando o salário era suficiente para comprar espaguete, e quando Lenka e eu não tínhamos quase nada além do nosso sexo, dos nossos livros e de um pequeno planeta que parecia inteligível e gentil. Um passado em que o universo era negro e brilhante nas páginas dos caríssimos livros didáticos.

Rusalka continuava a tocar, em uma sequência de violinos e trompas que me remetiam ao suave conforto das trilhas sonoras dos elevadores, shoppings centers e saguões de hotéis. Toquei o lustroso material da mesa diante de mim e ajustei as correias até que pudesse de fato sentir o apoio da cadeira empurrando minhas costas. O pânico deu lugar a uma felicidade momentânea. A megalomania das possíveis descobertas que estavam por vir, até mesmo o simples ato de servir como testemunha, ofuscou todo o resto. Eu tinha saltado sobre o desfiladeiro em uma motocicleta. Estava prestes a pousar, e o fluxo de sangue em meus ouvidos e olhos bloqueara a plateia, desconhecidos e amados, seus aplausos e gritos, o canto explosivo das águias que voavam sobre nossa cabeça, o rugido de um motor acelerado e o som dos meus ossos sendo triturados pela gravidade, concedendo-me três, quatro, cinco segundos de desapego completo daquilo que o mundo exige e daquilo que proporciona, tornando o fato de viver puramente físico, uma passagem do corpo pelos elementos. Eu estava grato.

A nuvem seria alcançada a qualquer minuto.

– Últimos dados analíticos remotos chegando – disse Petr. Um *close* de seu rosto dividiu minha tela em duas, desviando a atenção do panorama festivo de políticos tagarelando. –Você está cem por cento, *JanHus1*. – Ele parou para mastigar o bigode. – Jakub, está pronto?

– Pronto. – Que pergunta era aquela? Um astronauta americano exemplar teria reagido com um polegar para cima, em sinal de positivo, e uma fileira de dentes brancos. Eu fechei meus olhos, suspirei e meneei a cabeça.

– Nunca testemunhei tamanha quietude na humanidade, humano magrelo – disse Hanus. – Pela primeira vez, não consigo ouvir o zumbido da Terra.

Hanus e eu observamos a colisão em silêncio. Vi as imagens da nuvem refletidas nos olhos de Petr. Os políticos se calaram, soerguendo os copos recém-cheios de Bohemia Sekt que tinham nas mãos. Por um momento me perguntei se teriam todos esquecido que eu existia. Hanus, flutuando para cima e para baixo diante da janela de observação, também havia desviado a atençao de mim – nem vasculhava mais minha mente em busca de reações.

O que mais repousaria dentro dos limites da matéria em constante expansão? Que outros mistérios, além de extraterrestres de pernas finas e nuvens voláteis de gás e detritos intergalácticos, estariam à minha espera? *Rusalka* cantava suas alegrias e tristezas. Petr e seus engenheiros e políticos olhavam para suas muitas telas. (Não pude deixar de me perguntar se haveria alguém, entre aqueles homens e mulheres, sentindo inveja de minha posição – afinal, quando crianças, todos nós queremos estar aqui, todos nós queremos ser o astronauta solitário em um planeta distante; no entanto, todos eles acabaram usando gravatas e fazendo promessas que não podiam cumprir para sobreviver. Também me perguntei se meu mentor na universidade, dr. Bivoj, me acompanhava de sua casa, lá na vila para onde se mudara depois de aposentado; estaria ele emocionado ou furioso por ver um aluno superar em anos-luz os seus maiores feitos?) Hanus concentrou todos os seus olhos – trinta e quatro, segundo minha recente contagem – na nuvem, como se ele também nunca tivesse visto nada tão pouco familiar. O fato de meu companheiro extraterrestre ainda ser capaz de admirar-se com aquelas partículas purpúreas confirmava que qualquer vida que florescesse no universo poderia apresentar algum grau de ignorância e, portanto, a capacidade de ser genuinamente curiosa – um traço que reivindicamos, orgulhosamente, exclusivo da espécie humana, mas que, na verdade, talvez seja universal.

Agarrei-me às correias que me rasgavam o peito e o estômago; respirei fundo algumas vezes. Hanus se mexeu. Petr finalmente voltou sua atenção para mim outra vez, secando o suor da testa. As partículas de poeira passavam em ondas, lançando-se sobre a janela de observação como lascas de madeira disparadas para longe pela ação de uma motosserra. O contato era silencioso, mas *JanHus1* tremia mesmo assim. A trajetória da espaçonave oscilava entre a direita e a esquerda, para cima e para baixo, enquanto o combustível em chamas lutava contra a influência caótica de Chopra. Petr me instruiu a desligar os motores, ao que obedeci; agora, limitava-me a planar em torno do núcleo denso, seguindo os padrões de rotação. Na Terra, a multidão na Colina Petrín erguia garrafas de Staropramen e festejava o velho ditado: *As mãos tchecas douradas!* Deixe-me levar pelo *kitsch*. Aquelas cervejas para o alto eram todas para mim.

Como Jan Hus se sentiria diante desse encontro? Ele o aceitaria como uma afirmação de sua divindade todo-poderosa? Eu queria acreditar que sua mente brilhante veria nesse evento um símbolo da complexidade do universo, uma pista de que a definição de divindade vai além das definições abstratas das escrituras.

– Estamos aqui – eu diria a Hus –, os únicos humanos. Toda vez que nos aventuramos a ir mais longe no pensamento, no tempo ou no espaço (e não são todos a mesma coisa, mestre?), damos a seu Deus um aperto com mão de aço. Você fez isso e, agora, eu também fiz, ainda que meu Deus seja o microscópio.

Percorri o painel com os dedos e ativei Ferda, o coletor de poeira cósmica. A interface de controle exibia o filtro conforme ele deslizava para fora de sua concha protetora e começava a coletar as partículas de poeira. Não, o ventre de minha nave não passaria fome. Os escâneres de Ferda já mostravam a estrutura dos cristais que ela havia reunido, lambendo todos eles como a língua sedenta de um cachorro.

– O núcleo está puxando você – disse Petr. – Parece que ele tem alguma influência gravitacional própria. Está se sentindo bem aí em cima?

– Estou me sentindo ótimo. Quanto tempo antes de chegar ao núcleo?

– Nesse ritmo, cerca de vinte minutos. Vamos permitir mais dez para a coleta, depois ativar os motores de propulsão e tirar você daí. Vamos estabilizar sua trajetória de volta à Terra remotamente. Depois disso, você bota essas mãos de ouro em ação no laboratório.

– Compreendido.

Olhei em volta e percebi que Hanus tinha ido embora. Não senti sua presença em minhas têmporas. Um ruído, semelhante ao de uma lixa raspando metal, se espalhou pela nave. Apurei os ouvidos para localizar sua origem, mas aquilo parecia vir de toda parte, rangendo impiedosamente. A velocidade de rotação da nave aumentava rapidamente. O núcleo parecia muito próximo. Sólido, como um pedaço de rocha. Impenetrável.

As luzes sobre mim piscaram, assim como o monitor do Flat. Uma rajada de ar frio gelou meus ombros.

– Tem algo estranho com sua fonte de energia – disse Petr.

O barulho de lixa se transformou num assobio constante. As luzes piscavam em intervalos mais prolongados. A nave já não estava apenas tremendo – agora, vibrações brutais a sacudiam para a frente e para trás, e a poeira púrpura que golpeava minha janela se tornara tão espessa que eu não conseguia mais ver Vênus.

– Está acelerando – disse Petr, com a voz embargada. Ele beliscou a barba e arrancou alguns fios.

O senador Tuma, ao lado dele, exibia um sorriso tolo e congelado no rosto, segurando a taça de champanhe agora vazia. Todos os funcionários contratados observavam as telas, boquiabertos.

As lâmpadas acima de mim explodiram; minúsculos e afiados estilhaços de vidro colidiam contra o plástico protetor, impedindo que os cacos flutuassem pela cabine. As luzes azuis de emergência se acenderam, alimentadas por um gerador desconectado da circulação principal – o mesmo gerador que alimentava o Flat. A suave sinfonia de *Rusalka* foi interrompida por um alarme agudo. Concentrei todos os meus pensamentos em Hanus, torcendo para que voltasse.

– Jakub, o computador central está inativo. Diagnóstico visual?

Soltei-me da cadeira e tomei impulso em direção aos Corredores, aliviado por me ver livre daquelas vibrações violentas agora que já não estava preso a nenhuma superfície. Tudo parecia normal em gravidade zero. Quando estava prestes a sair do lounge para inspecionar o computador central, notei que alguns grãos púrpura abriam caminho entre as grades finas de um filtro de ventilação. Saltei de volta para o Flat.

– A poeira está entrando na nave – expliquei a Petr.

– Caralho, o quê? – retrucou ele. Segundos depois, a transmissão de vídeo para a tela IMAX na Colina Petrín desapareceu, paralisando uma horda de espectadores que fitavam, com os olhos semicerrados, a iluminação crua do estádio. Agentes do serviço secreto conduziam políticos e jornalistas para fora da sala de operações, enquanto Petr dava ordens a seus engenheiros.

– Certo, vamos lá. Ligue os motores de propulsão. Saia já dessa coisa.

Verifiquei os níveis de coleta de Ferda. Apenas cerca de 6% da capacidade ocupada – não o suficiente. – Mais um minuto – pedi –, só mais um.

– A poeira está comendo sua nave, Jakub. Os cabos elétricos já estão desgastados. Saia. Eu assumiria o comando dos controles se ainda funcionassem.

– Preciso de apenas mais um minuto – repeti.

– Faça o que mandei. Propulsão em três...

– Desperdicei quatro malditos meses – eu disse. – Meu dente está apodrecendo, minha esposa me deixou e agora ele também se foi. Mais um minuto.

– Quem é "ele"?

– Só um pouco de tempo, Petr.

Tirei o fone de ouvido. Um pouco de tempo. Confiava que ele, aquele um minuto a mais, me tornaria mais sábio, me ajudaria a entender algo sobre o universo ou sobre mim mesmo. Talvez eu tivesse acreditado no que Hanus havia me dito – que Chopra era a chave para acessar o começo de tudo. Talvez eu estivesse me desafiando a morrer; averiguar se havia mesmo motivo para tanto estardalhaço em torno da morte.

Ao final daquele minuto, a sabedoria não tinha chegado. Trinta segundos depois, as luzes azuis de emergência fundiram-se com a escuridão, assim como o Flat.

Até então, nunca tinha percebido como *JanHus1* era barulhenta em funcionamento. Sem o zumbido dos filtros, do ar-condicionado e das telas, a única coisa que eu podia ouvir era aquele ruído incessante. A fosforescência púrpura fornecia apenas um fragmento de luz. Ouvi uma voz calma e tateei a mesa à procura do fone de ouvido.

– ... acete, *JanHus1*, responda, porra...

– Petr? – chamei.

– Jakub, não consigo ver você. Responda.

As vibrações cessaram. A visão do núcleo cobria o resto do meu universo. Eu parecia perto o bastante para poder tocá-lo. A camada da nuvem em que eu me encontrava estava livre de poeira, livre de quaisquer detritos, como uma atmosfera que havia rejeitado tudo, menos eu. O núcleo não atraía mais. *JanHus1* estava perfeitamente imóvel naquela esfera cheia de nada.

– Estou perto – eu disse –, mas a influência gravitacional enfraqueceu.

– A comunicação é a única coisa que está funcionando. Nem um único sensor na nave funciona.

Algo pousou sobre minha bochecha. Passei o dedo para limpar e notei a unha manchada de roxo. Os flocos de poeira me cercavam agora, caindo das fendas no teto. O ar estava viciado e era difícil respirar.

– Petr – chamei.

– Pode falar.

– Acho que o tanque de oxigênio não está funcionando.

Encontrei uma lanterna na gaveta da mesa e fui até os corredores. O painel eletrônico da porta que dava para o compartimento mecânico não estava funcionando, então tive de puxar as alavancas e empurrar com toda a força para abrir a escotilha. Passei pelo compartimento de controle do motor e entrei na sala de oxigênio, onde um trio de enormes barris cinza repousava no chão. Enquanto a corrente elétrica que deveria percorrê-los os mantinha em operação, garantindo que cumprissem a função de separar o hidrogênio do oxigênio, aqueles barris eram, provavelmente, a parte mais importante da nave. Agora, não passavam de três tanques de água inúteis jogados no chão de barriga para baixo, como porcos à beira do abate. Sem eletricidade, não podiam mais bombear oxigênio fresco para o meu mundo, nem remover o dióxido de carbono.

Informei a Petr.

– Me avise quando começar a ficar tonto – disse ele. – E vá até o painel do computador central. Vamos corrigir isso. Vamos tirá-lo daí.

As ordens dele me confortaram. Alguém estava no comando. Se Petr continuasse a me fornecer passos claros para seguir, ainda haveria a possibilidade de que tudo desse certo. Eu não precisava pensar em mais nada.

Desliguei o comunicador.

– Hanus! – gritei, na direção dos corredores. – Hanus!

O painel do computador central estava frio e escuro. Seguindo as instruções de Petr, removi a tampa do painel e verifiquei os fios internos. Estavam intocados, perturbadoramente limpos, exatamente como quando a nave foi construída. Desmontei o painel, procurando uma placa-mãe queimada ou plugues fora do lugar – e estava tudo como deveria estar. Dei a Petr uma chance de dizer isso antes de mim, mas ele ficou em silêncio.

– Ou a fiação do painel solar foi corroída – falei –, ou os painéis solares se foram.

– Vá colocar seu traje – disse Petr.

– O traje?

– Não quero que você desmaie quando o oxigênio diminuir. Vista. Eu tenho que... Tenho que dar instruções aos que estão lá em cima.

O comunicador silenciou.

Vesti primeiro a roupa de resfriamento, um macacão equipado com um sistema de tubos por onde a água circulava para regular a temperatura corporal; então cobri o corpo com meu enorme e pesado traje espacial, que tinha um leve cheiro de brechó e carvão queimado. Na Terra, dezenas, talvez centenas de milhões de humanos fitavam, ofegantes, a tela da TV e atualizavam obsessivamente os sites de notícias, com a mente sintonizada em um único pensamento: o que seria de seu astronauta? Sim, era mais do que provável que minha jornada em *JanHus1* tivesse cativado a imaginação de toda a humanidade, estendendo-se para muito além de meus compatriotas que permaneciam reunidos, imóveis, na Colina Petrín, reclamando da tela preta à sua frente. O show deve continuar, mesmo quando não é visto.

Enquanto me prendia ao traje, não me preocupava, pois a tarefa de viver permanecia metódica – puxar as alças, posicionar o Sistema de Suporte à Vida nas costas, fechar o capacete, inalar avidamente oxigênio fresco. Minha dor de dente pulsava brutalmente do lado direito da mandíbula, agora que meus sentidos estavam renovados. Uma vez vestido com o traje, no entanto, eu me vi sem tarefas. Apontei a lanterna para os cantos escuros da nave, quase torcendo para que um inseto de pernas longas rastejasse para fora.

Fui até a câmara de dormir e enfiei a mão em uma gaveta, tateando sob calças de moletom e cuecas. Tirei a caixa de charutos e a deslizei para dentro do bolso do meu traje. Muito provavelmente esse era o fim, e eu tinha de manter meu avô por perto. Por um instante, cogitei me esconder dentro da bolsa espacial, usando a mesma capa de invisibilidade que me protegia dos monstros à noite quando eu era menino. Eu não me escondi.

O Sistema de Suporte à Vida nas minhas costas me forneceria três horas de oxigênio, e essas horas pareciam uma vida inteira. Tanta coisa poderia ser feita. Em três horas, podiam-se declarar guerras, aniquilar cidades, implantar futuros líderes mundiais no útero de suas mães, contrair doenças mortais, desenvolver ou perder crenças religiosas... Voltei ao computador central e puxei os cabos, chutei os painéis mortos, enquanto a saliva escorria do canto de minha boca e sujava o vidro do meu capacete. Finalmente, uma voz veio até mim, mas não era a de Petr.

– Jakub – disse o senador Tuma. – Você me ouve?

– Sim – respondi.

– Estou falando com você em nome do presidente e de seu país. Tirei esse fardo injusto de Petr. Eu o enviei nessa missão, Jakub. É justo que tenhamos essa conversa.

– Você parece calmo – falei.

– Não estou. Talvez o que você sente seja o quanto eu acredito em sua missão. Em seu sacrifício. Você ainda acredita?

– Acho que sim. É difícil pensar em um propósito maior durante a descompressão. Você é um mergulhador. Você conhece essa estranha dor nos pulmões.

Tuma me disse que as leituras do sensor capturadas segundos antes da falha na fonte de energia da nave mostraram vinte pontos diferentes de danos na fiação interna e que dois dos quatro painéis solares haviam sido desativados: a poeira os cortara como uma serra.

–Você entende o que eu estou dizendo? – concluiu ele.

Soltei os cabos do computador central e me deixei pender frouxamente os braços ao longo de meu corpo.

– Sim.

A substituição de toda a fiação danificada levaria aproximadamente vinte horas, ele disse, e eu não tinha oxigênio nem suprimentos para tanto tempo. Além disso, outros danos poderiam ter sido causados depois que a nave foi desligada. As comunicações poderiam falhar a qualquer minuto – a alimentação independente da bateria também havia sido danificada e não duraria muito mais.

–Você entendeu? – repetiu ele.

– Senador, é claro que entendo.

Meu peito parecia vazio. Era uma sensação estranha, o oposto de ansiedade ou medo, que sempre me parecera pesada, como beber asfalto. Agora eu era um cadáver à espera. Com a morte tão próxima, o corpo anseia pelo descanso eterno, liberto da alma egoísta. Tão simples este corpo, que pulsa e secreta e range – uma batida, duas batidas, perfazendo o ciclo, uma hora após a outra. O corpo é o trabalhador e a alma, a opressora. *Libertem os proletários*, pude ouvir meu pai dizer. Quase gargalhei. Tuma respirou baixinho. *Não perca a cabeça agora*, ouvi de longe.

– Jakub, eu sinto muito.

– Senador, o que aconteceu agora?

– Diga-me como é aí em cima, Jakub.

– Minha esposa está aí, senador?

– Ela não está, Jakub. Tenho certeza de que está pensando em você. Ela estará lá quando eu o declarar herói da nação. Ela estará lá quando eu instituir um feriado e conceder bolsas de estudo para jovens cientistas brilhantes em seu nome. – De vez em quando, sua fala era interrompida por ecos, arranhões e ocasionais intervalos de mudez. – Vou garantir que essas pessoas não esqueçam seu nome pelos próximos mil anos, Jakub. Me diga como é aí em cima. Finja que sou um amigo e você está me contando sobre um sonho que não pode esquecer.

A voz de Tuma era terrivelmente agradável, pensei, como seda enrolada em uma pedra. Um timbre suave que poderia quebrar impérios. Nada mau morrer assim. Sim, a palavra finalmente saiu. *Morrer, morrer, morrer*, sussurrei. Tuma ignorou.

Fui até a janela de observação. Na frente do núcleo púrpura flutuava um torso peludo e pernas curvadas, como um devoto ajoelhado nas escadas de um templo, implorando para entrar. Ele me fitou de volta com seus trinta e quatro olhos reluzentes. As íris não mudavam quando iluminadas pela lanterna.

– Isso me lembra uma vez em que quase me afoguei – disse eu. – Olhei para cima através da água turva e vi o sol. Aí pensei: "Estou me afogando", e ainda assim a estrela de luz e calor está em chamas para me manter vivo. Agora noto que o sol também parecia roxo naquela época. Mas quem sabe?

– Isso parece bom, Jakub. Vou contar a todas as pessoas de fora que gostariam de ouvi-lo falando.

– Conte a Lenka. Diga a ela como estou feliz em não ter me afogado aquele dia, porque assim tive a chance de seguir vivendo para conhecê-la na praça.

– Vá para a... Câmara de Dormir. Preciso... dar... coisa – disse o senador. A transmissão estava tão fraca agora que eu só conseguia ouvir algumas palavras.

Flutuei até a câmara de dormir, dei corda na alavanca da lanterna e a apontei para os cantos, esperando encontrar algo novo.

– ... remova... dormir... pequeno gancho...

Tirei o saco de dormir do suporte e deixei-o flutuar para longe. Eu não precisaria mais dormir. Ali, assim como Tuma havia dito, um gancho aparentemente aleatório fora colocado no meio da parede lisa, por uma aparente falha de projeto. Puxei e uma caixa do tamanho de um livro deslizou para fora.

– ... morda... imediata... – Tuma disse.

Abri a caixa. Um pacote transparente contendo duas pílulas pretas entrou no espaço de gravidade zero, junto de um pequeno folheto impresso e um aviso severo: *Consumo estritamente proibido sem permissão da Central.*

Dei uma gargalhada alta e exagerada para garantir que Tuma me ouvisse.

– Obrigado, senador. Eu tenho uma solução melhor.

O fluxo de comunicação desapareceu. Eu não tinha certeza se Tuma ouvira minhas últimas palavras. Do lado de fora da câmara de dormir, Hanus aguardava, com os olhos voltados para mim em expectativa. Sim, havia uma solução melhor. Eu teria de respirar oxigênio puro por mais uma hora para eliminar todo o nitrogênio do meu corpo. Imaginei as bolhas de gás dentro de mim se dissolvendo como um comprimido de sódio num copo d'água. Depois de uma hora, eu me juntaria a Hanus no espaço profundo e entregaria as cinzas de meu avô ao cosmos antes que eu também fosse consumido. Flutuei até a cozinha, peguei o último pote de Nutella e o guardei no bolso. Aquela seria uma hora longa. Esperei, pensando em meus primeiros dias no Instituto Espacial, na perda de peso, na constante mastigação de chiclete, na dor.

Aquelas fracas lembranças do treinamento de caminhada espacial reacenderam minha velha indigestão, como uma unha cravada em meu abdome. O corpo aprisionado em um pesado traje subaquático; a boca entupida com um propulsor de oxigênio; a piscina de treinamento iluminada por lâmpadas azuis que fedia a alvejante. Espalhados ao redor da circunferência de pouco mais de um quilômetro e meio da piscina, homens registravam meu progresso em blocos de notas amarelos. Na primeira vez que vomitei, a máscara escorregou da minha boca, acabei expelindo bile e amendoim na água, e de imediato fiquei ofegante; enquanto lutava desesperadamente por oxigênio, recebi, em vez disso, um litro de água da piscina direto na garganta. Subir para respirar era como escalar uma montanha; sentia os músculos e veias carregados de sangue, e um jogo de sombras ocultava a superfície.

Tentamos muitas coisas – remédios para enjoo, máscaras diferentes, exercícios de relaxamento, uma infinidade de dietas –, mas todas as sessões de treinamento tinham o mesmo final. Não que eu temesse espaços fechados. Eu sofria de um tipo singular de claustrofobia. A piscina de treinamento não era um armário escuro, eram milhares de armários escuros alinhados, sem uma porta que eu pudesse abrir para escapar. Só me restava nadar, nadar e nadar, e a cada metro encontrava o mesmo silêncio e solidão, a mesma sensação de abandono. Eu não podia lidar com aquilo; ou talvez ficasse nauseado simplesmente por causa do esforço físico do mergulho. Não dava para ter certeza. No final, depois de uma rápida perda de peso e uma diminuição no meu desempenho cardíaco, encerramos o treinamento de caminhada espacial uma semana antes. Era extremamente improvável que eu saísse da nave de qualquer maneira, eles disseram. Tudo bem por mim.

Agora, eu me perguntava por que ainda temia aqueles armários sem fim, o vácuo do lado de fora que me faria lembrar daquelas piscinas de mergulho branqueadas. Tudo terminaria ali. Mas não havia mais ninguém olhando, ninguém pensaria o pior de mim. O fim dependia de mim, mas a náusea continuava.

Hanus interrompeu meus pensamentos.

– Você vai se juntar a mim em breve – disse ele.

– Parece que sim.

– Sua tribo o abandonou.

– Algo assim.

– Não se preocupe, humano magrelo. Sou um explorador talentoso. Juntos exploraremos o Princípio.

Soltei a lanterna e flutuei até a porta da câmara de ar, localizada abaixo do Corredor 4. Fiz isso lentamente, apalpando as paredes de *JanHus1*, memorizando suas fissuras mortas, desalumiadas, e sentindo culpa, como se de alguma forma eu tivesse drenado a vida daquela espaçonave confiada a mim. A incubadora que me carregara e me mantivera aquecido, alimentado, limpo e entretido por quatro meses era agora um invólucro de materiais inúteis. Um caixão exorbitantemente caro. Mas ela me levara à Chopra, e eu não podia culpá-la por falhar contra as forças desconhecidas de outros mundos. Fechei a porta de compressão depois de sair. Abri a escotilha que levava ao universo.

Minha corda deslizou pela lateral da nave enquanto eu me movia para fora, e o vácuo não filtrado envolveu, apertadamente, o meu corpo, como a água de uma banheira. Ao longe, Hanus era uma silhueta dentro da tempestade púrpura. Eu não temia nada além do silêncio. Meu traje tinha sido feito para eliminar o chiado da liberação de oxigênio e, portanto, a única coisa que eu ouvia eram as vibrações fracas de meus próprios pulmões e coração. O ruído do pensamento parecia suficiente em teoria, mas não oferecia conforto na realidade física. Sem o ruído de fundo dos aparelhos de ar-condicionado, o zumbido dos motores distantes, os rangidos das casas velhas e o murmúrio das geladeiras, o silêncio do nada se tornou real o suficiente para fazer qualquer niilista se borrar de medo.

Esperei até atingir o comprimento total da corda para me separar da nave, mesmo que só para dizer ao cosmos que continuei acreditando nas pequenas probabilidades. A chance de resgate, fosse com a *JanHus1* milagrosamente voltando à vida ou com um drone americano ultrassecreto mergulhando para me levar para casa, era astronomicamente baixa; ainda assim, havia alguma chance, e onde havia chance permanecia o desejo de arriscar. Por fim, soltei a corda e estava livre, flutuando em direção a Hanus. Como ele, eu era agora um pedaço de escombros navegando pelo espaço até encontrar seu fim, como acontece com a maioria das coisas, dentro de um buraco negro ou do núcleo em chamas de um sol. Eu poderia estender a mão na direção da escuridão da eternidade e não alcançaria nada.

Meu Traje de Máxima Absorção umedeceu. A água fria acalmou minha pele. Eu estava com sede. Senti desconforto ao redor do abdome, mas a náusea ainda não havia chegado. À frente assomava a neblina ameaçadora de Vênus, escorrendo sangue por suas crateras, e eu estava grato por não chegar mais perto. O núcleo da Chopra repousava sobre ela como uma lua calma e dedicada. A tempestade de poeira se alastrava ao meu redor, mas o anel em que abri caminho para alcançar Hanus me ofereceu a simplicidade do vácuo. Flutuar por ele não era muito diferente de passar a noite em um longo campo, longe das luzes da cidade – uma latitude de escuridão, com imagens cintilantes de estrelas mortas numa abundância esmagadora. Só que não havia solo firme sob meus pés, nem grama, nem escaravelhos empurrando suas fezes como Sísifo. Acabar com minha existência ali seria muito simples. Eu não deixaria nenhuma carne para trás, nada para os limpadores de materiais perigosos descartarem. Não haveria funerais, nem mentiras generosas infligidas a pedras pesadas em letras douradas. Meu corpo simplesmente desapareceria, queimaria na atmosfera de Vênus, causaria o menor dos espasmos de uma erupção. E junto ao meu corpo iria tudo o mais – as sensações, os prazeres e as preocupações que eu não conseguia parar de desdobrar em minha mente: pessoas que amei, cafés da manhã servidos no jantar ou jantares e coquetéis servidos como café da manhã, mudanças nos padrões climáticos, bolo de chocolate fresco, meus cabelos cada vez mais grisalhos, palavras cruzadas de domingo, filmes de ficção científica, a consciência de que o mundo seria consumido pelo colapso financeiro ou um desastre ambiental ou uma gripe batizada em homenagem a outro animal inofensivo. Seria muito mais fácil dançar com a morte se ela não estivesse cercada pela desordem da civilização. Cheguei a Hanus.

– Humano magrelo – ele disse –, desejo experimentar as cinzas de seu ancestral.

Senti o contorno da caixa dentro do meu bolso. Aquela era a hora. Nenhum sinal poderia ser mais claro do que o próprio universo falando em voz alta. Tirei a caixa do bolso, abri e olhei para dentro da bolsa de seda. Ali repousava o pó de cálcio dos ossos que outrora haviam dado unidade a meu avô, junto com fragmentos de magnésio e sal – os últimos resquícios químicos de um corpo que havia trabalhado a terra e bebido cerveja e dado socos com a verve de um deus eslavo. Atrás de mim, Hanus estudou o pó com todos os olhos.

– Posso? – perguntou.

– Sim.

Delicadamente, ele estendeu uma perna por cima do meu ombro e submergiu a ponta afiada dentro da bolsa.

– A magia do fogo – disse ele. – Um mistério humano que acho difícil de entender. Como você se sente sobre isso, humano magrelo? Você gosta de fogo?

– Ele nos liberta das restrições do corpo.

– Nós não vemos corpos como prisões.

– Isso também é magia – respondi.

Hanus retirou a perna. Virei a bolsa do avesso e observei o pó imortal escorregar, os pontinhos dividindo-se e flutuando em todas as direções até criarem uma nova galáxia de mentira, a primeira feita pelo homem, a primeira feita de um homem. Uma tumba digna de Emil Procházk, talvez o último Grande Homem da Terra, que, se estivesse presente para testemunhar a dispersão dos próprios restos mortais, acenderia um cigarro, balançaria a cabeça e diria: *Jakub, toda essa tolice, você devia ter me colocado no chão para que os vermes pudessem fazer um lanche*; mas eu sabia que ele iria me amar por isso, que ele entenderia a necessidade daquele gesto extraordinário. Um adeus honesto. Que lugar de descanso comprado na Terra com o salário de meu herói poderia se igualar ao silêncio e à dignidade do espaço? Os grãos de poeira flutuaram em direção ao núcleo púrpura até desaparecerem.

– Este é o Princípio – eu disse a Hanus.

– É o Princípio que eu conheço – respondeu ele. – Talvez tenha havido um antes; talvez, não.

– Estamos indo para lá

– Sim. Mas faça a pergunta que está em sua mente primeiro.

– *Rusalka*. Você pode encontrar para mim?

Hanus fechou os olhos, e então um som fraco, um estalido de ópera ressoou em minha mente. De vez em quando, a gravação era interrompida por vozes aleatórias, trechos de música pop, vozes profundas e sombrias de demônios, suspiros de amantes copulando, sirenes, modens de internet discada; contudo, Hanus manteve a gravação limpa o suficiente para aliviar minha náusea e me presentear com o tipo de paz vivida em uma manhã de domingo entre lençóis macios e cortinas fechadas.

– Como é a sua morte? – perguntei.

– Mais cedo ou mais tarde, os Gorompeds da Morte consomem tudo. Eles vieram me buscar.

Hanus levantou uma de suas pernas: no espaço onde o membro se ligava ao torso havia enormes bolhas transparentes, infectadas e estranhas. Estavam cheias de um líquido amarelo fosforescente em que enxames do que pareciam ser carrapatos flutuavam de um lado para o outro em perfeita sincronia. Devem ter sido milhares deles. Uma das bolhas estourou e derramou o líquido sobre a barriga de Hanus, enquanto os minúsculos bichinhos se espalhavam no interior de seus poros.

– Em breve – ele disse –, eles vão me enfraquecer o suficiente para consumir minha carne. Mas eu não vou deixar que façam isso. Entrarei no Princípio com você, humano magrelo. A morte não pode nos alcançar lá.

–Você está morrendo?

– Sim. Já faz algum tempo.

– Hanus... Dói?

– Eu sinto isto, esse seu medo. Hesito em partir. Se nossos Anciões soubessem, eles me derrubariam com espadas *sharongu*. Temer uma verdade! Blasfêmia! Infelizmente, o medo foi o que encontrei aqui, na luminosidade dos terráqueos.

– Não há mais o que temer.

Eu me vi quando criança – um menino metido em um *smoking* que pinicava a pele, rabo de cavalo cortado para a ocasião, sentado numa cadeira vermelha dentro da State Opera, chupando as pastilhas de menta que minha avó sorrateiramente trouxera. Três anos após a morte de meus pais, não muito depois que nos mudamos para Praga, fomos assistir à ópera no aniversário de minha mãe e até compramos um bilhete extra para manter um assento vazio ao nosso lado. Estou irremediavelmente apaixonado por esta Rusalka, uma beldade de cabelos selvagens vestida com as cores suaves da floresta. Ela é uma ninfa da água apaixonada por um príncipe e bebe com prazer a poção da bruxa para se tornar humana e capturar sua atenção. O príncipe leva Rusalka para seu castelo, mas, é claro, como imaginei, o babaca de queixo quadrado comete uma traição, trocando minha Rusalka por uma princesa estrangeira. Eu gostaria que a ópera nunca acabasse; estou cativado e limpo o ranho do meu lábio superior. Durante o terceiro ato tudo parece estar perdido. As vozes ecoantes dos espíritos da floresta cantam canções tristes para Rusalka, que, abandonada pelo príncipe, está agora destinada para sempre a atrair jovens para o lago, permitir que desfrutem de seu corpo e depois afogá-los para aprisionar suas almas em xícaras de porcelana. Quero pular no palco e salvá-la, levá-la embora, esse fantasma apaixonado preso dentro dos limites de um lago feito de papel machê e uma piscina infantil. No meu futuro, haveria apenas outra mulher que eu amaria tanto quanto Rusalka.

– Sim. Eu sinto isso com você, humano magrelo.

Através dos ecos e da escuridão, o príncipe cavalga procurando mais uma vez por Rusalka, porque percebe agora que não pode viver sem ela. Ele a chama e ela aparece, e ele pede um beijo, sabendo que tocar Rusalka lhe custará a alma. Os amantes se beijam, e o príncipe cai no palco. Agora o pai de Rusalka, o temido duende da água, emerge de seu tanque, e a voz dele se eleva: *Todos os sacrifícios são fúteis*.

Hanus cantou. Ele cantou a fala e, pela primeira vez na vida, eu entendi, no momento em que saiu da boca do alienígena.

– Ainda não é o fim – disse Hanus.

– Não.

Rusalka chora de gratidão, pois agora conhece o amor humano. Ela captura a alma do príncipe e, em vez de adicioná-la à coleção de xícaras do pai, entrega-a para Deus, permitindo-lhe que suba aos céus. Os amantes agora estão separados, mas livres. Quando criança, achei esse final ruim. O príncipe, no céu ou não, ainda estava morto, e Rusalka estava sozinha, abandonada com um pai bestial e um coro de fantasmas chorões da floresta. O amor não parecia valer todo aquele empenho, especialmente se no final os amantes fossem separados. Agora, no entanto, ouvindo *Rusalka* no espaço pela última vez, percebo que a declaração do duende da água estava errada. Não havia nada de fútil em mim, em Hanus, em Lenka, no SPCR, no teimoso olhar humano que sempre repousa além, abaixo, ao lado, acima; nem nos átomos que compõem o ar e os planetas e os edifícios e os corpos, vagando por aí e sustentando uma dinastia inteira de vida e antivida. Não havia futilidade em lugar algum.

Olhei para o núcleo. Afinal, aquilo era importante. Talvez minha morte significasse mais do que minha vida. Eu não conseguia pensar em mais nada que tivesse para oferecer ao universo. Era um marido egoísta. Não tinha gerado uma criança genial, ou levado a paz ao mundo, ou alimentado os pobres. Talvez eu estivesse entre os homens que precisavam morrer para fazer algo da vida.

– Não é um lugar ruim para terminar as coisas – disse eu.

Inexplicavelmente, me peguei pensando por onde andaria o Homem do Sapato, se estaria bem. Se ele se lembraria de mim caso visse uma matéria no jornal: *Astronauta morre por seu país; corpo está perdido no espaço*. Ele largaria o jornal e diria para ninguém em particular: "Pequeno astronauta". Por fim, jogaria o repugnante sapato na lata de lixo, que sempre fora seu lugar, e deixaria que ele apodrecesse na pilha de dejetos do aterro junto com todos os outros artefatos inúteis da memória humana. Imagens cruéis invadiram meu cérebro. Vi o Homem do Sapato no meu quarto, deslizando a língua ao longo do estômago de Lenka, inserindo os dedos suavemente entre suas coxas. Enquanto o sapato de ferro, recém-engraxado, repousa sobre a mesa de nossa sala, ele se transforma em Lenka, e ela me olha fixamente ao gozar, em silêncio, sufocando os gritos num travesseiro que ainda cheira a meu cabelo e minha saliva. A idade não fez o Homem do Sapato perder cabelos nem mudou sua pele ao longo dos anos, mas ele deixou crescer uma espessa barba preta, e de sua barba, uma tinta preta, ou sangue, ou simplesmente algum líquido maligno, pinga sobre nossos lençóis de cor creme, penetrando neles como petróleo. Quando Lenka adormece, dominada pela intensidade do orgasmo superior que aquele estranho lhe dera, o homem olha para mim, um observador silencioso, e se serve de um copo de leite fumegante. Enquanto bebe, o leite assume uma coloração de alcaçuz, e fico torcendo para que a tinta atravesse seu sangue, envenene seu coração, rasgue-o em pedaços. Ele pousa o copo vazio na mesa e volta para a cama. Lenka o envolve com suas coxas.

Talvez o Homem do Sapato não existisse mais. Ou talvez, com a linhagem de meu pai agora extinta, ele caísse morto e se dissolvesse assim que eu perecesse.

Abri meu painel de pulso e verifiquei o medidor de nível de oxigênio. O ponteiro tremia da mesma forma que o relógio do meu avô quando ele fumava diante do mostrador. Em sua generosa estimativa, eu tinha quarenta e dois minutos de vida.

Hanus me ofereceu uma de suas pernas. Eu a segurei. Juntos, entramos no núcleo da nuvem Chopra.

PRAGA NA PRIMAVERA

É impossível determinar com precisão quando os pulmões do meu avô começaram a falhar, mas vovó jura que ele deu seu último suspiro entre o 27º e 28º segundos do 16º minuto da terceira hora da manhã do segundo dia da última semana da primavera. Estou dormindo no apartamento dos meus avós no fim de semana, trocando os almoços na KFC e o cheiro de uma bomba de esgoto quebrada do dormitório dos estudantes de graduação pelos travesseiros que as competentes mãos da minha avó afofavam e pelo macarrão cozido com banha e presunto. Minha avó me acorda e corro para o quarto deles para encontrar meu avô convulsionando e tentando se levantar, a cabeça firmemente encostada no colo de vovó. Ela me pede para pegar água. Não consigo lembrar onde os copos estão, como abrir a torneira, como fechá-la, como colocar um pé na frente do outro, como abrir o portão e de novo estou em pé no quarto dos meus avós oferecendo o copo, sem saber como cheguei ali, e meu avô está morto. Fico em pé parado, ainda oferecendo o copo, até que homens estranhos de uniforme entram no apartamento e vovó tira o copo da minha mão.

Uma semana depois, estou no trem B de Praga e desejo para o café da manhã o sanduíche que vi num comercial antes de deixar o apartamento. O cheiro de hálito matinal e suor dos passageiros se espalha pelo trem e me lembra salsicha estragada. Pelo menos estou sentado. No entanto, sinto culpa: uma mulher velha está de pé a alguns metros de mim, arrumando os fios soltos em seu cabelo branco com uma mão trêmula. Pelo menos é primavera e as árvores floridas cobrem a cidade de branco e vermelho, embora a estação também mergulhe Praga em um estado perpétuo de frustração sexual, à medida que homens e mulheres jovens, cidadãos e turistas tornam-se minimalistas em suas escolhas de guarda-roupa e comem uns aos outros com os olhos nos corredores das lojas, ônibus, ruas. Somos um ponto de encontro de barrigas bronzeadas, braços musculosos, lábios carnudos agarrando cigarros, ali entre os veteranos suados que arrastam suas compras e os gordos amantes de cerveja enfiados em ternos, aqueles apóstolos do capitalismo com o queixo liso enterrado nas seções de negócios dos jornais. Eu me pergunto a qual grupo pertenço. Posso estar com os jovens, os hedonistas que fazem de Praga um playground do Velho Continente? Ou meu destino, o departamento de ciências da Universidade Karlova, me colocou com aquele outro grupo temido, os adultos, aqueles que acordam de manhã e sabem exatamente como vai se desenrolar o dia, aqueles que vivem no sistema de intercâmbio do trabalho, aguardando sua sepultura com polidez silenciosa?

Meu corpo é jovem, mas hoje me sinto velho. Passei a última semana ouvindo minha avó chorar acima do som alto da televisão, episódios de *Walker, Texas Ranger* em volumes ensurdecedores, com Chuck Norris dublado por um ator que foi um membro convicto do Partido. Passei a semana fervendo água para chá e pedindo desculpas à minha avó repetidas vezes sem saber bem por quê.

É difícil saber por que estamos aqui, dentro de uma lata de metal nos levando a lugares que escolhemos. É difícil saber por que estamos aqui até que não estejamos. Eu gostaria de poder entender esses pensamentos e sussurrá-los para a velha de cabelos crespos, que viu a história se desenrolar de um dia para o outro e que deve saber muito sobre luto e sobre pedir um sinal aos deuses.

Chego ao escritório do departamento de ciências da universidade e entro na sala do dr. Bivoj. Antes de colocar minha mochila no chão, coloco a mão dentro dela para garantir que a caixa de charutos ainda está lá. O dr. Bivoj está a sua mesa, curvado sobre um de seus livros e comendo uma maçã como um coelho, usando os dentes da frente para raspar pedacinhos. Não almoço fora durante meus dias de trabalho porque vê-lo comer me encanta – sua inconsciência, a generosidade com que ele apresenta suas feições infantis, apesar de ser um homem de mais de cinquenta anos.

Ele olha para mim com um pedaço de casca de maçã preso no bigode.

– Ah, você está aqui. Sinceramente, não sei o que te dizer.

Retiro a caixa de charutos da bolsa. Antes de viajar a Cuba como representante do Partido para demonstrar a solidariedade da Tchecoslováquia com a luta de Castro contra o Imperialista, meu pai pediu a meu avô que pedisse o presente mais exótico que pudesse imaginar.

– Um macaco cubano – disse o vovô, sua primeira escolha. – Podemos conseguir um emprego para ele no governo. – Meu pai não riu. – Que droga, peça uns charutos para aquele lunático barbudo – foi muito mais bem recebido. Vovô fumava os charutos enquanto alimentava suas galinhas e matava porcos. Ele levava os charutos para o pub e soprava fumaça na cara de seus adversários de pôquer. Quando o conteúdo acabou, ele guardou a caixa vazia embaixo da cama, e em várias ocasiões eu o peguei cheirando o interior.

Vovó e eu não podíamos comprar uma urna. A caixa parece ser a melhor alternativa para guardar meu avô. Por enquanto.

– Ele está aqui – eu digo. – Toquei nele ontem à noite. É mais macio do que uma cinza de fogueira.

– Você sabe que pode tirar o dia de folga.

– Não tenho nada para fazer.

Na minha mesa, significativamente menor que a do dr. Bivoj, há uma pilha de revistas de astrofísica para ler, a maioria em inglês. Às terças, dou uma olhada nos diários e escrevo quaisquer passagens que possam estar relacionadas à nossa pesquisa sobre poeira cósmica. Criei dezenas de álbuns de recortes cheios de dados, fotos recortadas, gráficos. Capto eventos indiscriminadamente, qualquer coisa relacionada ao nosso campo, significativa ou não, e à noite gosto de pensar que o que montei é a coleção mais elaborada e completa do gênero na Europa, se não no mundo.

Às quartas e quintas, catalogo as amostras de poeira cósmica que nos são enviadas por universidades europeias, por colecionadores particulares e por algumas empresas contratadas por nosso modesto orçamento departamental. Desempacoto as amostras e as guardo em lâminas de vidro até que o dr. Bivoj mexa seu enorme traseiro, vá até o pequeno banco do laboratório e reúna seus instrumentos. Muitas vezes, ele me convida a olhar através da lente de seu microscópio, mas não tenho permissão para tocar. Você pode me substituir nesta cadeira algum dia, ele diz, mas isso só quando eu estiver demente ou morto.

Às sextas, o dr. pega sua garrafa de *slivovitz* e o serve para nós dois, se inclina na cadeira que range, puxa os suspensórios que cortam sua barriga macia de acadêmico, e fantasia em voz alta sobre colocar seu futuro Prêmio Nobel em uma prateleira artesanal que vai encomendar a um carpinteiro austríaco.

Apesar de o dr. Bivoj ser um dos mais respeitados especialistas no campo em que eu, um dia, gostaria de me tornar rei, não posso chamá-lo de meu herói. Sua crença no trabalho ofuscou todo o resto em sua vida, e a paz de sua alma depende inteiramente de seu sucesso ou fracasso na ciência, um campo mais imprevisível que os humores dos deuses olímpicos. A obsessão ao longo da vida do dr. Bivoj com a poeira cósmica é inquebrantável, um culto de um homem só. Ele está convencido de que pode encontrar uma nova vida dentro dela, matéria orgânica transportada como resultado da dissolução de distantes estrelas, meteoros e cometas. Toda a vida dele girou em torno desses diários que lotam minha mesa, publicando neles e indo a conferências nas quais os colegas lhe pagavam bebidas e algum estagiário impressionado – homem, mulher, ele não é exigente – chupava o pau dele no banheiro porque sua esposa "não faz mais isso". Dia após dia, o dr. Bivoj senta-se neste escritório, espreita e peida e come sanduíches de *schnitzel*, sua cadeira fiel cedendo cada dia mais sob o peso de sua autonegligência. Ele lê, toma notas, digita suas descobertas num documento antigo em um Macintosh empoeirado com uma tela rachada. Duas vezes por dia se arrasta para a sala de aula no andar de cima e ensina futuros mestres e doutores sobre galáxias e padrões de rotação – um tributo às taxas que ele deve pagar para manter o escritório e o Macintosh. Dr. Bivoj está convencido de que antes de morrer descobrirá células de vida alienígena dentro das partículas de poeira que estudamos. Seu gênio é humilde e metódico. Ele não se importa com a escuridão de seu escritório, com o ar viciado, o zumbido de um computador antigo. Quando volta para casa do trabalho, sua ideia de relaxamento é mais trabalho ou, em raros momentos de preguiça intelectual, assistir ao Discovery Channel. Ele é o raro homem cuja disciplina de trabalho sozinho o sustenta por toda a vida. Ele não faz mais exigências. Isso é o que eu sei sobre ele.

Na pior das hipóteses, espero estar lá quando e se o dr. Bivoj fizer essa descoberta, um assistente de confiança que pode usar as credenciais para iniciar uma carreira brilhante. Na melhor das hipóteses, serei o antigo clichê do aluno que supera o professor e farei as descobertas que ele não conseguiu realizar sozinho. Mas esses dias em seu escritório são a chave para o futuro de que preciso. Não aceitei o emprego pelo mísero salário ou pelo glamour de avaliar trabalhos de ciências para calouros que deixam o professor "envaidecido e existencialmente desolado". Aceitei porque, como o dr. Bivoj, quero que minha obsessão com as partículas do universo – as pequenas pistas para a própria origem de Tudo – se torne meu trabalho para toda a vida.

– Ele era bom, seu avô? – dr. Bivoj pergunta.

– Sim. Ele era bom.

– Orgulhoso?

– De mim?

– Em geral.

– Ele sentia orgulho por amar a mesma mulher durante cinquenta anos. Orgulhoso de trabalhar com as mãos. Fazia um ótimo ensopado de coelho.

Dr. Bivoj abre sua gaveta de *slivovitz*. Espero o rótulo azul de sempre, mas em vez disso ele segura uma garrafa sem marca cheia de líquido amarelo. Pequenas partículas pretas flutuam enquanto ele serve.

– Tenho uma cabana em Paka – diz ele –, uma pequena casa nas montanhas. Vou sempre que posso. Lá mora um homem que não tem dentes e mantém galinhas em sua sala. Ele faz um conhaque de maçã em seu quintal com as maçãs podres que caem em sua propriedade. Depois entrega aos vizinhos todo verão. Na verdade, eles transformaram tudo em um evento, uma festa para dar as boas-vindas ao outono. Assam batatas e linguiças enquanto se embebedam com essa coisa.

– Eu não sabia que você tirava férias – digo. – Você está sempre aqui.

– Fim de semana é para liberdade e caos. Dos meus fins de semana, você não sabe nada, Jakub. Você só conhece minhas rotinas da semana. Minha labuta acadêmica.

Engulo a bebida e sinto o ranho derreter dentro dos meus seios nasais e escorrer pelas minhas narinas. O conhaque tem gosto de água tônica misturada com vinagre e terra. Seguro meu copo para mais.

– Fui para a celebração da primavera alguns anos atrás – dr. Bivoj diz. – Dava para ver as estrelas, tinha orvalho na grama, e senti uma vontade irresistível de tirar meus sapatos. Uma mulher que eu não conhecia me beijou na bochecha. Estou lhe contando isso porque imagino que, conhecendo essas pessoas, também conheci seu avô. Pessoas que têm uma ideia diferente de ambição. De construir casas com as próprias mãos e viver de coisas mais simples. Eles me fizeram perceber que a forma como eu via a ambição tinha sido um câncer, me matando desde o dia em que nasci. Você quer que seu nome seja conhecido, Jakub? Eu já quis. Queria que as pessoas o pronunciassem nas salas de aula depois da minha morte. Eu me tornei infeliz durante a maior parte da minha vida para que um professor pudesse escrever meu nome no quadro-negro e punir os alunos por não memorizá-lo. Não é curioso?

Ele bebe. E de novo. E de novo. O licor cheira azedo em seu hálito.

– Ah, estou divagando. Seu avô era um homem feliz, Jakub. Sei disso. Nunca lhe contei sobre meu relacionamento com o presidente Havel. Você gostaria de ouvir?

– Havel? Você conheceu ele?

– Sim, conheci. Frequentávamos os mesmos círculos dissidentes, quando todos nós éramos seguidos pela polícia secreta e só podíamos nos reunir uns com os outros. Havel, ele era um escritor até a alma, nunca era mais feliz do que quando podia se esconder em sua casa de campo e datilografar, de manhã até de noite, deixado em paz pelas pessoas e pelos problemas maiores do mundo. Mas ele não pôde evitar – ele queria que o mundo fosse melhor, e assim se envolveu com o Capítulo, escreveu cartas para as pessoas erradas, e sua prisão o consagrou como o rosto dos inimigos do regime. Ele estava tão infeliz com isso, Jakub. Ele não queria estar no centro das atenções. Mas tivemos nosso final feliz. Derrubamos o Partido, ele foi eleito, e o que eu não digo às pessoas muitas vezes, Jakub – por favor, guarde isso para você, devo poder confiar em meu assistente, certo? – é que eu deveria fazer parte do ministério dele. Eu deveria ser um político, para ajudar a construir uma Tchecoslováquia democrática desde o início. Chegamos ao Castelo de Praga depois do réveillon, com uma ressaca terrível, e tivemos que fazer ligações para entrar, porque nenhum de nós sequer tinha a chave. E quando chegamos lá dentro, Jakub – e isso não é conhecido na história –, quando chegamos lá dentro, o rosto de Havel ficou da cor dos mortos, e ele se sentou no chão no meio daqueles salões sem fim, com quinze milhões de pessoas esperando por ele para dizer o que vem a seguir, e ele sabia que nunca mais iria sentar sozinho e datilografar naquela casa de campo novamente. Ele era conhecido, a face da nação, e nunca mais haveria descanso, paz, conforto. Cada movimento seu, cada decisão – do café da manhã ao amor pelos cigarros e à política externa – seriam desfeitos, colados novamente e depois rasgados novamente. Eu renunciei imediatamente. Estou neste escritório desde então. Meu próprio castelo, adequado às minhas necessidades.

Ele ri, e parece estar falando sério.

– E você é feliz aqui – digo.

– Eu amo a ciência. Nunca amei verdadeiramente outra coisa. Por que fingir o contrário? Václav Havel perdeu sua máquina de escrever; não vou deixar que levem meu microscópio.

– Quero fazer grandes coisas – digo –, coisas tangíveis, como os grandes descobridores. Tesla, Niels Bohr, Salk. Ninguém mais se importa com os nomes das pessoas que moldam as coisas. As pessoas que descobriram que a expansão do universo está acelerando? Você poderia sair na rua e perguntar a estranhos o dia todo, mas ninguém saberia dizer seus nomes.

– Mas é preciso perguntar: por que fazer coisas grandes a um custo tão alto? Eu escolhi a vida tranquila. Gosto da ideia de ser reconhecido pela minha área e por mais ninguém. Dessa forma, tenho um propósito, um propósito em que acredito, mas não estou sobrecarregado com a ideia constante de ter uma imagem pública, uma visão de mim que as massas podem aceitar. Ninguém se importa se estou gordo ou se sonego meus impostos. Não é o único tipo de vida certo, é claro, mas é a vida honesta para mim. O que estou dizendo é que faço as escolhas certas por mim mesmo. Ser útil ao mundo nem sempre significa ter seu nome nos jornais. Políticos, estrelas de cinema... Sabe, fico esperando que alguém diga: "Aqueles tchecos, pessoas impressionantes! São só dez milhões e veja como moldam o mundo". Não porque temos belas modelos ou jogadores de futebol talentosos, mas porque avançamos a civilização de uma maneira real, de uma maneira que não interessa aos paparazzi. Meu apelo a você é: pense além da celebridade. Você acha que Tesla se importava que fizessem fotos dele? Pense se você é bom para alguém, de verdade.

A voz dele é áspera, mas calma, incomum para esse homem geralmente turbulento. Imagino que deve ser o conhaque e, graças ao conhaque, quase conto a ele sobre meu pai, sobre a maldição de minha família, sobre meu desejo de me tornar a própria definição de bom para todos e levar meu sobrenome a ser bem visto. Há uma semana, três homens uniformizados levaram o corpo do meu avô para fora do apartamento e minha avó pegou um copo cheio de água da minha mão. Ela perguntou se podia fazer batatas com creme azedo para o almoço. Eu tenho que ser uma pessoa. Essas palavras me acompanham até a cama e me despertam de sonhos agradáveis. Eu não sei a diferença entre ficar aquém ou exagerar e arruinar minha vida com a ambição que o dr. Bivoj alerta. Havel foi realmente infeliz no final de sua vida? Ele mudou tantos destinos. Alguns o odiavam, mas a maioria o adorava. Tinha que haver felicidade nisso, em algum lugar.

– Tesla – dr. Bivoj murmura – nunca transou e nunca teve uma boa noite de sono. Um homem a quem aspirar. – Ele olha para o copo e logo seus olhos começam a se fechar.

Tomo meu lugar à minha mesa e estudo os últimos diários, me distraindo com pensamentos de como eu poderia me diferenciar do dr. Bivoj. Afinal, ele é bom para alguém?

Um conferencista com um vício tóxico por comida. Seu compromisso com sua própria satisfação é algo sábio, egoísmo ou simplesmente impossível de categorizar? Penso nas fotografias que vi daqueles dias dissidentes. Rebeldes com cabelos compridos, escrevendo ensaios revolucionários e mudando o curso de uma nação durante o dia, bebendo, transando e dançando à noite. Espancados, interrogados, presos, vivos, tão malditamente vivos todos os dias, embora provavelmente zombassem de mim por glorificar a luta. E agora aqui está Bivoj, na cadeira que qualquer dia desses se renderá a sua massa crescente. Respirando freneticamente pela boca, roncando. A escolha entre permanecer uma pessoa daquelas fotos ou se tornar o moderno dr. Bivoj parece clara. Ele duvida de suas escolhas, ele chora por elas no banho? Ele poderia ter sido presidente agora. Ou talvez ele tenha feito exatamente o que deveria ter feito. Manter-se perto de seus pequenos prazeres e das rotinas diárias de trabalho.

Às quatro da tarde ele sai cambaleando do escritório enquanto sussurra que precisa mijar e ir para casa tirar uma soneca. Ele desliga a luz ao sair como se já tivesse esquecido que estou lá. Tomo outro gole de sua garrafa e a queimação traz uma ideia. Na gaveta de bebidas, encontro duas garrafas cheias de *slivovitz* junto com o uísque de milho. Abro a geladeira do escritório, um território extremamente proibido para qualquer um, menos para o dr. Bivoj. Lá estão três sanduíches de *schnitzel* e picles embrulhados em papel-alumínio, um rolo inteiro de salame e um bloco de queijo azul – para Bivoj, provisões para cerca de dois almoços. Pego tudo e coloco as garrafas e a comida dentro de minha mochila. Nada de batatas e nata. Vovó vai comer como uma rainha hoje à noite.

Saio. Sinto um impulso desenfreado de conhecer minha cidade, de colocar meu ouvido em seu peito. De estar com seu povo num lugar em que todos são forçados a se misturar contra a própria vontade, uma precipitação de todas as grandes cidades humanas. Em um lugar onde as contradições da cidade se encontram e criam uma nova biosfera inteira na qual é preciso adquirir habilidades de sobrevivência antes desconhecidas. Pego o metrô na Praça Wenceslas.

Salsicha queimada, o fedor do linho nas lojas de roupa com ar-condicionado, escapamento de carros de polícia, as fraldas fedidas das crianças em carrinhos de marca, waffles de rua com chantili de salmonela, uísque derrubado entre as rachaduras das ruas antigas de pedra, café, jornais recém-desembrulhados nas bancas de cigarro, fumaça perdida de maconha saindo de uma das janelas acima de um respirador, os resíduos furtivamente abandonados de cachorros, graxa chiando das correntes expostas das bicicletas, limpa-vidros escorrendo pelas janelas recém-lavadas do escritório, uma leve brisa de primavera mal penetrando nos prédios conectados ao longo da praça – essa anarquia química de aromas colocada no berço de todas as crianças de Praga desde cedo nos recebe em casa todas as vezes, e a esse conhecimento nativo todos nós simplesmente nos referimos como "Wenceslas".

Faz quase um ano desde que visitei a praça pela última vez, lembro, enquanto os anticorpos dentro do meu sistema olfativo combatem a invasão de fumaça. Prendo a respiração. Ao meu redor vive a certeza de nossa corrida rumo ao capitalismo. Poucas coisas permanecem dos velhos tempos do reinado soviético – o único remanescente significativo é a estátua do século XIX de São Venceslau, o herói do cartão-postal se arrastando sobre as massas, verde e com cara de pedra em seu fiel cavalo, as majestosas coxas e bunda do animal generosamente cobertas de merda de pombo. Turistas adolescentes franceses, inconscientes de qualquer história ao seu redor, folheiam seus telefones e assobiam para mulheres enquanto cercam a base da estátua. Vendedores de comida oferecem cachorros-quentes e hambúrgueres e bebidas alcoólicas vendidas ilegalmente a preços significativos, fazendo uma fortuna com turistas menores de idade ansiosos pela verdadeira experiência alcoólica de Praga. A venda de álcool mantém os ambulantes na competição com McDonald's, KFC, Subway, esses invasores que seduzem o povo com o doce hálito de ar-condicionado, banheiros sem cobrança de papel higiênico, comida quente injetada com prazer químico. Tanto turistas quanto nativos enfrentam a luta diária de ceder às delícias viciantes das gorduras escaldantes e da unidade ocidental oferecida por aqueles gigantes neons, ou de se entregar ao exotismo da velha escola de uma salsicha levemente queimada servida por um homem que não desperdiça palavras ou oferece um cartão de comentários do cliente.

Me aproximo de um dos vendedores, um homem pálido com um honesto bigode preto, e pergunto se ele vende uísque. Sem perceber minha presença, ele enfia a mão no fundo de seu carrinho e tira um copo de plástico preto.

– Cento e oitenta – ele diz.

Entrego o dinheiro e peço uma salsicha, rábano, mostarda picante.

Esta é a Praça Wenceslas quase treze anos depois da revolução. O lugar onde recuperamos nossa nação. Onde o coração da resistência tcheca lançou seu ataque aos nazistas, construindo barricadas e correndo contra os soldados alemães para arrancar as armas de suas mãos, enquanto os tanques libertadores soviéticos ainda estavam a um mundo de distância. Onde, em 1989, mulheres e homens sacudiram suas chaves enquanto o cadáver de galinha sem cabeça do governo instalado pelos soviéticos implorava a Moscou que desse ordens para que seus tanques atirassem, pelo amor de Deus, atirem nessas pessoas antes que elas estabeleçam uma democracia.

Os tijolos cúbicos que formam a estrada e os telhados oblíquos, outrora testemunhas de multidões de revolucionários, balas, cabeças quebradas por bastões de polícia, agora dão uma sensação histórica a uma experiência de compra. Lojas de roupas, cafés, clubes de striptease. Os promotores ficam em frente às entradas brilhantes e distribuem panfletos coloridos com fotos de garotas e promoções de happy hour. São quatro e meia da tarde e esses ativistas do pecado já estão nas trincheiras, seus queixos fedendo a vodca da noite anterior.

Bebo o uísque e me pergunto se a praça não está um pouco sem cor apesar do neon, talvez pronta para outro clímax de história. Voltaremos a marchar sobre esses tijolos em unidade nacional, lutando contra mais uma ameaça ao coração pulsante da Europa, ou esta nova Praga se tornará um shopping center arquitetonicamente brilhante?

Minha salsicha está pronta e peço outro uísque.

Então, sinto cheiro de perfume.

– Vodca e salsicha – diz uma mulher.

O vendedor diz não.

Eu me viro. Seu cabelo é curto e escuro, seus lábios finos enfatizados, não aumentados, por uma linha de batom vermelho-escuro. Um vestido cinza se ajusta bem ao redor de seus quadris. Ela é pequena, muito pequena, mas não usa saltos para se posicionar mais alto, nem parece de forma alguma ansiosa ao falar com o homem largo à sua frente. Na verdade, ela nem levanta o queixo. Ela encontra os olhos do vendedor com os seus próprios, como se sugerisse que ela não tem nada para se desculpar e que, se for o caso, ele deveria ser mais baixo para se adaptar a ela. Ela parece uma presença não afetada pelo caos e hostilidade da praça, como uma das estátuas grosseiras de santos e guerreiros que estiveram lá quando Praga ainda era apenas um entreposto comercial. Ela convida ao amor. Imediatamente eu quero que coisas boas aconteçam para ela.

– Por que não? – ela pergunta.

– Sem salsichas, sem álcool. Ele pegou os últimos da noite – diz o vendedor.

Ela olha para mim e para a evidência dos meus crimes, o prato cheio de salsicha na minha mão esquerda e um copo recém-servido na minha mão direita.

– Mas eu sou uma azarada mesmo – diz.

Estendo os dois braços em direção a ela, oferendas de paz. Ela mede o prato trêmulo e sorri.

– Vou aceitar o uísque se você estiver realmente oferecendo – ela diz.

Faço que sim com a cabeça.

– Ele é mudo? – ela pergunta ao vendedor, que faz um talho no polegar enquanto corta uma cebola.

– Cacete – ele rosna.

Dou a ela o uísque.

– Pode dar uma mordida – digo.

– Um cavalheiro – ela diz.

O vendedor começa a chutar o carrinho enquanto o sangue pinga em seus utensílios. O carrinho balança e parece que pode cair a qualquer minuto. As testemunhas já estão se reunindo para tirar fotos, e um policial magrelo caminha devagar, mastigando nuggets de frango.

A mulher de vestido cinza gesticula em direção a alguns bancos do outro lado da rua, depois sai sem olhar para trás para ver se estou seguindo. Ela se senta, cruza as pernas e bebe o copo inteiro de uísque em um gole, terminando com um arroto suave. Ela me olha de cima a baixo enquanto cogito me sentar ao lado dela. Por fim, o vendedor vira o carrinho e os pães e condimentos se espalham pela calçada. O policial joga seus nuggets de frango para o lado e puxa um cassetete, e o vendedor aponta um pegador de comida para ele.

– Sente, vamos comer juntos – diz a mulher. – Vamos aproveitar o show.

– Eu sou Jakub – digo enquanto obedeço.

– Lenka – ela diz. – Obrigada, eu precisava de uma bebida.

O vendedor ataca o policial com suas pinças, como uma perna de caranguejo emaciada, e o policial recua, trocando o cassetete por um taser.

– Isso é o que acontece quando você força as pessoas a viverem de um jeito que elas odeiam – diz Lenka. – Eles piram. Te atacam com utensílios de cozinha.

– Como você sabe que ele foi forçado a fazer alguma coisa? – pergunto.

– Você acha que ele estaria fritando carne de porco nesta armadilha para turistas se tivesse uma opção melhor?

Reforços chegam. Quatro policiais circundam o vendedor enlouquecido agora, com as mãos nas pistolas. Os espectadores murmuram com prazer. Por fim, o vendedor joga a pinça no ar e cai de joelhos, bem na poça de ketchup e mostarda. Ele mergulha a mão na poça e sorri, desenhando formas, como uma criança brincando com giz de cera. Os policiais e espectadores olham, incertos.

– Acho que isso é culpa nossa – digo.

– É possível que nossas exigências tenham arruinado a vida do homem – responde.

– Ele deve estar desejando este tipo de autodestruição há muito tempo.

– Eu não julgo. Também estou me sentindo autodestrutiva hoje.

– Dia ruim no trabalho?

– É engraçado – ela diz. – Outro dia, um homem na TV disse que o desemprego deixa as pessoas infelizes porque elas perdem o sentido da vida. Ele continuou dizendo que os empregos são uma fonte de prazer significativo. Quem é esse cara? Café é prazer. Bolas de melão com vodca e teatro. Acordar com uma mecha do cabelo do seu amante na boca. Isso é prazer. Me diga, se os robôs fizessem todo o nosso trabalho por nós, você acha que todo mundo ia se deprimir e fazer um grande pacto de suicídio? Se todo mundo pudesse prestar atenção à arte, passar os dias escalando montanhas ou mergulhando em oceanos, todos ricos e saciados porque nossos robôs estão dando conta das coisas, o mundo seria invadido por maníacos atirando uns nos outros porque a vida deles não tem sentido? A dignidade está ligada ao dinheiro, dizem. Assim, supõe-se que uma pessoa com um emprego decente ganhando dinheiro decente atingiu o nirvana. De acordo com a teoria desse homem, eu deveria ter dignidade porque atendo o telefone na recepção do hotel. Bem, aqui estou eu, sem dignidade à vista, divagando bêbada para um estranho. Me deixa dar uma mordida.

Ela puxa o cabelo atrás da orelha enquanto rábano e graxa preta se espalham em seu queixo. Depois mastiga e verifica o relógio.

– Então, qual é a sua? – ela pergunta. – Bêbado às seis, vagando pela praça.

– Quero saber mais sobre sua teoria. Esse comunismo robótico.

– Deixa adivinhar – ela diz. – Você vai para a universidade. Você está determinado a desconstruir minhas divagações, a me alinhar com uma teoria. E você está tão barbeado. Todos vocês, garotos estudantes, se barbeiam com tanto cuidado, mas seus ídolos eram todos homens barbudos!

– Eu estudo astrofísica. Embora, hoje, eu não tenha certeza do porquê.

– Um bom dia para fazer perguntas – ela diz, e termina a salsicha.

Os policiais finalmente capturaram o vendedor e o colocam no banco de trás da viatura. Eles vão embora, ignorando o carrinho virado, a bagunça, que logo se torna apenas parte do frenesi da multidão da noite, pedestres passando sem pensar duas vezes sobre sua origem.

– Ainda estou com fome – diz Lenka.

Abro minha mochila e pego o sanduíche de *schnitzel* junto com uma garrafa de aguardente.

– E com sede? – pergunto.

–Você é um homem engenhoso.

Nós comemos, embora eu assegure que sobrou bastante para o jantar da vovó. O neon queima os olhos agora, abafando a beleza suave dos postes de iluminação góticos. Ficamos sentados por cerca de vinte minutos, sem dizer muita coisa, até que decido que não tenho muito a perder. Pergunto se posso vê-la novamente, se podemos compartilhar mais comida e mais bebida, porque houve um clamor dentro de minha cabeça abafando todo o resto, mas, quando ela fala, posso ouvir claramente e escuto com prazer. Ela concorda em nos encontrarmos para um café na sexta, e nos separamos.

E na sexta tomamos um cappuccino na ilha de Kampa. E na semana seguinte vamos à feira Matejská e atiramos com armas laser. Ela me visita todos os dias nos intervalos entre as aulas e traz strudel e cerveja. Lenka. O nome vem de Helena, que significa *tocha* ou *luz*. Jakub vem do hebraico para *aquele que segura o calcanhar*. Meu nome me destina a andar sempre sobre a Terra, preso à terra e ao asfalto, enquanto o dela a destina a queimar e subir aos céus. Isso não faz diferença. Vamos morar juntos como sempre soubemos que faríamos algum dia. Somos solitários e, portanto, o fato de decidirmos ficar um com o outro no berço seguro da solidão diz tudo o que precisamos saber.

Três semanas após nos conhecermos, conto a ela sobre a morte de meu avô, e ela insiste que devo ver um lugar que é importante para ela. Um lugar secreto que pode se tornar importante também para mim.

Quando nos encontramos, mais uma vez no nosso banco na Praça Wenceslas, ela está fumando um cigarro e usando, pela primeira vez, o vestido amarelo de verão com dentes de leão, o mesmo vestido que ela usará mais tarde em nossa última noite juntos na Terra. Ela não perde tempo com um oi.

– Vamos – ela diz.

– Aonde?

– Para a lua, é claro. A escola está deixando você tão tolo assim?

Rapidamente, abrimos caminho através da espessa nuvem de corpos, chutando sacolas de compras e dando cotoveladas na cabeça das crianças enquanto avançamos. Ouço um silvo atrás de nós. A brisa leve da noite que vem do Atlântico, presa entre essas colinas da Boêmia, é um forte contraste com os últimos dias escaldantes. Todos estão em camadas esta noite, misteriosos. Os sons de Jay Z, fluindo da caixa de som de alguns dançarinos de break, chocam-se com a orquestra de clarinetes e flautas cuspindo música folclórica horrível em pubs antigos. Entramos em Provaznická e o silêncio repentino faz meus ouvidos estalarem.

As filas de prédios de apartamentos à frente não foram tocadas pelo tempo, pela guerra e pelos regimes. Alguns azuis, outros marrons, todos amontoados sob telhados de telhas vermelhas desbotadas. Muitos desses apartamentos da Cidade Velha eram recompensas dadas a funcionários do Partido. Agora eles pertencem a cidadãos com carteiras gordas. A mudança é relativa. Estou a seis quarteirões do apartamento em que cresci, garantido pelo trabalho leal de meu pai.

Lenka me leva a um prédio amarelo, onde aperta oito botões diferentes no interfone. A voz de um homem late uma pergunta na caixa de som. Ficamos em silêncio. Ela toca mais botões, até que a porta se destrava e corremos para dentro.

– Não acredito que funcionou – digo. – Sempre tem uma pessoa esperando alguém que não vem.

Subimos a escada em espiral evitando um homem sem nariz e uma mulher arrastando dois dálmatas gordos. Esses estranhos já devem pensar em nós como um casal – a revelação acelera meus passos. Lenka está me levando para o apartamento dela? Impossível, senão ela teria as chaves. Isso é uma armadilha? Ela tropeça em mim, sussurrando um pedido de desculpas, meus dedos roçam sua coxa exposta e ela agarra meu lado em busca de apoio. Por fim, nos deparamos com o acesso ao sótão, a porta desgastada vazando luz pelas bordas. Ela puxa a maçaneta e eu faço uma careta com o rangido histérico. O sótão tem todos os sinais esperados de abandono: a luz hesitante penetrando por pequenas janelas, nuvens de poeira, uma bicicleta de uma criança morta, caixas. Uma cortina preta separa um dos cantos mais distantes. Lenka me leva até ela.

– Você vai me sacrificar a Satanás? – pergunto.

– Você toparia?

– Se fosse você fazendo isso, sim.

Ela abaixa todas as persianas da janela até que não consigo ver nada além da silhueta de suas curvas. Com o cheiro de damasco e pólvora a reboque, ela passa por mim e joga a cortina preta de lado, convidando-me a entrar, e acende uma pequena lâmpada no canto, sua sombra coberta de tecido preto transparente. Num papel de parede preto, formas de estrelas e luar em dourado. Acima de nós está pendurada uma lua de papel machê, suas crateras e vincos acentuados com um lápis. Aos nossos pés repousam Júpiter, Saturno, Vênus, um recorte da Via Láctea, *Apollo 1*, um *Millennium Falcon*, pacotes de chiclete desbotados e um rato estripado.

Lenka chuta o rato para longe e pega algo debaixo das embalagens de chiclete. Ela segura uma estatueta de um astronauta da Nasa acenando.

– O que você acha? – ela pergunta.

– Acho que gostaria de morar aqui.

– Eu vinha aqui quando criança e brincava com minha melhor amiga. A gente pegava todo esse chiclete aqui pra ver quem conseguia mastigar mais. Petra, ela fez a lua. Toda ela. É uma sorte as pessoas não prestarem atenção a esses sótãos, não é? Eles jogam seu lixo aqui e esquecem disso. Não venho aqui há quanto tempo, doze anos? Treze? Então, eu disse a mim mesma: Jakub, meu astrofísico, vou levá-lo e ver se meu universo ainda existe. Se isso acontecer, ele pode ver, e talvez isso compense meu silêncio sobre sua dor, porque a dor é algo de que eu fujo. E talvez eu não proteste se ele tentar me beijar, porque faz tempo que não me apaixono. Aqui estamos. As coisas permanecem inalteradas, todos esses anos depois. Estou no meu único esconderijo. Com você.

As explosões solares ocorrem quando a energia magnética é convertida em energia cinética – assim, a atração de um elemento por outro se transforma em movimento. Não sabemos exatamente o que causa esse processo. Seja a ejeção de elétrons, íons e átomos no universo, ou um coquetel de feromônios se infiltrando nos receptores olfativos de um futuro amante, algumas das funções mais essenciais da realidade permanecem um mistério. O hálito de Lenka cheira a cigarro e suco de fruta. Nós nos inclinamos suavemente contra a parede e manuseio o contorno da caixa de charutos, que ainda carrego na bolsa. A bolsa desliza do meu ombro. Ela pega meu rosto em suas mãos e o estuda; enquanto eu respiro, levo dois segundos importantes para perceber que estou apaixonado e que viver nunca será como antes. A alteração do meu futuro, um destino totalmente novo está aqui na forma de uma bela mulher ligeiramente bêbada que me convidou para o melhor lugar que já vi. Tem tanta coisa que podemos dizer a partir de uma única erupção superficial. Um clarão para rasgar o sol. As chamas são meus dedos sentindo o interior de suas coxas, sua respiração no meu pescoço, suas mãos puxando para cima a bainha de seu vestido, seus olhos procurando minha reação ao que vejo por baixo. O universo atribuiu as tarefas de falar e beijar aos lábios porque nunca é preciso fazer as duas coisas ao mesmo tempo. Não falamos por horas. Logo a maior parte do lugar está coberta com nossas roupas. Nossos corpos agradavelmente golpeados pelas tábuas de madeira do piso.

Exaustos, sentamo-nos entre os planetas e conversamos sobre os alimentos que gostaríamos de comer. Ela quer espaguete; eu estou morrendo de vontade de comer um bife à moda tcheca – carne fina enrolada em bacon, ovo e picles. Concordamos que nosso melhor plano de ação é beber e caminhar até tarde da noite.

Esse seria o lugar para as cinzas do meu avô? Posso abandonar a caixa e me sentir mais feliz assim que sair pela porta, ou vou ficar para sempre me perguntando se o mesmo gato que assassinou o roedor comeu o conteúdo da caixa? Lenka pergunta no que estou pensando. Em tudo. Como deixar meu avô para trás. Carrego a maldição do meu pai e o pó do meu avô. Ela não entende o que isso significa, ainda não, e não pergunta.

Em vez disso, ela me conta sobre seu próprio pai, que foi para a América antes da revolução para trabalhar em uma linha de montagem de carros em Detroit. O verdadeiro paraíso dos trabalhadores, escreveu ele de volta, declarando que Detroit se tornaria a cidade do futuro, um centro de indústria e riqueza. A cada verão, o plano dele era chegar em casa, contrabandear Lenka e a mãe dela pelo Muro de Berlim e levá-las para esse novo mundo. A cada verão, ao invés disso, ele escrevia que não era o momento certo, que ele esperaria uma nova promoção, outro aumento de salário, para que pudesse receber "sua rainha e sua princesa" com uma mansão, um carro americano. Em 1989, suas cartas vinham apenas semestralmente, grosseiras e desprovidas de detalhes afetivos. Quando a mãe de Lenka escreveu para ele dizendo que o país estava livre, que elas poderiam cruzar as fronteiras recém-abertas à luz do dia, entre as pessoas, e procurá-lo imediatamente, ela não recebeu resposta. Dando o pai por perdido, Lenka muitas vezes se retirava para o sótão, evitando a devastação de sua mãe, as caixas de vinho vazias se acumulando na porta. Só quando a internet começou a conectar vidas desarticuladas ao redor do mundo, Lenka encontrou uma foto do pai dela. Ele estava em uma praia da Flórida, sorrindo para a câmera, um braço em torno de seu novo filho, o outro em torno de uma nova esposa, um refrigerador cheio de cerveja azul americana a seus pés. Lenka nunca falou com sua mãe sobre isso, e não tinha certeza se sua mãe já tinha descoberto. Elas sobreviveram.

Pergunto a Lenka o que ela sente agora. Raiva?

Não. Não aqui no sótão.

– Quando eu era criança – digo –, eu sentava num carro e fingia que era uma nave espacial. O toca-fitas era meu computador de bordo. Eu queria girar o botão do rádio e decolar – voar. Mas eu não sabia muito sobre estar sozinho naquela época.

– Você voaria para longe agora? – ela pergunta.

– Não mais. Agora que você está aqui.

– Agora que *estamos* aqui. No nosso esconderijo.

Em exatos dois anos, vamos voltar. O sótão não vai mudar – simplesmente mergulharemos os pés em uma poeira mais espessa. Vamos nos esconder atrás da cortina e eu a pedirei em casamento, a voz trêmula, os joelhos tão pesados que me pergunto se o chão pode desabar sob nós. No casamento, minha avó vai dançar como uma mulher com metade de sua idade, me dizendo no final da noite que ficou viva para ver eu e Lenka neste dia.

E as cinzas do meu avô irão ficar no nosso armário, vou pensar nelas com devoção, até deixá-las à mercê do cosmos, um lembrete de que quase tudo que nos é caro está destinado a se tornar pó.

A GARRA

Atravessei o nó do tempo como a areia que desliza no interior de uma ampulheta, grão por grão, átomo por átomo.

O tempo não era uma linha, mas uma consciência. Eu não era mais um corpo, e sim uma sequência de peças que sibilavam a cada novo elo que as entrelaçava. Senti cada célula dentro de mim. Eu poderia contá-las, nomeá-las, matá-las e ressuscitá-las. Dentro do núcleo, eu era uma torre feita de fragmentos fósseis. Poderia ser desmontado e remontado. Se alguém soubesse o ponto de pressão correto, eu me transformaria em um punhado de elementos em fuga à procura de outro elo, como lavradores sazonais viajando de leste a oeste.

É isto o que os elementos fazem: eles saltam na escuridão até que algo mais os capture. A energia não tem consciência. A força não tem planos. As coisas colidem umas com as outras, formando alianças até que a física as despedace e as lance em direções opostas.

O núcleo não me oferecia sabedoria. Obscureceu meus sentidos. Fez-me viver dentro de meu próprio corpo, verdadeiramente, e transformou-me em um relâmpago de matéria sem capacidade de reflexão. Eu não era um humano; era uma corrente de poeira. *O que você esperava?*, o núcleo me perguntou. Não, eu perguntei isso a mim mesmo. Outra projeção. Meu desespero para atribuir personalidade e vontade aos resultados caprichosos do caos. Os verdadeiros reis do mundo, elementos e partículas, não seguem nenhum outro programa senão o movimento.

Assim que o núcleo me ejetou, recuperei a visão, e em seguida, enquanto atravessava a calma atmosfera do núcleo e colidia com a tempestade furiosa de poeira, recuperei também minha sanidade. O núcleo havia me ejetado de volta ao mundo na velocidade do lançamento de um ônibus espacial. As partículas de poeira em espiral atingiram minhas luvas, feriram meu peito e racharam meu visor. Levei as mãos à trava do capacete, considerando antecipar o fim.

A morte no espaço seria breve. Por dez segundos, eu permaneceria consciente. Durante esse tempo, os gases em meus pulmões e sistema digestivo causariam uma dolorosa expansão dos órgãos, levando à ruptura de meus pulmões e à liberação de oxigênio em meu sistema circulatório. Os músculos inchariam até o dobro do tamanho atual, desenhando sobre a pele estrias e hematomas. O sol converteria minha testa e bochechas em borbulhas escaldantes. A saliva evaporaria em minha língua. Após esses dez segundos de angústia, a falta de oxigênio aniquilaria meu cérebro, e minha consciência derreteria na escuridão ao redor. Minha pele tomada pela cianose se tornaria azul, e meu sangue ferveria, e minha boca e cavidades nasais congelariam até que, por fim, o coração encerrasse suas operações, tornando-me um cadáver ímpar, um Smurf gasoso e ressequido, no altar da Via Láctea.

Eu estava pronto para aquela rápida passagem quando senti um tapinha nas costas. Hanus planava comigo, com a pele cinzenta e enrugada, como uma batata cozida em cinzas quentes. Havia uma bolha acima de seu lábio direito. Devíamos seguir em frente juntos. Tirei as mãos do capacete. Logo a poeira danificaria o traje o suficiente para despressurizá-lo, e eu ainda poderia ter uma morte cósmica. Aproveitaria aqueles dez segundos para remover o traje e seguir o exemplo de Laika – permitir ao vácuo que me embalsame e me preserve como uma estatueta de cera para futuras gerações de exploradores.

– O Princípio nos rejeitou – disse Hanus.

– É o que parece.

– Aquele não é nosso lugar – concluiu.

– Você ama seus enigmas.

A fúria aterrorizante da poeira de Chopra se transformou em nada. Saímos completamente da nuvem, mais uma vez sujeitos ao zen do espaço profundo. Não poderia haver muito tempo agora, mas me recusei a verificar meu traje, me recusei a verificar a contagem de oxigênio. Concentrava-me em meu amigo. De repente, temi mais o tédio do que a morte. Se meu amigo morrer antes de mim, o que haverá para fazer com o resto de meu tempo? Com todo o universo à minha frente, sem a voz dele eu não terei nada para me guiar enquanto engasgo. Agarrei uma de suas pernas e lhe ofereci o pote de Nutella que tinha guardado no bolso.

– Sim, isso vai servir – disse ele.

Lutei para encontrar palavras que fossem profundas, algum famoso balbucio do leito de morte; mas, se a existência pudesse ser tão simplesmente representada pela linguagem, por que passaríamos a vida tentando justificar nosso direito de respirar?

Mudei de ideia.

Minhas palavras não deveriam ser profundas. Em vez disso, invoquei a sabedoria rápida dos parceiros de bar do meu avô na vila, que, abastecidos com oito litros de cerveja, a cada minuto que passava inclinavam um pouco mais a cabeça em direção à superfície da mesa. Sabedoria sobre a resiliência das galinhas, que podem viver bem mesmo sem a cabeça; ou sobre o strudel de vovó, que sempre tinha passas em excesso e quase nada de maçã; ou sobre mostrar o dedo médio para as mãos de Deus, calejadas demais para agarrar a alma; ou sobre canções islandesas, que sempre soavam como se tivessem sido compostas em navios sussurrantes navegando pelo gelo; ou sobre o núcleo do próprio planeta que ocupamos, tão quente quanto a superfície do sol, embora aqui nos queixemos de um dia escaldante de verão; ou sobre o pânico que nos invade ao convidar as meninas para dançar quando somos meninos, apesar de, quando adultos, sermos tão descarados – e por vezes até rudes – ao fazer a mesma coisa; a sensação unificadora de sede pós-coito, quando dois corpos exaustos fedendo e excretando natureza anseiam por pão e, avidamente, outro orgasmo, para reafirmar a frágil química do amor. Se o pub tivesse fechado e privado aqueles mineiros e açougueiros da vila de seu único modo de socialização, eles certamente teriam viajado pela Terra como os filósofos da velha escola, trocando sua sabedoria popular de bar por costeletas de porco. Como eu poderia contribuir para esse fenômeno? Talvez com a maior piada de todas, capaz de me manter acordado por muitas noites – a energia não pode ser aniquilada e, portanto, a matéria não pode ser aniquilada, e portanto tudo o que queimamos e destruímos permanece conosco e dentro de nós. Somos lixeiras vivas. A antimatéria acabou e, agora, o desafio eterno é uma partida de Tetris – como organizar o eu para não morrer no jogo? Eu ri. Hanus entendeu.

Ao longe, flashes vermelhos. Será que o universo estava em chamas? Será que o fim de tudo seria agora, quando eu tinha acabado de me tornar o mais recente filósofo dialético de bar? Um pensamento adorável. Distante, em meio à escuridão, um dragão levantou voo, farejando carne fácil com seu nariz afiado. Talvez fosse a morte. Bati na chapa dura que cobria meu peito e senti o eco da vibração em meus pulmões. Se não fosse a morte, e se o último dragão vivo tivesse sido morto por São Jorge muitas eras antes, restaria apenas uma explicação: o nariz pertencia a um ônibus espacial, avançando em minha direção como a baioneta de um soldado louco. Seus faróis saturavam o universo como luzes de bordel, piscando infernal e sedutoramente, incansavelmente rítmicas. Eu era uma ilha, um bastardo flutuando no rio numa cesta mal tecida, cujo cordão umbilical havia sido grosseiramente cortado com uma tesoura enferrujada. Certamente as cores e a bandeira chamuscada na lateral da espaçonave junto a um altivo nome eram uma miragem, uma visão para me manter distraído na hora da morte.

– Você está vendo? – perguntei a Hanus.

– Socorristas – ele disse.

NashaSlava I. A inscriçao unia-se às listras gravadas em branco, azul e vermelho na lateral. Rússia. Inferno. O cancro sorridente de minha história.

Por instinto, nadei para a frente, tentando fugir. Impossível. A nave se aproximou silenciosa e rapidamente, diminuindo a velocidade à medida que se chegava mais perto.

– Você não gosta do resgate – disse Hanus.

– Eu quero estar aqui. Com você.

Uma porta do hangar no centro da nave se abriu, e algo despontou da escuridão. Um braço robótico deslizou para fora do covil, com movimentos suaves de músculos e articulações. Um ciberpolvo me procurava com um olhar sem olhos, enquanto seus dedos tremiam como espigas de trigo sob ventos de tempestade. Quando criança, eu fugia de meu avô sempre que ele cortava a grama, impondo a maior distância possível entre mim e a lâmina giratória. Escondia-me no galpão de madeira, entre pilhas de lenha recém-cortada, inalando sua doçura e tirando lascas de meus dedos. Agora eu não tinha um mundo para onde correr, nenhuma estrutura onde me esconder. Como ansiava pela terra firme, pela tensão do músculo puxado resolutamente em direção ao centro de alguma coisa – qualquer coisa.

–Você pode viver – disse Hanus, fracamente. – Por que resiste?

– Estou cansado, Hanus.

Por fim, olhei para o medidor de oxigênio, que indicava três minutos de oxigênio restante. A garra oriunda da nave não estava mais ereta; havia se arqueado em posição de ataque, pronta para me pegar, ou talvez me penetrar – qual era a diferença? Eu seria salvo a tempo, a menos que removesse meu capacete. Não aceitaria que ninguém me salvasse, mas, especialmente, não queria ser salvo por *eles*: aqueles que engendraram meu pai e deram a ele o poder que o transformou no que precisavam que ele fosse. Essa era a única coisa em que meu avô e eu nunca concordamos. Ele insistia que a culpa deveria ser colocada na pessoa, não nas circunstâncias. Meu pai, ele achava, estava fadado a cometer os mesmos erros sob qualquer regime. Eu não podia aceitar isso. Não podia aceitar que, sem a chegada dos russos, sem os fantoches de Moscou na Tchecoslováquia acenando com recompensas e promessas diante da ânsia de meu pai por uma vida melhor, ele seria capaz de infligir a mesma dor. Não vivemos fora da história. Nunca.

E ali estava eu, outro Procházka forçado a capitular diante do invasor.

Ao verificar novamente o medidor de oxigênio, contei o número de pessoas que me deviam explicações, que me deviam olhares, gentileza e vida. Havia a Lenka. Em algum lugar lá fora ela existia, fora da foto enviada a mim como consolo, e a simples tentação de imaginá-la escorregando as mãos novamente pelas minhas costas doloridas parecia motivo suficiente para cogitar respirar o escasso O_2 prestes a chegar ao fim.

Que tipo de carpete Emil Hácha teria sentido sob seus pés no gabinete de Hitler enquanto tentava decidir se os tchecos lutariam contra a invasão e seriam massacrados ou se cederiam e perderiam a dignidade? Depois de fazer o velho homem esperar até o amanhecer, ocupado demais assistindo a filmes com seu pelotão, Hitler cuspiu na cara de Hácha, enquanto elencava as várias maneiras possíveis de violar um país, de derramar o sangue de crianças e mulheres, de bombardear, fuzilar, incinerar e transformar as torres do rei de Praga em um pó fino e encharcado com o mijo da Gestapo. Quão prestes Hácha estaria de exercer um heroísmo estúpido e mandar Hitler se foder, conquistando, assim, um tiro na cara e um massacre para sua nação? Ele também era um bastardo em uma cesta, um velho de saúde precária que havia substituído o presidente no exílio depois que as ações de Hitler destruíram a república. O país fora vendido ao maior lance na Traição de Munique, onde, sem a nossa presença, Chamberlain/Daladier/Mussolini/Der Führer apertaram as mãos, tomaram chá, comeram sanduíches e concordaram que uma pequenina Tchecoslováquia era um preço insignificante a se pagar pela paz mundial. Quão perto estava Hácha de desencadear o Grande Genocídio dos Tchecos e Eslovacos?

Quão mais fácil poderia ter sido simplesmente morrer nas mãos do Führer e permitir que outra pessoa lidasse com essas questões maiores? Hácha escolheu a vida e a vergonha. Sua recompensa foi ver a nação sobreviver, testemunhar a capital sair ilesa da guerra, ao contrário das belas torres de Varsóvia e Berlim. Após aquele abuso de Hitler, Hácha desmaiou. A realeza nazista o ajudou a se levantar pouco antes de ele assinar a entrega do país à ocupação protetora da Alemanha. Esse covarde que salvou a nação quando a deixou partir, levando com ela o seu orgulho.

Quando me restavam apenas dois minutos de vida, agarrei-me em meu amigo. Segurei com mais força uma de suas pernas, e ela se desprendeu de seu corpo como uma sanguessuga, deixando um rastro espumoso de fluido cinza. Seus lábios e os pelos da barriga estavam pegajosos de chocolate e avelã. Então os vi: os Gorompeds, os pequenos parasitas de óvulos que viviam nas bolhas de Hanus, rastejavam em meu traje e abriam caminho por baixo dele. Eles formaram um enxame em meio aos pelos das minhas axilas. Chutei o vácuo para impulsionar nosso corpo, o meu e o de Hanus, para longe da nave russa, tentando ganhar um pouco mais de tempo antes do resgate. A Garra estava tão perto de minhas pernas que senti um arrepio me percorrer por toda a pele em antecipação a seu toque.

Vi o que teria acontecido se Hácha tivesse decidido morrer por seus princípios. Ele teria levado aquela bala na cabeça, e os arianos, sedentos por reivindicar seus escravos eslavos, teriam derrotado os guerreiros de nossa nação, cujos corpos boêmios que flutuavam rumo ao oeste tingiriam de vermelho o rio Moldava – singelos presentes para Chamberlain e sua ingenuidade. Vi Praga queimar; o castelo que servira ao mais magnífico dos reis europeus saqueado pelas mãos gananciosas de garotos alemães cheios de ódio; belas garotas sardentas do vilarejo escondidas debaixo da cama para escapar das mãos autoritárias de capitães com mau hálito; as videiras da Morávia achatadas sob as esteiras dos tanques; os puros riachos e colinas de Sumava sujos de tripas e desmatados pelas granadas de mão. Hácha havia tomado sua decisão. A morte era fácil demais.

A Garra agarrou meu tornozelo tão gentilmente quanto uma mãe tomando o filho recém-nascido nos braços. Ela me puxou para si.

– Queria que você pudesse vir comigo – disse a Hanus.

Eu o senti encolher. Outra perna nos deixou.

– Não vai demorar muito agora – respondeu ele.

– Você me salvou – falei.

– Você se sentiria melhor se eu não fosse real?

– Não.

– Quais são seus arrependimentos? – perguntou ele.

– Agora que sei que vou viver, tenho milhões deles.

– Estranho.

– Não sei se quero voltar. Para dividir a vida em manhãs e noites. Para andar ereto, preso ao pé.

– Não parta, então, humano magrelo.

A Guarra me agarrou com mais força. Teriam os russos notado o amigo que eu envolvia em meu abraço?

– Quero morrer dentro de você – disse Hanus. – Leve-me a um bom lugar. Eu também vou te mostrar de onde venho. Minha casa.

Um Goromped rastejou pela minha bochecha, evocando a sensação de um adesivo que Lenka uma vez havia colado nela. À memória, veio-me a dor que senti ao puxar o adesivo da barba, removendo uma pequena mecha de pelo no processo.

Este seria meu último presente para Hanus. Não me acovardei com sua invasão. Pela primeira vez senti o peso e o desespero da morte que ele aprendera comigo, uma dor surda em meu abdome. Minha língua seca encontrou nova ferida em minhas gengivas, e minha cabeça era golpeada pela pressão que se acumulava na parte de trás do meu crânio. Nesses últimos momentos, Hanus foi bem-vindo em cada pedacinho da minha vida. Eu ansiava por ver sua casa.

O que surgiu diante de mim foi uma tarde de maio. Um mês lindo. Lenka e eu líamos juntos Karel Hynek Mácha. Ele escrevera um famoso poema romântico sobre maio, e todos tivemos de aprendê-lo na escola, revirando os olhos diante de seus sentimentos, sem entender ainda como os prazeres levam facilmente à poesia. Há uma parte que ouço Lenka ler em voz alta como se ela estivesse a meu lado agora, de volta à nossa barraca na floresta, deitada nua com o cabelo atrás das orelhas e um brilho de suor na fina penugem branca que lhe cobria o umbigo:

Na sombria floresta esse lago lustroso
Se queixava sinistro de secreta dor,
Outra vez abraçado, o mundo ao redor;
E do céu o sol claro descia vistoso
Rumo à estrada perdida no fundo das águas,
Como as lágrimas quentes de amantes com mágoas.

Era isso que eu queria que Hanus ouvisse agora.

Juntos viajamos até aquela manhã de maio. Hanus do Cosmos, um amigo alienígena, mas extremamente humano. Jakub Procházka da Terra, o primeiro astronauta da Boêmia. Eu me engasguei. O oxigênio tinha acabado, completamente absorvido pelas esponjas gananciosas dentro do meu peito. Apesar do controle que a Garra tinha sobre mim, a nave parecia distante. A morte estava próxima.

MAIO

Lenka e eu caminhamos às margens da Ponte Karluv, que cruza o leito indomável do Vltava, o rio que é a veia da Boêmia e que divide nossa cidade. Acabamos de visitar minha avó no hospital, que encontramos de bom humor enquanto tomava feliz a sopa de repolho feita lá mesmo, apesar de termos levado sanduíches para ela, e perguntou se tínhamos planos de lhe dar um bisneto. A cordialidade de minha avó e a recuperação perfeita do derrame nos deixavam mais tranquilos, e andamos à toa. Ao nosso redor, as línguas do mundo misturam-se ao habitual zumbido da primavera. Um famoso artista de pontes desenha caricaturas grosseiras de turistas sem noção. Ele coça a barba e bebe vinho de uma jarra de couro enquanto sorri para os rostos platinados do casal sueco remexendo-se em um banco; depois, acrescenta à ponta do queixo do homem uma teta de cabra e um bigode vitoriano à face da mulher. Já vi suas travessuras mil vezes – normalmente os turistas só se levantam e vão embora, sob os gritos que ele profere no próprio idioma que inventou. Mas, de vez em quando, os visitantes são dominados pela culpa e acabam lhe pagando pelo disparate. Ele é uma visão reconfortante contra o pano de fundo das estátuas dos santos padroeiros que guardam a ponte, com um retrato bastante sombrio de Jesus crucificado liderando a comitiva. Sem os pintores, os batedores de carteira e os casais passeando, a ponte seria um lembrete frio e aterrorizante do excesso de indulgência gótica. No entanto, aqui nos reunimos – turistas europeus embriagados revestidos em couro e casais apaixonados de Praga, ávidos pela cerveja de domingo e por uma caminhada à beira d'água –, nutrindo a ponte com o humor e a gentileza de que ela precisa. Em troca, a ponte nos faz sentir como se nossa história voltasse no tempo, a um passado precedente ao dia que abrimos nossa conta conjunta no banco.

Saímos da ponte e caminhamos por um dos muitos mercados vietnamitas, onde as crianças perseguem umas às outras com armas a laser e os adultos fumam cigarros Petra tristemente, com seus Adidas e Nikes falsos que tremulam ao vento como a bandeira de uma nação. Franzindo a testa, homens colocam uma mistura de berinjela e frango em recipientes de isopor. Homens brancos musculosos com bonés de beisebol – provavelmente policiais à procura de vendas ilegais – espreitam desajeitadamente. Olheiros mirins alertam os pais com sofisticados códigos de assobio sempre que um cliente elegante se aproxima, para que possam rapidamente anunciar seus vestidos de grife falsos antes de escondê-los outra vez dos policiais porcamente disfarçados. É o funcionamento interno do mercado.

Um menino bate no nariz de uma menina com sua arma a laser e desaparece entre as tendas varridas pelo vento. A garotinha soluça até que Lenka, minha doce Lenka, a pega pela mão.

– Os meninos jogam duro – diz Lenka. – Você tem que jogar duro também. Da próxima vez que o encontrar, derrube-o de bunda no chão.

A garota nos encara, de boca fechada, ainda segurando sua própria arma a laser na mão. Ela puxa Lenka para a frente e nos leva três tendas para baixo, onde uma mulher cochila em uma cadeira de jardim. A garota estende uma camiseta amarela para Lenka e acena com um sorriso diabólico.

– Você quer que eu fique com isso? – Lenka pergunta.

– Sessenta. Desconto – diz a menina.

– Sessenta coroas?

A menina acena com a cabeça; uma vendedora experiente. É óbvio que pretende guardar o dinheiro para si mesma em vez de dividir com a mãe – se é que ela é de fato parente da mulher adormecida.

Não há como voltar atrás: a compaixão de Lenka nos sinalizou como fracos. Então ela entrega o dinheiro e dá um tapinha na cabeça da menina.

– Você disse a ela para jogar duro – digo –, aí ela jogou duro.

– Ótimo. Que ela seja uma empreendedora.

Lenka desenrola a camisa. Desenhado sobre um pano de fundo amarelo, um sol segura uma caneca de cerveja em uma mão e uma embalagem de protetor solar na outra. Ele pisca o olho direito num estupor bêbado, enquanto o esquerdo estuda as curvas obscenas de homens e mulheres nus bronzeando-se na praia abaixo dele (nudez em cima de nudez, uma tarja dupla sobre cada abertura, grossos pelos pubianos, enormes seios e ereções). O sol sorri perturbadoramente enquanto espreme litros de protetor solar cremoso sobre aqueles corpos desavisados.

A garota sorri enquanto exploramos o desenho.

– Agradável para o verão – diz ela.

– Você é malvada – diz Lenka.

– Sessenta coroas! – grita ela, desaparecendo entre as tendas tão rapidamente quanto o garoto que a machucou, agarrada às notas suadas. A mulher que cochilava acorda e olha para a camiseta.

– Oitenta coroas – diz ela, com a mão estendida.

Lenka e eu não conseguimos conter a risada enquanto damos a ela mais dinheiro.

–Você sabe que vai ter que vestir isso, certo? – pergunto a Lenka.

–Você está louco?

– Lei do universo. Você expôs seu pescoço enquanto a inimiga mostrava os dentes. Você se deparou com um simples desafio darwiniano e falhou.

–Você parece um acadêmico sem esperança.

Aponto para a camisa e franzo a testa com insistência. Ela suspira, mas percebo o meio-sorriso que deixa escapar. Isso é o que precisamos. Provocação. Humor. Algo inesperado. Depois de meses e meses suando sobre o corpo dela sem nenhum prazer, rogando aos céus que fortalecesse meu esperma enquanto ela emanava vibrações positivas na direção de seu *aureus ovarii*; depois de apinhar o lixo do banheiro com um sem-número de caixas de testes de gravidez; depois de um fracasso seguido de outro fracasso – e do meu exílio entre os corredores da universidade, onde permaneço até tarde para "dar notas" e "participar de reuniões de comitês", embora, na verdade, esteja só comendo alguma coisa no escritório e jogando Snake no celular; hoje pode ser a nossa chance de encontrar um novo caminho, de recuperar a química emocional e intelectual que um dia nos uniu, de deixar de ver um ao outro meramente como portadores de um orifício ou de um apêndice, fabricantes de bebê em potencial.

Lenka põe a camiseta sobre seus ombros, e aceno com aprovação. Ela me beija e gruda um grande adesivo redondo – o S que retirara da blusa – em minha barba.

– Agora nós dois parecemos idiotas – ela diz.

Testemunhe meus momentos mais alegres, humano magrelo. Vou lhe mostrar de onde eu venho. Hanus interrompe a memória de Praga e me leva para outro lugar. Vejo seu mundo num passado remoto.

Milhões de ovos contornam um pequeno planeta verde. Acima do anel de óvulos pairam os membros da tribo de Hanus; o zumbido coletivo em que consiste seu discurso anuncia que é a hora certa. Os ovos começam a rachar, e as pontas dos finos tarsos de aracnídeos rompem a membrana e a casca. Entre os milhares de recém-nascidos, vejo Hanus: reconheço seu zumbido, que para mim soa um pouco diferente dos outros. Ele examina as próprias pernas cutucarem a pele lisa e sem pelos de seu corpo. Os fragmentos do ovo flutuam, criando sozinhos sua própria nuvem de poeira, e os jovens e velhos da tribo giram em torno uns dos outros. Por fim, os Anciãos, um conselho composto por vinte membros, todos de pernas curtas e contorcidas como raízes de árvores, ordenam que a tribo cesse o motim. As leis da tribo são passadas para os filhos:

O corpo não deve ser violado.
As verdades não devem ser temidas.

Agora os recém-nascidos se separam do rebanho e descem sobre seu planeta verde. Sua superfície é de rocha e cristal, e suas cavernas levam a túneis subterrâneos. Os vermes shtoma – do tamanho de uma criança humana, gordos, sem olhos e rosados como pele de porco cozida – fogem para esses túneis enquanto os filhos da tribo os perseguem. Uma tempestade se forma em segundos acima do planeta, raios azuis e vermelhos mordem sua rocha, a superfície racha e revela os vermes rastejando no subsolo. Hanus pousa em um verme e crava suas pernas nas costas dele, rasgando-lhe a pele, e logo as entranhas, brancas, grossas e pastosas como banha, começam a jorrar. A tempestade não pode ser ouvida e, no entanto, os ventos na superfície do planeta varrem as membranas vazias dos shtoma. Os Anciãos sussurram a melodia de uma canção de celebração; a tempestade enfraquece; as crianças superalimentadas lentamente se retiram a suas cavernas para fazer a digestão. Hanus abre a memória para mim sem impor nenhum limite: eu me torno ele. Neste momento, quando os pelos começam a brotar na superfície da pele e ele experimenta, pela primeira vez, a dádiva da comida, Hanus tem absoluta certeza – sobre o universo, sobre todos os seus segredos, sobre o lugar que ocupa na tribo, sobre as leis que o regem. Não consigo compreender a felicidade que vem com sua certeza. Tudo está como deveria ser até que os Gorompeds da Morte cheguem, seja amanhã, seja daqui a dois milhões de anos.

Saciado e consciente, o jovem Hanus descansa. Ainda não estava ciente do último segredo do universo mantido por sua tribo: os humanos, sua Terra e o horror de seus medos.

Eu gostaria de ter estado lá, Hanus, para caçar com você na tempestade; para conhecer seus irmãos.

Lenka e eu saímos da ponte, arranjamos castanhas cozidas e bebida alcoólica com um vendedor ambulante e nos sentamos na Praça da Cidade Velha, esperando o relógio Orloj dar a hora para os turistas extasiados que se aglomeram com câmeras digitais na mão. Sinto-me sonolento com o calor, e o doce aroma de castanhas perdura nos lábios de Lenka. Eu a beijo, enrosco meus dedos em seu lindo cabelo crespo, puxo os fios. Ela morde meu lábio.

O Orloj soa, e a Procissão dos Apóstolos começa – as estatuetas de madeira aparecem uma após a outra na janela acima do relógio: Paulo com uma espada e um livro, Mateus com um machado, o resto da turma com armas ou símbolos de sabedoria. Estátuas fixas que não fazem parte da procissão olham permanentemente os visitantes de baixo para cima a toda hora: a Morte tocando um sino, um turco balançando a cabeça para os apóstolos infiéis, um avarento segurando sua bolsa de ouro e a vaidade admirando-se no espelho. O próprio relógio mostra a posição da Lua e do Sol, bem como as rotações das estrelas. É arte, ou uma obra de engenharia magnífica, ou uma armadilha para turistas? É como se o Orloj não pudesse decidir e, assim, assumisse a identidade de todos. As crianças começam a berrar quando o galo mecânico canta, e o show termina quando o turco volta a balançar a cabeça, incrédulo com aquela bobajada cristã.

Lenka termina sua cerveja e se levanta. Ela pega minha mão e me guia através do barulho de fundo da multidão que se dispersa. Nós nos aproximamos da entrada do Orloj e puxamos a pesada porta de madeira. A cabine do atendente está vazia, com um bilhete rabiscado colado no vidro: "Pausa para o almoço". Subimos a escada estreita, e Lenka cambaleia um pouco, dominada pelo calor e pelo álcool. A última vez que estive dentro do Orloj foi em uma excursão escolar, quando guardas idosos eram estrategicamente posicionados em cada canto do edifício para supervisionar o monumento da nação. Agora os cantos estão vazios – talvez a poeira e o cheiro almiscarado de oceano rançoso, predominantes em qualquer lugar abandonado, os tenham engolido inteiros; talvez simplesmente tenham morrido e não houvesse nenhum jovem que quisesse substituí-los, embora os cortes do governo sejam o motivo mais provável para aquela ausência.

Lenka sobe as escadas que levam aos níveis superiores restritos e puxa a gola da minha camisa quando hesito. Eu a sigo, ouvindo o ranger das engrenagens, o projeto genial pelo qual mestre Hanus perdeu a visão. Este é o relógio astronômico mais antigo do planeta, mas quem ainda precisa de seus serviços? Os satélites fotografam os planetas, o Sol, as estrelas, as luas, as Profundezas Cósmicas Além da Compreensão com precisão semelhante à de um drone; robôs solitários exploram a superfície de outros planetas, tão bem equipados que são capazes de fazer alquimia dentro da própria barriga com as amostras que coletam; qualquer ser humano pode passar noites sobrevoando continentes virtuais com o Google Earth. Por quanto tempo mais o Orloj poderá cativar a atenção dos turistas com seu mistério e seu espetáculo de marionetes? Por quanto tempo seu valor como entretenimento, seu apelo ao fetichismo retrô da mente humana poderá ofuscar sua trágica impraticabilidade? Lenka e eu chegamos à sala dos apóstolos, onde descansam os guardiões de madeira, alinhados em círculo e na fila para o próximo show. Ela se senta no canto da janela, perigosamente perto de Santo André e sua grande cruz de madeira. Lenka puxa os pelos do meu peito e morde meu pescoço; eu caio de joelhos e enterro meu nariz, olhos, queixo em sua calcinha, que arranco e arremesso do outro lado da sala.

É disto que precisamos: prazer, abandono e acasalamento não programado, e não de calendários e testes e médicos perguntando sobre nossos "ângulos sexuais". Meu couro cabeludo arde com suas unhas cravadas em meu crânio. Essa é a dor que estávamos procurando. Minha mandíbula está dormente, não consigo respirar e decido que é assim que gostaria de morrer um dia, sufocado no colo dela, no corpo que treme de luxúria sob meus dedos. Lenka me puxa para cima e desabotoa minha calça jeans, encorajando-me com súplicas sussurradas, e, em nossa fúria, perdemos o equilíbrio e esbarramos no pobre Santo André. Com a cruz ainda apertada contra o peito, o apóstolo despenca de sua grade e, ao desabar sobre o chão de pedra, sua cabeça rola para longe. André resistiu a séculos de Peste Negra, Cruzadas, duas guerras mundiais, ataques de cupins, comunismo, capitalismo e *reality shows*, mas não é páreo para dois amantes desajeitados. Contudo, enquanto Lenka espalha meu esperma na parte interna da coxa, um ato de rebelião contra o propósito da substância turva, não me aflijo por ter desfigurado um tesouro nacional. Deixamos nossa marca na história, fizemos o que nenhuma mulher ou homem fez antes, provamos que estamos aqui para viver antes da morte e nos divertir um pouco ao fazê-lo.

Eles mataram todos, humano magrelo. Se eu não lhe mostrar, não sobrará nenhuma testemunha. Eles vieram para nos erradicar. Este é o único propósito dos Gorompeds: nossa destruição.

Hanus agora está totalmente crescido, com um corpo exatamente igual ao que eu conheço. Um novo anel de ovos circunda o planeta verde, embora não tão abundante quanto o do nascimento de Hanus. Ao lado de seus parentes, Hanus vigia o anel. No horizonte, um enxame aparece. Um exército do tamanho de um asteroide. Hanus pede orientação, pede ajuda a seus Anciãos, assim como todos os outros de sua tribo. Pela primeira vez, os Anciãos ficam em silêncio.

Eles correm, abandonando os jovens. Os Gorompeds quebram as conchas do futuro da tribo, banqueteando-se avidamente com os embriões. Hanus percorre galáxias e o enxame o segue, tal qual um buraco negro engolindo tudo em seu caminho. Os Anciãos são lentos e ficam para trás, e os irmãos que permanecem para protegê-los estão condenados. *Corra*, os Anciãos ordenam, *corra e nunca pare, você pode ser o último de nós*; Hanus obedece, não olha mais para trás e simplesmente dispara através do portão do cosmos, tão rápido quanto seu corpo permite. O silvo do enxame enfraquece, assim como o zumbido coletivo de seus irmãos; então ele finalmente olha para trás e vê que não resta nenhum irmão. O mundo parece vazio, ele está sozinho, então para e espera que os Gorompeds o encontrem, pois não há vida sem sua tribo. Mas os Gorompeds não vêm, e o exausto Hanus adormece, e novamente acorda em um lugar que não conhece, um lugar conhecido por seus habitantes como a Via Láctea, e ele está vivo, vivo embora saiba que os Gorompeds estão fadados a encontrá-lo, amanhã ou daqui a dois milhões de anos. A certeza dada a ele como um direito de nascença começa a desaparecer assim que ouve os primeiros ecos de vozes e mentes ocupando o planeta Terra. Ele não entende nada.

Fique com Lenka e comigo, Hanus. Apenas bons pensamentos agora.

Lenka e eu sempre nos lembraremos desse momento – ela desliza para o chão, de costas contra a parede de pedra fria, o cabelo emaranhado em sua boca, e eu a sigo. Nenhum de nós está preocupado com o cheiro, o suor que cobre nossos rostos e membros. Acreditamos que podemos consertar nosso casamento. Sabemos que o mundo funciona por capricho, um sistema de coincidências. Existem dois mecanismos básicos de enfrentamento. Um consiste em temer o caos, combatê-lo e abusar de si mesmo depois de perder, construindo uma vida estruturada de trabalho/casamento/academia/reuniões/filhos/depressão/caso/divórcio/alcoolismo/recuperação/infarto, em que cada decisão é uma reação contra o medo do pior (fazer filhos para evitar ser esquecido, transar com alguém no reencontro, caso não haja mais oportunidade, e o Santo Graal dos paradoxos: casar para combater a solidão, para então mergulhar no desejo conjugal constante de ficar sozinho). Essa é a vida que não pode ser vencida, mas que oferece o conforto da batalha – o coração humano fica contente quando distraído pela guerra.

O segundo mecanismo é a aceitação total do absurdo ao nosso redor. Tudo o que existe, desde a consciência até o funcionamento digestivo do corpo humano, ondas sonoras e ventiladores sem lâmina, é magnificamente improvável. Parece muito mais provável que as coisas não existissem e, no entanto, o mundo comparece às aulas toda manhã, enquanto o cosmos faz a chamada. Por que combater a improbabilidade? Esta é a maneira de sobreviver neste mundo: acordar de manhã e receber um diagnóstico de câncer, descobrir que um homem assassinou quarenta crianças, descobrir que o leite azedou e exclamar: "Que improvável! No entanto, aqui estamos nós", e rir, e nadar no caos, nadar sem medo, nadar sem expectativa, mas sempre dando a devida estima a cada capricho, à beleza das torções e puxões que bombeiam sangue em nossas veias emaciadas.

Quero compartilhar esses pensamentos com Lenka, mas tenho medo do barulho das palavras. *Estou feliz que você possa vê-la, Hanus, porque eu mal poderia descrevê-la.* Ela olha para mim como se eu fosse a primeira coisa no mundo que ela já viu. É possível que eu esteja interpretando mal sua adoração, ou romantizando um olhar pós-coito normal de satisfação carnal? Eu não acho. Acho que neste momento a capacidade física de Lenka para o amor atingiu seu ápice: a dopamina força a entrada no córtex pré-frontal, rompendo as paredes da membrana. A norepinefrina sobrecarrega o cerebelo, incinera-o, depois se alimenta das cinzas. Encharcado de sangue, seu cérebro tornou-se uma esponja de amor, um órgão de completa devoção biológica – o cérebro dela, a coisa mais linda que já conheci. Sinto o mesmo que ela. Este momento nunca será banalizado, como outros momentos são depois que o amor se desvanece. Sempre será perfeito. Sempre seremos tolos.

Somos mais do que nossa capacidade de conceber um feto viável. Somos amantes. Somos a maior contradição do universo. Enfrentamos tudo. Vivemos pelo prazer de viver, não pelo legado evolutivo. Hoje, pelo menos, gostaríamos de pensar assim.

E aqui, Hanus, é onde quero deixá-lo. Guardo esse momento. Eu sinto você se esvaindo. Você ainda está aqui? Sinta isso, Hanus. Sinta a tarde de maio, com os raios de sol espreitando e o cheiro de sexo forte no ar. Hanus?

– *Quão improvável!* – disse Hanus. – *No entanto, aqui estamos.*

E então ele se foi.

UM INTERVALO MUITO BREVE

Mestre Jan Hus não queimou até morrer. Na verdade, ele passou seus últimos dias no calor da cama de uma viúva; os pensamentos em paz com Deus e o amor.

Hanus desenterrou essas verdades em um arquivo há muito abandonado e lacrado pelos guardiões da história. Trinta e dois dias depois de sua prisão e tortura, Hus recebeu uma visita do rei Sigismundo, que, se sentindo culpado, ofereceu perdão sob uma condição simples: Hus viajaria secretamente para os confins das terras cristãs, onde ninguém poderia reconhecê-lo, e viveria o resto de sua vida no exílio. A princípio, Hus recusou. Ele previu que sua morte pública causaria a desejada revolta nas terras da Boêmia. Essa seria sua parte no plano de Deus para a rebelião da Europa contra a Igreja Católica.

Então surgiu a viúva. Ela passou os dedos pelos hematomas e cortes nas costelas, bochechas, mãos de Hus – aqueles que havia recebido de seus algozes. Ela disse que viu o amor de Deus nele. Disse que um dos filhos de Deus já havia morrido e causou grande tristeza ao mundo. Logo, Hus e a viúva estavam a caminho de uma tranquila vila moldava. Assaram pão, tomaram banho um com o outro, começaram a dormir um com o outro como marido e mulher. Hus não se sentia mais compelido a pregar. A tortura acabou com o ímpeto dele – depois do sofrimento, estava pronto para morrer ou assumir outra vida. Uma vida simples; uma vida que não o obrigasse a se tornar um símbolo.

É claro que a necessidade de símbolos não desapareceu com Hus. O rei esperava que os crimes do mestre fossem simplesmente perdoados, mas os líderes da igreja não se esqueceram do desprezível herege e exigiram seu retorno. Sentiam o cheiro de sangue e espetáculo. O rei enviou três dúzias de seus melhores homens para procurar um aldeão que se parecesse com Hus. Eles encontraram alguns, e, entre aqueles poucos, um homem, morrendo de tuberculose, concordou em assumir o papel de Hus. Em troca, a esposa e o filho que deixara para trás se beneficiariam da generosa moeda do rei. O homem deixou a barba crescer e levou algumas surras para ficar ainda mais parecido com seu duplo antes de marchar até o palanque do suplício e queimar na fogueira. A multidão, cega de raiva, não sabia a diferença – nem os líderes da Igreja, que celebravam a morte de seu dissidente.

Após a morte de Hus, o povo da Boêmia se rebelou, e uma guerra civil eclodiu entre os hussitas, vingadores de seu amado filósofo, e os monarcas, representantes da temida Igreja. Hus deu a notícia do conflito iminente à sua viúva enquanto tomava chá com leite, calmamente, como se as guerras estivessem acontecendo num mundo que ele jamais visitara. A viúva perguntou se ele voltaria e lutaria ao lado de seus conterrâneos. Hus disse que não.

Sua morte, fosse dele ou de outra pessoa, havia desencadeado a revolução de que a Boêmia precisava para se libertar. Nenhuma luta que ele pudesse ter feito como um homem vivo teria alcançado o impacto de sua morte na fogueira. Ele havia cumprido sua parte na história.

Agora, Hus podia viver de verdade.

PARTE DOIS

OUTONO

ASTRONAUTA MORRE PELO PAÍS

Hanus escorregou de minhas mãos. Suas pernas se soltaram, uma a uma, e jogaram-se no universo como se cada uma delas tivesse seu próprio assunto para resolver. Ele já não passava de um pequeno saco de pele, com olhos mortos e lábios enegrecidos, zunindo com a vibração dos Gorompeds que o devoravam. Só depois que ele saiu flutuando percebi que os Gorompeds, tendo vazado de seus poros, estavam fervilhando em volta do meu braço, meu ombro, meu capacete – e de repente estavam dentro do meu traje, mordendo a carne da minha axila e virilha. Hanus se fora.

Eu urrava envolto em meu sofrimento quando os portões da nave russa se abriram e de dentro dela emergiu um astronauta vestido com um terno tão bem cortado e ajustado que devia ter sido feito sob medida. Ele me agarrou e puxou enquanto a Garra recuava para seu covil. As ferozes mordidas ao redor de minhas partes íntimas cessaram, mas senti a queimadura das feridas infligidas. Quando a sensação de rastejamento ao redor do meu corpo desapareceu, olhei para o dedo da minha luva, por onde alguns Gorompeds saíram do traje e desapareceram enquanto eu tentava agarrá-los. Deixei que o astronauta me carregasse, me empurrasse para onde quisesse. A calha se fechou e os ventiladores de descontaminação zumbiram. Eu estava doente, com febre e náuseas, e meus pulmões queimavam com a exposição ao oxigênio fresco. O elegante astronauta me levou para fora da câmara, entre as paredes cinzentas e lustrosas do corredor, sem cabos aparentes, sem painéis de controle, sem equipamentos internos, como se a nave se movesse universo adentro apenas pela fé. Outro astronauta, cujo traje fora remendado para se ajustar nos quadris largos e nas pernas curtas, aproximou-se. Juntos, eles me levaram para um quarto pequeno e escuro com um único saco de dormir e desabotoaram meu capacete. Respirei avidamente, e o suor escorreu para dentro de minha boca.

– *Ty menya slyshis?* – perguntou uma voz feminina.

– Tentei falar, mas não consegui emitir nenhum som. Balancei a cabeça.

– *Ty govorish po russki?*

Fiz que não com a cabeça.

–Você fala inglês?

Fiz que sim.

As luzes diminuíram ainda mais, a escuridão se tornou palpável e perdi algumas cenas até que não pude ver mais nada. Tentei gritar. Acenei com os braços, senti minhas costas empurradas firmemente contra a parede, minhas mãos amarradas, outro conjunto de alças presas sobre meu ombro.

–Você sente sede? – indagou a mulher.

Em desespero, tentei responder novamente falando, mas nenhum tremor ressoou em minha garganta seca. Fiz que sim com a cabeça, com raiva.

Um canudo arranhou meus lábios, e eu suguei. Meu traje foi tirado de mim, descascado de minha pele escaldante, e enquanto isso eu bebi, até que não sobrou uma gota e perdi as forças para ficar acordado.

Um toque no ombro. A voz dela era robótica, distante, o que significava que ela estava falando comigo pelo microfone do traje. Eu não estava acordado o suficiente para compreender suas palavras. Ela pôs algo frio na minha bochecha. Notei uma pressão repentina na boca e as bochechas cheias, e então o gosto de macarrão, carne enlatada e molho de tomate em meus dentes e língua. Mastiguei, engoli, senti o peso dos meus tímpanos.

– ... real ... Comida... torrada... três dias... você sabe? – Intermitente, a voz ia e voltava.

Tentei falar e perdi a consciência novamente.

Quando abri os olhos, formas borradas rastejavam ao redor da sala. Eu não sentia minha língua. Algo molhado e substancial repousava no meu Traje de Absorção Máxima.

Duas silhuetas grossas se materializaram na porta.

– Está acordado? – perguntou ela, ainda pelo microfone do traje.

Fiz que sim com a cabeça.

Eles se aproximaram. Olhei para baixo para ver que meu corpo faminto estava vestido apenas com uma camiseta azul e uma fralda.

– Você está doente. Não sabemos o que é. Você sabe? – ela perguntou.

Observei seu companheiro através do visor de seu capacete, de ombros largos, uma mandíbula redonda muito bem barbeada e enormes sobrancelhas convertidas em uma só por sua insistente carranca. Fiz que não com a cabeça.

– Não sabemos se isso pode se espalhar para nós. É por isso que mantemos a quarentena. Tudo bem?

Levantei a mão e rabisquei letras no ar com uma caneta imaginária. Ela observou e olhou para o homem. Ele saiu por alguns minutos e voltou com um bloco de notas e um lápis. A mulher desamarrou minhas mãos.

Casa?, escrevi.

– Sim, casa. Estamos definindo o curso para a Terra agora.

Minha nave?

– Desapareceu na nuvem. Mal conseguimos sair sozinhos. A poeira encontra uma forma de entrar.

Só vocês dois?

– Nós temos um terceiro. Mas ele raramente sai do quarto. Houve... um incidente.

Ela olhou para minha fralda, sorriu sem jeito e pegou o bloco de anotações. Guardou-o no bolso da frente do meu saco de dormir.

– Você deve descansar – disse ela, e flutuou na direção do homem que a esperava na porta. Eles tiraram varetas de uma caixa. O homem puxou a vara mais curta. A mulher foi embora.

Ele abriu o zíper do meu saco de dormir, deixando presas as amarras que prendiam meu corpo à parede. Tirou as tiras de segurança de velcro da minha fralda e começou a deslizá-la. Coloquei as mãos sobre seus ombros em protesto, mas ele as empurrou. Peguei o bloco de notas e escrevi, furiosamente: *Não, eu posso fazer.*

Ele balançou a cabeça e começou a tirar a fralda com uma careta de nojo. Dei um tapa no topo de seu capacete. Ele agarrou meu braço, empurrou-o para o lado e amarrou-o na parede, e depois fez o mesmo com o meu braço esquerdo. O bloco de notas e a caneta flutuaram para longe. Quando olhei para as tiras no peito e na barriga, percebi que todas estavam protegidas por um cadeado em miniatura. Não fiquei muito surpreso – é claro que eles tinham de me colocar em quarentena à força, caso eu decidisse dar uma volta na nave durante minhas alucinações febris. Quaisquer bactérias que eu tenha podem contaminar os corredores e mutar imprevisivelmente no ambiente de gravidade zero, causando um possível desastre tanto para a tripulação quanto para a integridade estrutural da embarcação. No entanto, aquele confinamento provocava um terror sem precedentes em mim. Tentei gritar, me contorci dentro das correntes, virei os quadris para o lado, mas nada poderia acabar com a violação. Com as narinas dilatadas, o homem enrolou plástico ao redor da fralda para evitar que seu conteúdo escorresse. Ele amarrou o saco três vezes e desembrulhou quatro toalhas, que usou para limpar minha virilha, minhas coxas e meu reto. Fechei os olhos, calculei, desejei poder produzir uma expressão sonora de minha raiva e vergonha, mas não pude fazer nada. O homem saiu sem olhar para mim, como se fosse ele de alguma forma o cão castigado.

Não dava para saber quanto tempo os russos me deixaram na solitária. Tentei contar, mas no quinto minuto todos os números pareciam iguais, trinta igual a mil, e eu não conseguia adivinhar quanto tempo durava um segundo. Ao longo dessas horas no quarto escuro que me servia de cela, eu só tinha uma coisa a que me agarrar: a realidade do meu retorno à Terra, a possibilidade de viver. Afinal, se tudo o que aconteceu de fato acontecera – desde o momento em que olhei para o fogo quando a Revolução de Veludo mandou meu pai e, no fim das contas, todos nós para a nossa punição; do momento em que testemunhei pela primeira vez a monstruosa eficiência do sapato de ferro; do dia em que conheci Lenka num carrinho de salsicha; até o instante em que um senador propôs que eu voasse para o espaço –, se tudo fosse verdade (e eu não podia ter certeza de nada naquela sala, nem da vida nem da morte, nem do sonho nem da realidade), então eu estaria de fato a caminho de casa, a caminho de todos os outros futuros que eu poderia criar. A visão voltou lentamente ao meu olho direito, e a queimação na testa e no peito diminuiu.

Casa. Me concentrei intensamente no conceito para que meus pensamentos não se desviassem para perguntas que eu talvez não quisesse responder. Por exemplo, por que uma nave russa veio para a nuvem Chopra sem ninguém saber? Será que havia Gorompeds se reproduzindo em algum lugar dentro de mim, destinados a me consumir por dentro, como fizeram com Hanus?

Hanus. Seu corpo se esvaindo. A dor nas têmporas que eu nunca mais sentiria.

A astronauta interrompeu meus pensamentos, trazendo outro tubo de espaguete. Ela permitiu que eu me alimentasse. Grunhi sem vergonha, lambendo o molho de tomate como um cão selvagem, ignorando a dor excruciante do meu dente podre. Eu a estudei através do visor. Seus olhos fundos, castanhos com nebulosas douradas destacando-se no centro, indicavam falta de sono, e uma cicatriz grossa cobria sua bochecha redonda.

Quando terminei a refeição, ela pegou o tubo vazio e me entregou um tablet eletrônico.

– Seu obituário – disse ela, sorrindo.

Olhei para a data e hora do texto, escrito por Tuma e publicado poucas horas depois que a Central perdeu contato com *JanHus1*:

Na busca por brilho, soberania e um futuro melhor para seus filhos, cada país deve ocasionalmente enfrentar uma hora sombria. Um desses momentos desce em nosso coração hoje, enquanto lamentamos a perda de um homem que aceitou a missão mais significativa em que nosso país já embarcou. Embora livros possam vir a ser escritos – e serão – sobre o serviço e o papel desse homem no avanço tanto de nossa humanidade quanto de nossa tecnologia, todos já conhecemos Jakub Procházka, o Herói. O que eu gostaria de escrever agora é sobre Jakub Procházka, o Homem.

O pai de Jakub optou por se alinhar com uma corrente específica da história, que ele considerava justa, mas que acabou sendo monstruosa. A vontade e determinação de Jakub para superar isso...

Minha mão tremia. Notei meus ductos lacrimais ressecados, vazios, ardendo em chamas.

... Em seus últimos momentos, antes de perdermos contato, Jakub me contou uma história de uma vez em que quase se afogou, e o simbolismo de um sol ardente...

... então, como grande amigo pessoal de Jakub, sinto profunda tristeza em cada célula, e considero um pequeno mas significativo consolo que ele expirou sem dor, realizando um sonho de toda a vida...

Sem dor. Uma mentira descarada.

O memorial será realizado no Castelo de Praga, e a nação está convidada a se juntar à procissão que seguirá para um serviço organizado na Catedral de São Vito e terminará fora das muralhas do castelo, onde os vendedores fornecerão comida e bebidas gratuitas para celebrar a vida de Jakub. Chegue cedo, pois espera-se que o evento se torne um dos maiores encontros de massa...

... e, contrariando o que me propus a fazer anteriormente, gostaria, mais uma vez, de retornar a Jakub Procházka, o Herói, e lembrar a todos as famosas palavras de um poeta que captou o significado da missão Chopra: "A JanHus1 *carrega nossas esperanças de nova soberania e prosperidade, pois agora pertencemos aos exploradores do universo, aos guardiões da fronteira. Nós olhamos para longe do nosso passado...".*

Devolvi o tablet.

–Você quer ver fotos do funeral? – perguntou ela.

Não. Talvez mais tarde. Quanto tempo se passou?

– Uma semana. Eles estão erguendo uma estátua. Ainda há muitas velas nesta praça e fotos suas. Pinturas.

Qual é seu nome?

– Klara. Sua febre está baixando. Tememos as superbactérias. Por isso existe a quarentena. Mas você parece melhor.

Sim. Melhor. Por que você está aqui?

Ela estudou algo na minha testa. O silêncio pareceu longo, até mesmo excruciante.

– Nós somos parte do programa fantasma. Você já ouviu falar disso?

Pensei que fosse um mito.

– Um mito, sim. Ninguém sabe exatamente quantos morreram após serem enviados silenciosamente para o espaço. Pelo menos a tecnologia aumenta as chances agora. Somos uma missão fantasma. Houve outra antes de nós, logo após a nuvem aparecer, antes mesmo de os alemães enviarem o macaco. Era uma missão de um homem, igual à sua, e o homem – Sergei, eu o conhecia bem, uma boa pessoa – nunca mais voltou. E assim viemos, com uma nave maior e uma tripulação maior, algumas semanas antes de você, mas desviamos do curso quando Vasily... bem, houve o incidente.

Chegamos tarde, logo atrás de você, e você era o homem flutuante. Estou lhe dizendo isso porque você precisa saber, Jakub, que meu governo nunca admitirá programas fantasmas, especialmente agora que temos pó de Chopra, temos essa vantagem, o que o mundo quer. E, se nós não existimos, então seu resgate não existe. Você não existe. Você entendeu?

Você coletou? Chopra?

– Sim, temos poeira. Mas não pense mais nisso. Você nunca vai ver.

Desviei o olhar. Ela se desculpou baixinho e fiz sinal para que ela deixasse para lá. Ela também era um soldado. Voltar para casa parecia muito menos certo agora. Qual poderia ser o futuro de um morto fantasma resgatado? Uma vida sob vigilância em uma vila bielorrussa? Uma prisão russa? Eles me segurariam até que o fato do meu resgate pudesse de alguma forma ser usado para vantagem política, ou até que um denunciante ágil o suficiente para penetrar um século de mentiras sancionadas pelo Estado revelasse que o programa fantasma da URSS estava vivo e bem – uma teoria da conspiração selvagem que certamente arrasaria em qualquer coquetel.

Você disse incidente? Com o seu terceiro?

– Sim, Vasily. Ele não é mais o mesmo.

O que aconteceu?

Ela estudou a alça de sua luva, quieta, carrancuda.

Você não precisa contar.

– Eu vou lhe dizer, porque é bom conversar. Esses dois que estão comigo não falam. Você sabe como é quando você fala e ninguém ouve? Você sabe, Jakub. Eles enviaram todos vocês por conta própria, o seu pessoal. Estávamos havia três meses em nossa missão. Vasily olhou para a minha cama, pálido, respirando pesado. Yuraj e eu perguntamos a ele por duas horas: "O que há de errado?". E ele não disse nada; só bebeu o leite e olhou para longe. E então, finalmente, colocou as mãos assim – ela cruzou os braços sobre o peito – e disse: "Eu ouço um monstro. Ele fala na escuridão, como o rosnado de um cachorro, e arranha as paredes. E esse monstro, ele disse, falou dentro de sua cabeça, perguntou sobre a Terra, perguntou sobre a Rússia". E ele ficou assim, apenas sentado, com suas mãos assim, como se dissesse: *Vamos, druz'ya, diga que estou errado, sei o que ouvi*. Nós nunca dissemos nada a ele, nunca dissemos: *Vasily, você provavelmente está um pouco louco no espaço*. E apesar disso ele continuava sempre colocando as mãos assim, como se quiséssemos tirar a verdade dele. Relatamos o que ele disse ao *tsentr*, mas eles nunca nos contaram o que fizeram ou se alguém falou com ele. E então, depois desse dia, ele pesquisa sozinho, come sozinho, e a gente fica preocupado, mas o que podemos fazer? Estamos cansados também. Não podemos cuidar da cabeça de alguém.

Bati a caneta no meu antebraço.

Um monstro.

– Sim. O rosnado de um cachorro ou lobo.

Posso falar com Vasily?

– Talvez, se você melhorar e ele concordar em vir aqui. Não podemos deixá-lo sair do quarto.

Quanto tempo mais?

– Esperamos estar na Terra em três meses.

Você está com medo?

– De?

Ir para casa.

Ela pegou o bloco das minhas mãos e o colocou de novo no bolso da frente do saco de dormir, depois fechou o zíper até o pescoço e pousou o dedo indicador da luva na minha bochecha.

–Você deveria dormir – disse ela. – A febre está baixando. Talvez possamos desamarrar você em breve, se você prometer não passear pela nave.

Ela flutuou para longe, parou na entrada, mas não se virou.

– O silêncio enlouquece a gente – ela disse. – Mas nós temos medo de perder o silêncio. *Bozhe**, aqui em cima é hostil, mas é fácil. Rotinas e computadores e alimentos embrulhados em plástico. Sim, eu me pergunto, se vou ser capaz de compartilhar a vida com as pessoas novamente. Penso em reabastecer meu carro com gasolina e quero passar mal do estômago.

Ela saiu.

Cobri a cabeça com o saco de dormir, como se me aninhasse em um casulo, para não ouvir os rangidos sutis da nave. Mesmo as estruturas mais sofisticadas não podem evitar os suspiros da vida. Os materiais copulam, colidem, agarram-se ao ar. Senti-me forte, o sangue fluindo pelas minhas extremidades, e dormi. Uma vez, eu me peguei esticando meus dedos em direção aos olhos do coelho para que eu pudesse jogá-los para as galinhas brigando. A chuva escapou por buracos na sarjeta e acordou gatos cochilando no banco. As modestas sandálias do sósia de Jan Hus chocavam-se contra os paralelepípedos a caminho do julgamento, e ele grunhiu baixinho enquanto era içado para a plataforma de madeira onde iria queimar.

Nunca soube com clareza qual foi minha primeira memória. Poderia ser a de meu pai me segurando nu em seu peito nu, minhas mãos desajeitadas agarrando seu cabelo encaracolado no peito. Mas também pode ser que isso não seja uma memória real, que eu deseje tão desesperadamente

* Deus, no idioma russo. [N. de T.]

lembrar desse momento por causa da foto em preto e branco que minha mãe mantinha na mesa de cabeceira. A mandíbula de meu pai ainda era carnuda com a gordura da juventude, ainda não aguçada pela idade e pelos desejos não realizados. Eu não conhecia nada, exceto as mãos quentes desse homem quase tão grandes quanto meu corpo, seu odor que um dia se tornaria meu, o calor, a luz. Saber se me lembro desse momento é mais importante do que as evidências empíricas que provam que ele realmente aconteceu? Espero que a memória seja real. Espero que a sensação, o fantasma de meu pai me segurando tão perto, não seja fabricada, mas se baseie no instinto animalesco de me agarrar naqueles momentos em que estamos protegidos. O instinto no animal chamado Jakub.

Eu não sabia quanto tempo tinha dormido depois da última pausa para o almoço, quando Klara e Yuraj vieram me desamarrar. Klara me contou que três semanas haviam se passado e que a quarentena tinha acabado. Flutuei pela sala, esticando meus músculos, minhas articulações, sorrindo com o prazer do movimento. Minha voz voltou, primeiro um sussurro rouco, depois um tom gutural que não reconheci. Minha garganta ainda doía sempre que eu falava mais de uma frase curta. Estudei Klara, que não era mais cautelosa perto de mim, apenas gentil. Até Yuraj me lançou um sorriso rápido, embora mantivesse um ar de indiferença masculina. Eles haviam estabelecido as regras: eu prometeria não sair da sala sob nenhuma circunstância sem estar acompanhado e, em troca, eles descobririam a pequena janela. Eu concordei. Quando perguntei sobre meu futuro, sobre suas instruções da Rússia, eles ficaram de boca fechada e irritados, e por isso parei de perguntar sobre o assunto. Eu estava feliz demais por ter companheiros humanos, ouvir a linguagem viajar por seus canais usuais, sentir o cheiro do suor de outras pessoas. Estávamos indo para a Terra. Eu sentia falta de Hanus, mais do que poderia tentar descrever, mas não conseguia falar sobre ele.

Klara parecia gostar de falar comigo, especialmente agora que eu estava saudável e, portanto, não oferecia nenhuma ameaça bacteriana. Ela entrava no meu quarto sem o traje espacial, ora com o cabelo trançado, revelando um pescoço esguio do qual eu não conseguia desviar os olhos, ora com o cabelo rebelde e crespo, uma juba de leão ao redor do crânio. Eventualmente, não conseguia afastar o pensamento de beijar seu pescoço esbelto, de fechar nós dois dentro de minha bolsa espacial e sentir o toque de sua pele humana contra a minha. Talvez estranhamente, esses pensamentos nunca vinham a mim quando não estávamos conversando. Suas falas e memórias reacenderam os impulsos aparentemente mortos dentro de mim, os impulsos que eu havia prometido limitar para sempre à Lenka. Não fiz nenhuma indicação de minha luxúria para Klara. Eu queria que ela continuasse voltando. O simples conforto de seu companheirismo quando o temido dia de nosso retorno à Terra se aproximava valia mais do que qualquer gratificação física.

– Eu li sobre você – disse ela uma vez, durante o almoço –, sobre seu pai. Não há muitas coisas para fazer na nave, então resolvi saber mais sobre nosso convidado.

– Ok.

– Você o amava?

– Claro – eu disse. – É a maldição da família.

– Eu esperava que você dissesse isso. Você já ouviu falar de Dasha Sergijovna?

– Não ouvi.

– Era minha mãe. Ela também era fantasma. Não é surpreendente?

Ela usava um sutiã esportivo e calça de moletom larga, e o suor pós-treino manchava as bordas lisas de sua clavícula, umbigo, lábios. Parecia tão confortável quanto um ser humano poderia estar, e senti inveja dela.

– É.

– Quando eu era pequena, os militares me disseram que ela foi espionar a embaixada britânica e foi morta por esse diplomata imperial. Três balas nas costas, *bam*, eles disseram, disparadas pelo Ocidente. Mas, quando entrei na força aérea, eles finalmente me contaram um pouco dessa verdade. Um arquivo marrom pesado. Ela foi a segunda mulher a viajar para o espaço, na história, com outro cosmonauta. O programa espacial pensou que eles poderiam ir à lua e voltar, mas isso foi bem antes que essas coisas fossem possíveis, apenas um ano depois de Gagarin. O Partido estava sedento de fazer tudo antes dos americanos. E então minha mãe foi para o espaço com esse homem, e me disseram que o SSP perdeu contato duas horas depois do início da missão. Provavelmente, eles chegaram à lua e caíram, ou sufocaram sem oxigênio. De qualquer forma, disseram que foi uma morte rápida e heroica.

– Uma garantia gentil – respondi.

O quarto estava quente. Uma avaria causada pelo pó de Chopra que não podia ser consertada, Klara me disse. À noite, acordava achando que estava com febre alta e que finalmente morreria. Mas aí Klara chegava de manhã com o café da manhã, e eu ficava feliz por ter mais um dia.

– Bem – ela disse –, então esse homem do Ministério do Interior se apaixonou por mim e acho que queria ver até onde as coisas iriam. Aí, uma noite depois que fomos ao *kino*, ele ficou bêbado e me disse que podia pegar esse arquivo secreto para mim – um arquivo contendo verdades. Fiz amor com ele naquela noite, excitada com a possibilidade. Achei que o heroísmo da minha mãe iria, pelo menos, ganhar bons contornos. Então ele me trouxe o arquivo, que eu li sob a luz de uma vela à noite, quando a eletricidade acabou.

Ela não olhava para mim agora. Esticou os dedos como se o arquivo ainda estivesse ali e ela sentisse suas bordas.

– E a verdade era diferente – disse eu.

– Sim. A missão era suicida desde o começo. A SSP queria ver se um novo veículo poderia percorrer toda a distância até Marte intacto, mantendo vida dentro de si. Minha mãe sabia disso, o homem sabia disso, e eles se ofereceram como voluntários, deram um beijo de despedida em seus filhos e foram embora para sempre. Duas horas depois do lançamento da missão, estava tudo bem, e de repente o parceiro começou a dizer loucuras. Disse que podia ouvir Deus em ondas do universo e sabia que o mundo acabaria logo. E esse Deus de ondas estava enviando aquela nave com ele e minha mãe a Marte para que fossem os novos Adão e Eva e começassem tudo de novo num planeta diferente. Tinha certeza de que esse seria o destino deles. Minha mãe tentou falar com ele, os engenheiros tentaram conversar com ele, o próprio Khrushchev falou com ele um pouco antes do surto. Mas o homem não parava de delirar e estava olhando para minha mãe como se ela fosse um demônio, então ela pegou um abridor de latas e enfiou nele, talvez na garganta, ela não disse ao *tsentr* nem à SSP, mas eles ouviram o homem se engasgar no sangue, e adivinharam. Depois disso, minha mãe falou das coisas que podia ver. Ela perguntou por que tantas coisas em todo o universo eram círculos. Os planetas e poeira estelar e átomos e asteroides. A maciez de tantas coisas. Depois, sufocou até a morte. Eles registraram nos manuscritos. Ela sufocou tão longe de Marte e tão perto da Terra. Sabe como escreveram isso? Registraram que o homem sufocou assim:

kchakchakchachchchch, e assim por diante. Estouros repentinos, como batidas do coração, sabe. Mas com minha mãe teria sido mais devagar: *eghougheghougheghough*. Eles realmente calcularam quantas vezes ela fez isso. É claro, a nave caiu, ou talvez ainda esteja vagando pelo universo, quem sabe? E essa foi a missão fantasma número dois.

– Mas aqui está você. Uma astronauta.

– Não tive que matar um homem. Não ainda.

– Você pensa nela frequentemente.

– Penso no que fez minha mãe ir e no que me fez vir. Decidi que esse tipo de loucura deve estar no sangue. Você se questiona? Aposto que o que te trouxe ao espaço foi o mesmo dever do seu pai: aquela decisão final – não, a decisão terminal de servir. Acho isso reconfortante. A ideia de que, não sei, como se não houvesse escolha, você tem que ser certa pessoa, porque o instinto está no DNA. Parece honesto.

Imaginei a mãe de Klara, como se as duas fossem sósias perfeitas uma da outra, assustada enquanto o sangue de seu companheiro jorrava como bolhas de sabão. O primeiro assassinato do cosmos. Talvez ela tenha matado o homem e depois antecipado a redenção em Marte. Uma criatura alienígena a consolaria:

– Você fez o que tinha que ser feito.

Não seria toda vida uma forma de ser fantasma, dada sua origem involuntária no útero? Ninguém poderia garantir uma vida feliz, uma vida segura, uma vida livre de violações, externas ou eternas. No entanto, saímos dos canais de parto em velocidades insustentáveis, ansiosos por viver, flutuando até Marte à mercê de uma tecnologia espartana ou vivendo vidas mais simples na Terra à mercê do acaso. Vivíamos independente de quem nos observava, de quem nos registra, de quem se importa para onde íamos.

– Está quente – observou Klara.

– Sim.

Em silêncio, comemos.

No último mês de nossa jornada, a equipe de *NashaSlava1* me concedeu refeições magníficas. Descobri que o espaguete que tinha recebido inicialmente, durante a quarentena, era a pior comida a bordo, algo que eles estavam dispostos a desperdiçar com um homem potencialmente moribundo. Agora, seguros de que eu viveria, traziam para mim refeições diferentes todos os dias. Frango do General Tso, *borscht*, estrogonofe de carne coberto com creme azedo, *tiramisu* e bacon – aquela lembrança gloriosa de Lenka. Todos os pratos eram preparados no micro-ondas, mas, para um homem faminto com quase dois terços de seu tamanho original, isso não importava.

Klara me explicou que essas refeições eram agrados semanais para a tripulação, breves interrupções da dieta impecavelmente saudável que seguiam. Como as reservas de comida eram abundantes demais para três pessoas e Vasily se recusava a comer qualquer uma das refeições melhores, Klara e Yurajhad decidiram fazer do restante da missão uma celebração da gula, desafiando-se a esvaziar as reservas assim que chegássemos à Terra. Fiquei feliz em ajudar – tão feliz que a dor constante de um dente infeccionado aleijando metade de meu rosto não desafiava meu apetite recém-descoberto pela comida, pelo chá japonês, pelas garrafas de bourbon americano, de vodca russa, de cerveja japonesa. Passei a semana comendo, respirando e olhando pela janela de observação, fazendo uma lista de tudo que eu queria da vida. De tudo o que eu sentia que devia a mim mesmo.

Queria ver a barriga peluda do meu amigo pela última vez; um cadáver sem pernas.

Queria ver Deus tocar o universo, passar a mão pela cortina preta e sacudir as cordas sobre as quais os planetas se agigantam. Uma prova.

Queria testemunhar amantes cósmicos gigantes, duas figuras gigantescas de mãos dadas fazendo um piquenique na superfície de Marte, apaixonadas por crateras e paisagens áridas. Esses amantes sido feitos um para o outro, a tal ponto que pareciam exatamente iguais; seu sexo, um borrão turvo, indistinto.

Queria ver a Terra rachar em seu núcleo, dividir-se em cacos e confirmar minha teoria – que ela é simplesmente frágil demais para ganhar seu sustento. Uma prova.

Queria ver os cadáveres de todos os astronautas fantasmas. Trazê-los de volta à Terra e mantê-los embalsamados em caixas de vidro dentro do mausoléu de Lenin.

Queria que as Valquírias voassem através das dimensões e acariciassem as almas mortas dos órfãos africanos. Queria que todas as bestas míticas que a mente humana criou se empilhassem umas sobre as outras, copulassem e dessem à luz um híbrido tão perverso que uniria a todos nós. Queria que as necessidades básicas da existência humana – saciedade da fome, boa saúde, amor – tomassem a forma de pequenos frutos que pudéssemos plantar e colher. Mas quem seriam os donos das plantações? E quem os colheria?

Queria que a poeira cósmica envolvesse ninhos de barro com a fúria de um enxame de vespas para se reproduzir e evoluir e se fundir e formar o próprio planeta ocupado por suas próprias figuras de aparência humana dirigindo seus próprios veículos com aparência de carros. Talvez se existisse esse mundo de sombras cinzentas – um reflexo, uma imitação de todo o experimento humano – pudéssemos finalmente observar e aprender. Uma prova.

Queria que alguém me dissesse que sabe o que está fazendo. Queria que alguém reivindicasse autoridade. Queria pular no Vltava e provar de sua toxicidade, reconhecer que em algum lugar ao longo da lama do escoamento havia água de verdade. Queria viver dos dois lados. Queria tocar cada paralelepípedo nas estradas da França. Queria beber chá inglês sem leite. Queria entrar no restaurante americano mais imundo da cidade mais empoeirada e pedir um hambúrguer e um milk-shake. A maneira como a palavra sai da língua: *burRrRgeRrR*. Queria me perder entre os ternos da cidade de Nova York e sentir resíduos de cocaína nos assentos dos vasos sanitários. Queria me pendurar na borda de um esqueleto de baleia. Queria uma prova do caos. Eu queria tanto que não queria de jeito nenhum. Eu queria o que todo ser humano quer. Que alguém me diga o que escolher.

Sim, Lenka estava certa. Eu voltaria como um homem mudado; ela voltaria como uma mulher mudada. Algumas partes haviam sido trocadas, embora nossas carcaças fossem as mesmas. Quem disse que esses dois novos humanos não poderiam se amar?

Duas semanas antes do pouso, decidi. Era hora de encontrar Vasily. Eu o tinha evitado para esquecer minha dor por Hanus, mas precisava ouvir sobre suas visões enquanto ainda estávamos presos no mesmo lugar. Vasily abandonou seu quarto, disseram-me, e se instalou em um dos três laboratórios da nave. Klara não o visitava mais; Yuraj fazia uma visita a cada dois dias, oficialmente para entregas de lanches e atualizações de missão, e não oficialmente (ele dizia em um sussurro sorridente) para ter certeza de que o "doido" ainda estava vivo. Nos últimos dias, estivera monitorando os movimentos de Klara e Yuraj, em busca da breve, mas garantida, coincidência em seus hábitos de sono.

Finalmente, eu tinha encontrado. Durante a sesta, saí de minha cabine e passei por suas câmaras e entrei no corredor do laboratório, onde os russos (imaginei) estudavam os efeitos cósmicos nas bactérias e como essas mutações poderiam ser usadas na guerra biológica. (Se isso era uma paranoia exagerada da Guerra Fria, uma desconfiança compreensível do ocupante ou uma simples aceitação do mundo real, eu não podia ter certeza. Afinal, o que meu país teria feito com as amostras de Chopra? Procurar por uma maneira de sair na frente na corrida das nações, ou pelo menos vendê-las pelo maior lance, ao aliado mais conveniente, antes que os espiões do mundo descessem às ruas de Praga para descobrir por si mesmos?) Cheguei à última porta do laboratório, deliciado pelo conforto de flutuar livremente nas calças de moletom de Yuraj que a todo momento deslizavam sobre meus quadris, mas pelas quais eu estava grato mesmo assim. Deparei com a janela de observação coberta e o painel de acesso ao laboratório quebrado. Bati à porta.

– *Ostavit 'yego tam* – gritou o homem lá de dentro.

– O quê? – perguntei.

– Você não é Yuraj – disse ele em inglês.

– Não. Mas você é Vasily?

– Você é ele? O homem morto?

Eu não respondi.

Vários minutos de ansiedade se passaram. Olhei para o corredor de entrada. Silencioso, mas logo eu poderia ser descoberto.

Finalmente, a porta se abriu. Atrás dela estava um homem seboso, de regata branca e cuecas. Seu cabelo tinha sido reduzido a um tufo oleoso, que lembrava um *pierogi*, no centro do couro cabeludo. Na mão esquerda, segurava um controle remoto da porta. Fios expostos iam da pequena caixa no painel de controle até o lado dele. Sua mão direita estava enfaixada da ponta dos dedos até o ombro. Os dentes, acinzentados.

Ele acenou, como se soubesse que não poderia conversar com ele até dar uma olhada no chiqueiro em que ele havia transformado um centro de pesquisa de ponta. Roupas íntimas imundas, lentes de microscópio, pacotes de ração vazios, tampas de lápis, pedaços de papel amassados e batatas fritas individuais flutuavam pela sala num balé estranho e bagunçado, como uma exposição de arte no Museu Nacional destinada a fazer mais uma condenação do materialismo. Uma substância amarela não identificável manchou a cadeira do laboratório, e o computador do laboratório foi partido em dois com um tubo de aço duro. A princípio, pensei que as paredes estivessem cobertas de fios torcidos, mas uma inspeção mais detalhada revelou inúmeros pedaços de papel com desenhos. Todos falavam do mesmo assunto. Uma confusão de sombras escuras conectadas em uma forma semicircular. Dessas nuvens negras irromperam palavras escritas em um insidioso cirílico vermelho.

O homem, Vasily, descruzou os braços.

– Você não entende – disse ele, calmamente.

– Eu entendo. Você o ouviu.

Seus olhos se arregalaram. Ele me agarrou pela gola da camisa, exalando hálito azedo no meu queixo.

– Você é o profeta, então – disse –, você. Poderia ter sido eu, mas você sabe o que eu fiz quando o deus me visitou? Achei que fosse um demônio. Fechei os olhos e rezei para que ele se afastasse. Não vou à igreja desde que minha avó morreu, mas lá estava eu, meus olhos fechados por horas, e implorei para que o deus fosse embora. Finalmente, ele ouviu.

O inglês de Vasily era quase impecável, apenas um leve sotaque. Seu lábio inferior tremeu. Ele pegou a gaze em seu braço, arrancando pequenos pedaços e enrolando-os em bolas antes de colocá-los em sua língua.

– Você viu – eu disse.

– Eu não vi. Só ouvi. Ouvi uma voz dos cantos.

– E a voz falou de mim.

– Ele me disse para esperar por você. O profeta.

Vasily pegou uma batata frita e a ofereceu a mim. Fiz que não com a cabeça. Com visível decepção, ele a colocou de volta em sua órbita, depois se amarrou na cadeira manchada. Percebi que as lentes do microscópio estavam quebradas e me preparei para as possíveis partículas de vidro rodopiando no ambiente, esperando ser inaladas.

– Uma pessoa deve estar abaixo do profeta quando o profeta é abordado – Vasily disse. – O deus voltou para mim novamente, sim, algumas horas antes de encontrarmos você. Ele disse que eu não o ouviria de novo, não, mas ele enviaria um filho em seu nome, e é você! E ele disse que a gente precisava resgatar o filho. Eu disse para a Klara que devíamos esperar mais alguns minutos antes de partir. Nós pegamos você, hmm, pouco antes de você morrer...

Na minha frente, então, estava sentado um homem que poderia de fato ter conhecido Hanus, ainda que brevemente; a prova final que eu procurava desde que o conhecera, muito tempo antes. Fiquei imediatamente impaciente com os tiques de Vasily e sua fala confusa.

– Ele deve ter lhe contado coisas sobre mim, então. Meu nome, quem eu sou.

– Hmm, *da*. Ele contou. Fiz bem, profeta? Eu poderia ter sido você, você sabe. Mas provei que não era digno. Pelo menos eu creio. Você crê que eu creio, profeta? Vou derramar sangue, se for necessário.

Do fundo dos bolsos de sua calça de moletom, Vasily tirou uma chave de fenda e colocou no pescoço. Me adiantei, agarrando seu pulso assim que a ponta rompeu a pele. Tirei a chave de fenda da mão de Vasily enquanto ele observava as minúsculas esferas de seu próprio sangue com deleite infantil. Ele as cutucou com o dedo.

– Preciso que você me diga tudo o que o deus disse sobre mim, Vasily. Aí vou saber que você é realmente um apóstolo.

– Ah, profeta – disse Vasily –, você está me testando. Não me falaram de suas origens, porque sou muito humilde para saber. Só tenho minha missão: eu o entregarei à Terra. E direi a você as últimas palavras que o deus me pediu para lhe transmitir. – Vasily sorriu, e agora seus dedos já tinham desenrolado completamente a gaze em sua outra mão e em seu pulso, exibindo uma infinidade de cortes profundos e infectados, feridas que certamente custariam a Vasily seu braço.

Decidi. Vasily e outros como ele foram a razão pela qual Hanus nunca pôde vir à Terra. Eles não podiam lidar com uma vastidão que estava tão fora de seu conhecimento estabelecido da existência, mesmo que tivessem visto o espaço de perto. Projetariam seu desespero, medos e insanidades iminentes em tipos de inteligência incompreensíveis para si. Afinal de contas, eu também o fizera, quando quase enfiei uma lâmina em Hanus para satisfazer meu culto ao método científico, esperando que em algum lugar dentro de mim houvesse uma resposta para minha inquietação. Eu estava envergonhado.

O pensamento de ouvir as palavras de Hanus para Vasily me esgotava e me emocionava ao mesmo tempo. Respirei algumas vezes para evitar a impaciência com o homem doente.

– A mensagem do deus – disse Vasily. – O profeta não deve submeter seu espírito. Ele encontrará a felicidade no silêncio, buscando a liberdade, a oração, e ele saberá, saberá mais do que qualquer outro humano, ou qualquer outro... oh, agora estou confundindo palavras... a resposta está no céu.

Vasily olhou ao redor em pânico e enfiou as mãos nos bolsos. Pela careta feia e retorcida em seu rosto, deduzi que estava procurando outra arma para se machucar. Pedi-lhe que abaixasse os braços. Hanus nunca teria falado de orações, de profetas, certamente não do céu. A sugestão de parentesco que eu sentia por Vasily me deixou. Ele era um louco. Eu, não. Eu não podia ser.

Senti raiva daquele homem. Ele havia recebido uma missão igual à minha e não conseguira manter a sanidade, apesar dos luxos de sua nave e do benefício da companhia humana.

Será que eu já estivera perto de me tornar Vasily? Hanus me salvara desse tipo de loucura? De repente, a misericórdia parecia necessária.

– Apóstolo – eu disse a Vasily –, você fez tudo perfeitamente. Você passou no teste.

Vasily soluçou como um garotinho, aninhando sua mão na minha.

– Agora eu vou para casa – disse ele. – Leve-me daqui agora. Está tudo muito quieto. Sinto falta do zumbido dos mosquitos pairando sobre o lago.

Fiquei feliz. Ele não conhecia Hanus. Eu era o único humano que realmente conhecia esse segredo cósmico. Não queria compartilhá-lo.

Ele se soltou e me empurrou para o lado, saltando em direção ao seu caderno de esboços. Arrancou a página mais próxima. Em seguida, abriu bem a boca, amassou o papel e o enfiou lá dentro. Mastigou, engoliu e mostrou a língua para me dizer que não havia mais nada. Pegou a página seguinte e fez o mesmo, murmurando ocasionalmente:

– Devia ter sido eu, o profeta.

Klara apareceu à porta, enquanto Vasily consumia seu último esboço.

– Você está sangrando – disse ela.

– Um incrédulo não pode entrar no santuário! – Vasily gritou, enxotando Klara com as mãos. Ela gesticulou para que eu a seguisse. Enquanto flutuava em direção a ela, Vasily agarrou minha mão e beijou meus dedos, as pontas dos dedos, e eu estava doente demais para falar, para olhar para a careta bestial no rosto do apóstolo. Saímos de seu covil, a porta batendo atrás de nós. Klara cruzou os braços.

– Sinto muito – falei –, sei que não deveria...

– Eu lhe disse que o homem não estava bem – disse ela, com severidade.

– Eu tinha que ouvir sobre...

– Os monstros dele? Não, Jakub. Você vai ficar dentro do seu quarto a partir de agora. Você não pode sair, apenas para usar o banheiro com permissão. E se eu te pegar de novo fora dali, vou prender você na parede e deixar você morrer de fome até a Terra. Tudo bem?

Voltei para minha cela. As palavras de Vasily rastejaram pelas minhas orelhas, rodaram pelo meu crânio. Não, ele não podia ter conhecido Hanus. Ou Hanus apareceu e falou com Vasily, o ex-coroinha, numa linguagem que sabia que teria impacto num homem temente a Deus? Eu não queria acreditar. Hanus era meu.

* * *

Pela primeira vez desde que embarquei na *NashaSlava1*, não consegui descansar. Klara veio até mim dez dias antes da data prevista para nossa chegada à Terra. Disse que tinha algumas coisas para me falar. Primeiro, ela enviou uma mensagem para o *tsentr* depois de ver por conta própria o estado horrível do corpo e dos aposentos de Vasily. Recebeu uma mensagem de volta dizendo que Vasily deveria ser deixado em paz, a menos que representasse perigo imediato para a tripulação ou para a nave. Ele fazia parte de uma missão separada ordenada pelo interior para estudar os efeitos do voo espacial em certos problemas de saúde mental.

Perguntei a Klara por que ela me contou isso.

– Porque estou cansada dos homens desprezíveis que comandam impérios – ela respondeu –, e porque, assim que eu voltar para a Terra, vou me mudar para o Ocidente e nunca mais pensar nisso. E por causa da última coisa que preciso te contar. Uma amiga minha da *tsentral* me contou o que vão fazer com você. Ela disse que você irá para Zal Ozhidaniya. É um lugar para presos políticos especiais, espiões, esse tipo de coisa. E eu me sinto responsável por isso. Jakub, eu quero que você saiba, eu tenho que te levar, eu tenho que te entregar, mas ainda somos amigos. Eu confio em você. Eu quero que você saiba disso antes que te levem embora. Eu faria alguma coisa se pudesse, eu juro.

– Você vai me beijar na bochecha? – perguntei.

– Jakub.

– Isso não significa nada. Eu só não sinto isso há tanto tempo. Quero me lembrar.

Klara me beijou na bochecha, bem no canto dos lábios, e por um momento o pavor de sua revelação não importou. Pedi-lhe que fosse embora antes que a alegria acabasse.

Passei aquelas duas últimas semanas na nave me escondendo dos russos, trancado em minha cabine, pedindo a Klara que me deixasse em paz. Ela disse que entendia. Ponderei a respeito da vida em uma prisão política de luxo; se eu suportaria nunca mais ver meu país ou Lenka novamente. As coisas que eu poderia ter de fazer para me libertar. Antes de iniciarmos os protocolos de aproximação dentro da câmara de pouso, Yuraj queria me prender, mas Klara o convenceu a desistir. Ela repetiu que eu era confiável.

O universo nos engana com sua paz. Isso não é uma abstração poética ou uma tentativa de sabedoria barata – é um fato físico. As quatro camadas da atmosfera da Terra repousam em seus respectivos lugares como um Cérbero de quatro cabeças, protegendo nossa preciosa pele do veneno solar lançado em nossa direção a cada segundo de cada dia. Elas são guardiãs estoicas, tão invisíveis quanto desvalorizadas pelo pensamento cotidiano.

Enquanto nos preparávamos para a reentrada, sentei-me ao lado de Vasily, que preenchia palavras cruzadas em seu tablet e não prestou atenção ao nosso ônibus espacial queimando rapidamente em direção à Terra. Klara e Yuraj sentaram-se na frente e manusearam os controles, enquanto papeavam alegremente em russo com seu comando de missão. Quando a nave virou de barriga para baixo, olhei pela janela do convés para ver pela última vez aquilo que oficialmente classificamos como espaço sideral: a fronteira final até que uma nova fronteira além dela seja descoberta. Ele devolveu o olhar, como sempre, com seu piscar insistente, vazio, ausência de compreensão por mim e pela necessidade de minha existência.

Queimamos combustível a uma temperatura de 1649 graus Celsius e atravessamos a mesosfera, aquele cemitério de estrelas mortas e escudo da Terra contra meteoros rebeldes, com o nariz da nave voltado para cima. O ar era lento demais para abrir caminho a tempo e, assim, facilitava nossa queda. Com os motores desativados, a nave era agora mais como uma asa-delta sofisticada, usando a física da Terra para cortar a atmosfera mais rápido que a velocidade do som. Bem abaixo de nós, em algum lugar em Moscou, ou talvez nas cidades vizinhas, um punhado de pessoas estava destinado a ouvir o estrondo sônico, dois estampidos separados por menos de um segundo, o rufar dos tambores anunciando nosso retorno. Eles atribuiriam o barulho a uma construção e seguiriam com seu dia, aplacados pelo silêncio das emissoras de TV e do governo. O enfático som de *S* perturbando momentaneamente sua visão do horizonte – a assinatura inevitável dos astronautas fantasmas – seria simplesmente outra anomalia meteorológica ignorada durante um dia de trabalho.

Por cento e trinta quilômetros, caímos. A mesosfera – a protetora. A estratosfera – misteriosa, calma, estável e seca, o lugar sem clima. Um purgatório ocupando a propriedade do espaço e parte da Terra ao mesmo tempo. Um não mundo enganoso, uma terra de ninguém entre as trincheiras. Em seguida, a troposfera, a última linha de defesa, do grego *tropos*, significando mudança. A guardiã dos vapores d'água e aerossóis do mundo, um lugar de caos, pressões crescentes, padrões climáticos. Perfeito como a camada mais próxima do contato humano. A humanidade resumida numa única esfera.

A Terra descansava. Não havia sinal dos bilhões de almas voláteis vibrando em sua superfície. Estávamos muito perto de seus oceanos, de seus continentes que continham o país que continha a cidade que continha o hospital em que eu havia entrado neste mundo, nu e pequeno. O hospital agora demolido e substituído pelos escritórios de um fabricante de máquinas de salgadinhos. Será que algum dia eu iria visitar o lugar novamente, ver o pedaço de terra em que nasci?

A visão da minha vida futura entrou em minha espinha e fez seu caminho através do intestino grosso, do abdome, dos pulmões e da garganta. Como uma dose de bourbon viajando no sentido contrário. Um refém russo, um homem reduzido a um segredo de Estado. E se eu finalmente voltasse ao meu país, que tipo de vida me esperaria? Dissecado, invadido, espalhafatoso. Nenhuma paz à vista, nenhuma paz para continuar minha vida serena com Lenka. Fiz contato visual com Vasily. Ele sabia.

Eu não podia aceitar. Se conseguisse voltar à Terra, teria de ser um homem livre. Tudo tinha sido tomado. Personalidade, saúde física, talvez minha sanidade. Eu não sabia o que tinha acontecido com minha esposa. Nenhuma outra infração aconteceria, pelo menos não com minha permissão. O deus de Vasily me aconselhou. Eu não estaria sujeito aos caprichos russos.

Desamarrei-me e pulei nos controles, empurrei os braços de Klara e acionei um dos motores da nave. *NashaSlava1* virou-se e saltou, como uma gazela com a coxa despedaçada por dentes predatórios. Caí para trás, contra o teto. Klara gritou, Yuraj se soltou e se jogou em cima de mim, depois passou o cotovelo do antebraço em volta do meu pescoço com uma eficiência impressionante, determinado não apenas a me pacificar, mas a me matar, grunhindo de uma frustração reprimida durante todos aqueles meses de isolamento. Eu me debatia; a vida começava a me deixar, e de repente ainda mais peso caiu sobre nós. Só o que eu podia ver era gaze rasgada e os punhos de Vasily golpeando Yuraj na nuca.

– ... *avariya posadka, ya povtoryayu...* – gritou Klara ao microfone, e eu queria gritar de volta: *Desculpe, mas como você esperava que eu me sentasse e esperasse?*

O sangue espirrou no meu olho, e meu corpo não era mais esmagado contra o chão. Yuraj havia me soltado e gritava à minha direita, apalpando o pescoço enquanto Vasily cuspia um pedaço de pele e carne. Ele havia atingido uma artéria importante, e o sangue de Yuraj escorria pesadamente.

– O profeta viverá – disse Vasily. – Eu sou o apóstolo.

O corpo não deve ser violado! Eu queria gritar com Vasily, mas era tarde demais. Eu havia feito aquilo. E tinha de acabar.

A nave virou de barriga para baixo, e Vasily e eu colidimos contra os assentos. Algo rachou dentro do corpo de Vasily, mas ele não mostrou nenhum sinal de dor. Yuraj, mal respirando, sangrava até a morte.

Klara olhou para trás enquanto segurava o manche com as duas mãos, as veias cortando os músculos do antebraço enquanto ela tentava estabilizá-lo.

– Jakub – disse, como se não soubesse a quem pertencia o nome. Ela tinha conhecido e confiado em um fantasma, mas não podia imaginar o quanto eu queria voltar para casa. Senti saudade do momento em que nos sentamos para comer juntos pela primeira vez – do modo como me flagrei estudando as gotas de suor sobre seu corpo; do modo como ela fingia ignorar o que eu fazia. Aquele momento em que só pensávamos o melhor um do outro.

Saltei de volta em direção aos controles e bati nas teclas, na tela e nos painéis, com os punhos, bochechas e cotovelos. Klara cravou as unhas em qualquer pedaço de carne exposto que pudesse alcançar, mas recusava-se a soltar: era uma astronauta fantasma geneticamente determinada e treinada para a missão no útero; assim, eu tinha carta branca. Mais uma vez a *NashaSlava1* rodopiou, e de novo, e pelo vidro giravam os campos verdes da Rússia, cidades separadas por centenas de quilômetros quadrados de agricultura e nada.

Os dedos de Klara invadiram minha boca e ela agarrou minha língua, ansiosa para arrancá-la.

Vasily deu um tapa na mão dela por trás, expondo os dentes sangrentos prontos para atacar novamente, e eu gritei:

– Não, apóstolo, chega!

Ele recuou para avaliar Yuraj, que estava pálido e mal se movia. Vasily acariciou as bochechas de Yuraj, sussurrando:

– Você também poderia ter ouvido o deus.

Gritei para Klara nos desacelerar, despejando desculpas, súplicas e epítetos. A superfície da Terra estava tão próxima que colidiríamos em alta velocidade, o que certamente nos mataria. Reconheci o azul-cintilante da água, mesmo sentindo os nós dos dedos de Klara nas minhas costas, testa e olhos. Ela finalmente se soltou e, agora, liberava sua fúria, talvez em um esforço para me matar antes que a aterrissagem desse cabo de todos nós. Colidimos.

A nave caiu na água e o vidro da janela explodiu; as partículas fustigavam meu rosto exposto antes que a corrente de água as lavasse. Meu corpo estava à mercê dos elementos da Terra agora, muito mais selvagem que a hostilidade calculista do espaço. A água me jogou contra a porta da cabine, e Vasily caiu em cima de mim, agarrando meus braços enquanto a cabine inteira inundava e a água nos separava. Nadei em direção à janela, em direção à vida, então gesticulei para que Vasily me seguisse. Lancei a Yuraj, pálido, inconsciente e possivelmente morto, um último olhar de reconhecimento, e agarrei o braço de Klara para puxá-la para cima. Ela me agarrou e mordeu minha mão, bolhas vazavam de suas narinas, e notei que seu braço estava preso embaixo do assento, que havia sido pressionado contra a parede pela pressão da água. Seu cotovelo estava estranhamente torcido, certamente deslocado, talvez quebrado, mas Klara não expressava sinal algum de dor. Seus olhos, mortais e determinados, focavam os meus. Ela estava fazendo o possível para me matar com a mão livre e os dentes. Era improvável que eu durasse muito mais tempo. Soltei-a e procurei por Vasily, que flutuava sobre o cadáver de Yuraj, sorrindo de orelha a orelha, orgulhoso da missão que cumprira. Não, ele não viria, e talvez fosse melhor. Um homem destruído tinha o direito de deixar este mundo. Eu também já havia tomado essa decisão uma vez.

Mais uma vez, puxei o braço de Klara, e ela afundou os dentes tão profundamente no meu polegar que pensei que fosse arrancá-lo. Dava para sentir seus dentes quebrando. Afastei-me, libertei de sua mordida minha carne sangrenta e nadei para fora da janela de observação, por cima do longo corpo virado de uma nave que me salvou. *NashaSlava1*, o orgulho do povo russo, embora o povo russo não soubesse de sua existência – um fantasma pairando sobre suas cabeças, protegendo-os dos inimigos, entregando glória científica e guerra avançada. Uma incômoda mistura de metais projetada para melhorar a humanidade com um senso inflado de importância, sabedoria e progresso, mas agora sujeita ao julgamento da Terra, como todos nós estávamos, afogando-se como um saco de felinos indesejados.

Quando alcancei a superfície, nadei tão rápido que pensei que minhas veias fossem estourar e secar. Cheguei à terra, arrastei-me para a margem, cuspi e tossi, agarrei a terra fria e úmida debaixo de mim e me lembrei... Terra. Lambi a lama.

Beijei-a, gargalhei, emiti sons que me aterrorizavam, sons de prazer que iam além da minha compreensão, o prazer da insanidade. Por fim, a dor do inverno ao meu redor superou a adrenalina inicial, e o frio da Rússia atingiu a pele sob minhas roupas encharcadas. Esfreguei meu corpo na terra e finalmente entendi por que Louda, a porca, considerava aquela atividade o mais elevado modo de vida. A fricção me aqueceu, e mordi os pedaços de lama como se fossem um bolo. Tinha gosto de raízes, adubo, cascas de vegetais. Cuspi de volta. Atrás de mim, o lago que me acolheu em casa se expandia por uma vasta planície até encontrar uma floresta marrom cobrindo o horizonte.

A superfície rachada do lago de gelo parecia gargarejar ao digerir a nave, os corpos e as amostras da nuvem Chopra, que agora pareciam um prêmio banal para a missão. Eu queria me sentar e esperar que Klara, Vasily e Yuraj saíssem, saudáveis e bem, antes de correr pela pastagem congelada e abrir caminho pela floresta. Mas a equipe de socorro invadiria o lago a qualquer momento, e eu não podia mais estar sujeito a esquemas, conceitos e países maiores. Corri, cuspindo restos de lama da boca, e chorei; chorei por Klara, minha salvadora, e por sua avidez em arrancar de mim a vida. Esperava ouvir a qualquer momento o som de helicópteros, pastores-alemães e sirenes correndo pelas planícies, perseguindo-me até que me capturassem e me jogassem em uma catacumba de São Petersburgo para que fosse torturado e morresse de fome. Mas não havia motores nem latidos. Cheguei à floresta e ao silêncio sinistro da natureza.

Ao anoitecer, cheguei a uma aldeia. Não conseguia entender o que diziam, mas eles me acolheram, me banharam com água aquecida no fogo, me vestiram e me deitaram em uma cama razoavelmente macia. *Spasibo*, continuei dizendo, *spasibo*, calma e generosamente, torcendo para que isso evitasse que os aldeões pensassem que eu estava louco.

Lá fora, o céu noturno brilhava com um tom roxo. Chopra ainda estava viva, ainda tentadora, mas eu nunca mais a alcançaria. Eu ansiava pelos céus negros de outrora.

Acordei no meio da noite, preso por mãos fortes, sentindo gosto de metal enferrujado na boca. Não conseguia unir os lábios nem morder. Um alicate brilhava no escuro. A pinça agarrou meu dente com firmeza e o arrancou; ao final daquela rude e caridosa sessão odontológica, o sangue escorria abundantemente pela minha garganta. O bastardo marrom cheio de pus foi colocado a meu lado, como um troféu. Gritei, engasgando-me com a mistura de sangue e bebida aplicada sobre meu ferimento.

Na manhã seguinte, encontrei dois homens que falavam inglês. Eles estavam viajando para a Estônia com carga sensível, disseram. Podiam me levar junto se eu prometesse ajudar a proteger seu sustento. Concordei.

A viagem era rigidamente programada, não permitindo pausas. Mijávamos em um balde pregado em um canto do compartimento de carga do caminhão. Quando os soldados russos nos pararam à procura de um "fugitivo perigoso", me escondi debaixo de cobertores e atrás de uma montanha de presunto e latas de feijão contendo vinte quilos de heroína. O motorista deu ao tenente russo meio quilo de heroína por seu incômodo e por não ter visto nada. Continuamos.

Do outro lado da fronteira, na Estônia, apertei a mão de meus cúmplices. Éramos irmãos agora.

– Tenho uma dívida com vocês – eu disse.

– Não precisa – retrucaram –, não precisa.

Na Estônia, pulei em um trem de carga e fui até a cidade costeira de Parnu. Os vigias noturnos me descobriram, e tive de fugir dos cachorros em meu encalço. Com uma dolorosa mordida na panturrilha, que ao menos não deixara cicatrizes, entrei no porto e perambulei de navio em navio, pedindo aos marinheiros um emprego, qualquer emprego, que me levasse mais perto de casa. Na minha sexta tentativa, um polaco desengonçado riu ofegante e me avisou que o capitão estava procurando alguém para limpar os banheiros. O capitão era um homem muito limpo, disse ele. Não suportava a sujeira da tripulação nas instalações do navio e aceitava qualquer pessoa disposta a mantê-los apresentáveis.

Por semanas, passei os dias correndo entre os três banheiros, esfregando cada assento, cada vaso. Eu os alvejava e esfregava com tanta dedicação que às vezes desejava lambê-los para provar minha diligência, meu compromisso com a causa. Substituí o sabonete e troquei rolos enormes de papel higiênico áspero. Algumas noites, os marinheiros ficavam bêbados demais durante os jogos de cartas e seus líquidos e sólidos erravam os vasos por quilômetros. Essas eram minhas chamadas de emergência; vozes pesarosas me despertando de um sono inquieto. Eu os acolhia. Eu tinha um propósito ali. Um propósito simples.

Quando chegamos à Polônia, o polonês desengonçado se ofereceu para pagar minha passagem de trem se eu lhe fizesse companhia até chegarmos à Cracóvia. Falou de sua mãe, que o receberia com carne de porco defumada caseira e batatas ao alho. Ele, por sua vez, iria cumprimentá-la com um presente de aniversário atrasado que ele comprou com o que havia economizado de seu salário – um colchão novo e um certificado para massagens semanais para as costas dela. Isso é tudo o que ele sempre quis fazer, disse ele. Ganhar dinheiro suficiente para facilitar a vida da mãe.

Quando perguntou sobre minha família, perguntei se podíamos jogar cartas. Ele entendeu.

Naquela noite na Cracóvia, peguei carona com um homem com o rosto marcado pela varíola. Ele cheirava a fumaça e pastéis de queijo, mas gostava de ler filosofia e publicara alguns poemas.

– É inspiradora, a estrada – ele disse. – Na vida, você deve viajar o mais longe que puder, fugir de tudo o que aprendeu. O que você acha? – Ele tossiu; o mesmo rugido de fumante de meu avô.

– E se tudo o que você ama estiver exatamente onde você está? – perguntei.

– Então você encontra coisas novas para amar. Uma pessoa feliz deve ser nômade.

–Você não amou, então – rebati. – Se o que você ama foge de você, no fim você está apenas andando em um labirinto sem saída.

Seis horas depois, chegamos a Praga. O homem não me dirigiu palavras de despedida, mas me concedeu a dádiva da embriaguez. Sorvi sua Staropramen. O sol nasceu. Inclinei a garrafa três vezes, espirrando cerveja no chão. Uma oferenda aos mortos.

Entrei em uma cabine telefônica e procurei o nome de Petr no livro acorrentado a um telefone quebrado. Petr residia em Zlicin, essa era a única informação pessoal que eu tinha sobre ele. Felizmente era o único Petr Koukal na cidade. Caminhei.

Uma morena alta, com sotaque ucraniano e orelhas finas, abriu a porta de uma casa pequena, mas bonita. Ela me disse que seu marido estava no pub, *é claro*. Então Petr tinha uma esposa. Sorri com o prazer tão esperado de resolver um de seus mistérios. Afinal de contas, ele sabia o que Lenka significava para mim.

Encontrei-o jogando Mariás com um grupo de veteranos, todos colecionando copos vazios e canecas em volta da confusão de cartas. Sua barba estava crescida e parecia uma escova de arame enferrujada. Ele tinha feito mais algumas tatuagens, e havia um buraco em sua camiseta ao redor da axila.

Quando me viu, ele largou suas cartas e inclinou a cabeça para o lado. Contei silenciosamente e por volta do décimo segundo ele apontou para mim e disse para seus adversários no Mariás:

– Aquele homem. Ele está ali?

Os homens olharam para mim, depois para Petr. Ele apagou o cigarro e cambaleou para trás enquanto se levantava. Os homens estenderam a mão para apoiá-lo, mas ele os dispensou. Eles gemeram e o agarraram, pedindo que continuasse jogando, mas Petr não os via mais. Passou o braço sobre meus ombros com cuidado, como se esperasse que sua mão atravessasse meu corpo.

– Esse cara? – disse um homem desdentado, enquanto me cutucava com o cotovelo.

Em silêncio, o homem me avaliou, como se agora ele mesmo estivesse em dúvida. Limpou a espuma de cerveja de seus bigodes.

– Sim – disse ele finalmente. – Acho que ele está aí.

SEM PENÉLOPE

A história que contei a Petr levou quatro canecas de pilsen para ser narrada.

– Sabe quando você acorda – disse ele –, e por um segundo antes de abrir seus olhos você acha que está em outro lugar? No seu quarto de infância, ou dentro de uma barraca? E aí você olha em volta e por um momento não se lembra da vida que está vivendo.

– Isso é muito poético para um engenheiro.

– Jakub, esta é sua voz.

–Você me reconheceu. Ninguém parece me reconhecer. Eu não me reconheço.

– Tenho visto você em todo lugar. Você não pode estar aqui. Devo estar alucinando. Sonhando, talvez. Mas é bom. É bom estar com você de novo.

Não falei de Hanus, meu encontro com o núcleo, como aterrissei nem como encontrei o caminho para casa. Contei que tinha entrado no vácuo para morrer com honra na fronteira e que uma equipe de fantasmas russos me salvou enquanto eu sufocava. Ele intuiu que eu estava omitindo coisas, mas entendeu que não tinha o direito de perguntar.

Quando voltamos para a casa dele, a esposa já tinha saído para trabalhar. Petr me disse que se aposentara precocemente e que agora estava gravando um disco com sua banda de heavy metal enquanto sua rescisão da SPCR e o trabalho da esposa pagavam as contas. No banheiro, raspei meu pescoço e aparei a barba, com cuidado para não tocar o lugar da ferida infeccionada do meu antigo dente do lado da minha bochecha. Quando saí, fui até a sala de estar, decidido de que não havia razão para esperar mais. Perguntei sobre Lenka.

– Outra cerveja? – ofereceu ele.

– Não, obrigado. Onde ela está agora?

Petr se sentou e pegou um baseado debaixo da almofada. Usou uma vela para acendê-lo.

– Não sei se você está pronto.

Tirei a *cannabis* da mão dele com um tapa.

– Que merda isso quer dizer?

– Tenho uma coisa que você precisa ouvir. Só pergunte sobre Lenka depois de escutar isso.

Acenei, e Petr saiu. O baseado queimando no tapete desenhava um buraco sobre ele. Cogitei deixá-lo se transformar em chama. Apaguei com meu sapato.

Então Petr voltou, carregando um pen drive e uma pilha de folhas soltas que entregou para mim.

– Ouça isso. Depois, leia o manuscrito. Achei isso quando estava limpando nossos escritórios. Kurák fez sessões com Lenka. Ela precisava conversar com alguém e não queria que você soubesse. Talvez o que você precisa saber esteja aqui.

Segurei o pen drive entre os dedos. Era leve, leve demais para o que continha. As páginas eram supostamente um rascunho inicial da biografia de Jakub Procházka escrita pelo dr. Kurák. Então quer dizer que o homem ficaria famoso, como planejado. Petr me mostrou uma sala íntima, onde um notebook repousava ao lado de uma guitarra e um piano.

– Já ouviu isso? – perguntei.

– Sim – Petr respondeu. – Não consegui resistir. Desculpe. Use o tempo que precisar.

Quatro horas de arquivos de som. Enquanto eu ouvia pelos fones de ouvido, Petr me trouxe um copo de água e uma cumbuca de ramen. Tocou meu ombro como se eu fosse desaparecer, depois ficou parado na porta. Ouvi-o tocar violão na sala ao lado. Do lado de fora, o sol se punha.

Quatro horas mais tarde, desconectei o pen drive. Andei até o banheiro e lavei o rosto, deslizando os dedos pela barba encaracolada, sentindo a pele seca embaixo dela. Meus olhos pareciam vazios, soltos, como se estivessem ansiosos para se encolher e se esconder dentro do crânio. Meus lábios tinham cor de óleo vegetal e rachavam no meio. Eu tinha chegado muito perto da morte para parecer jovem novamente; mas havia algo sobre a forma como minhas maçãs do rosto se projetavam, criando linhas que eu não tinha visto antes. Havia algo na cor: as queimaduras de sol desbotadas de minha caminhada espacial conferiam um toque saudável de marrom à minha pele, que parecia de alguma forma se encaixar em minha palidez. Qualquer que fosse a forma que eu agora ocupasse, eu poderia passar a gostar dela. Joguei o pen drive no vaso sanitário e dei descarga.

– Sinto muito – disse Petr. – Eu mereço punição. Falhamos com você, falhamos na missão, mas ainda tenho que lhe pedir para pensar em, talvez, não revelar toda a história para a imprensa.

– Petr – eu disse –, você não entende? Eu não me importo. Eu só quero minha antiga vida de volta.

Trecho da entrevista do sujeito Lenka P., Sessão Um:

Kurák: Então essas preocupações, elas apareceram só depois que a missão começou? Ou você sentiu esse desprezo antes de Jakub partir?

Lenka P.: Tentei não pensar muito nisso. Ele ficava nauseado o tempo todo, sabe? Dava para ver o quanto ele estava feliz e horrorizado. Dava para ver o quanto ele queria deixar um pedaço de si comigo. Não havia espaço para desprezo. Mas quando partiu... as pessoas se tornam abstrações. E as coisas que pesam sobre você se tornam claras. É por isso que as pessoas têm tanto medo de ficar longe umas das outras, acho. A verdade começa a aparecer. E a verdade é que estou infeliz faz um tempo. Pela expectativa dele de termos uma família, pela culpa que ele carrega, porque a vida dele sempre esteve em foco mais do que a minha. Minhas lutas, minhas inseguranças, sempre estiveram em segundo plano. O projeto do nosso casamento tem sido predominantemente descobrir Jakub. Mas estou mudando de assunto.

Kurák: Conte-me mais.

Lenka P.: Suas perguntas não deveriam me guiar melhor?

Kurák: Esta sessão está irritando você?

Lenka P.: Estou irritada por sentir essas coisas. E odeio ter concordado com essas reuniões. Ele iria considerar uma traição.

Kurák: O contrato dele impede vocês dois de buscar ajuda psicológica não aprovada. Ele entenderia que essa é sua única opção...

Lenka P.: Posso dizer uma coisa? Talvez faça sentido para sua mente analítica, de alguma forma. Jakub e eu tínhamos um esconderijo. Um pequeno sótão num prédio em que eu morei quando era criança. Parece tão diferente agora do que da última vez que Jakub e eu fomos lá. Antes era um depósito velho, empoeirado e infestado de ratos, sabe? Era nosso lixão, coberto de estrelas falsas e embalagens de camisinha. Agora, é uma sala onde os moradores penduram roupas. As paredes são pintadas de verde menta e tem uma janela de plástico. Para ver se havia alguma coisa deixada para trás, algo que eu pudesse coletar e segurar, rasguei as toalhas e lençóis molhados que estavam lá, rasguei até o nosso canto, e aí eu vi. A primeira garota, de boné, bermuda e camiseta com estampa de oncinha, segurando uma câmera polaroide. Fazia séculos que não via uma dessas. A poucos metros dela, encostada na parede, estava outra garota, completamente nua, de costas contra a parede, bunda empinada. A seus pés havia centenas, talvez milhares de fotos, todas dessa garota nua em diferentes posições. Eu tinha tantas perguntas, mas não fiz nenhuma. O que eu soube imediatamente foi que as garotas eram amantes e que esse era o contrato delas. Elas tinham um esconderijo, um lugar próprio, onde exploravam seus rituais. Diga-me, você não consegue reconhecer esses contratos assim que os vê? Um homem serve mais vinho para sua esposa do que para si mesmo. Um contrato. Amantes assistem a filmes na sexta-feira à noite nus, com potes de comida chinesa no colo, molho do General Tso pingando em seus pelos pubianos, e esfriam o corpo um do outro com garrafas de cerveja. Um ritual, um contrato. Jakub e eu falávamos desses contratos com frequência, da importância de preservá-los.

Kurák: Você sente que houve uma violação.

Lenka P.: Só dez minutos depois que fui embora percebi que a garota nua era Petra, a garota com quem eu brincava no ático quando criança. E lá estava ela, provavelmente nem me reconheceu, e ainda assim me fez perceber. Nosso contrato, meu e de Jakub, declarava que deveríamos percorrer este mundo juntos, explorá-lo, torná-lo melhor ou o arruinar, viver jovens pelo tempo que pudéssemos. Aí ele foi embora, e agora, a cada minuto do meu dia, espero a ligação que vai me informar sobre sua partida. Mesmo que volte, que tipo de homem ele vai ser? As coisas que está vendo, a solidão, a doença... Você entende? Jakub escolheu se tornar para sempre outra pessoa. É direito dele como indivíduo, mas não é um bom presságio para os contratos. É ele quem está voando para longe de mim. Às vezes, no entanto, parece que também estou numa nave espacial voando na direção oposta. E não existe chance alguma de que voltemos a colidir, a menos que o universo opere em ciclos que se repetem. E é por isso, dr. Kurák, que acordo ao lado da minha cama, com os braços flácidos ao lado do corpo, como um sonâmbulo de luto.

KURÁK: O que Jakub diria sobre esses contratos?

LENKA P.: Acho que o Jakub não tem a menor ideia. Ele acha que vai voltar para casa e encontrar a mesma Lenka, a velha Lenka, e vai ser o mesmo Jakub, e vamos retomar de onde paramos, como se esses oito meses não fossem longos demais. Mas não é o tempo, é a distância, a possibilidade de fracasso, o perigo em que ele se colocou. Não sou uma Penélope. Não quero esperar pelo retorno do herói. Não quero a vida de uma mulher de poesia épica, bonita, buscando sua nave no horizonte uma vez que ele termine sua conquista. Talvez eu soe terrível. Mas e a minha vida, minhas expectativas para mim mesma? Elas não podem estar todas presas a Jakub. Simplesmente não podem.

KURÁK: Não acho que você seja egoísta.

LENKA P.: Obrigada por isso.

KURÁK: Você considera Jakub um idealista?

LENKA P.: Jesus Cristo, que pergunta. Ele está voando numa espaçonave para lugar algum. De que mais você chama um homem que faz algo assim?

[FIM]

Naquela noite, depois de ouvir Lenka contar todas as suas verdades para o dr. Kurák, decidi que devo continuar morto, escondido do abraço chocado e cálido de uma nação que havia construído estátuas para mim e que certamente iria me sufocar com gritos de milagre. Eu morri para o país. Eles não tinham o direito de me pedir ressurreição. Discuti essa questão com Petr até que involuntariamente perdi a consciência. Na manhã seguinte, acordei com um travesseiro debaixo da cabeça. Petr e a esposa, Linda, debruçavam-se sobre mim com uma xícara de café e um plano. Estava claro que agora Linda entendia a identidade de seu hóspede, e que o plano era um trabalho de equipe que havia nascido da noite insone deles.

Petr insistiu que meu corpo estava devastado pela gravidade zero e precisando de cuidados. Notou minha bochecha inchada, resultado do dente extraído cruelmente. Notou meu nariz obstruído e que eu mancava levemente. Explicou que aproximadamente doze por cento de minha massa óssea desaparecera em virtude da osteopenia do voo espacial e que, sem terapia, eu iria enfrentar uma vida de dores insuportáveis no joelho. Dores de estômago, gases, gengivas inflamadas. Imaginei aqueles ossos fragilizados carregando quilos de órgãos, carne e pele como uma mula sobrecarregada escalando uma montanha.

Então eles me convenceram. Eu passaria três meses em Carlsbad, a famosa cidade da Boêmia para cura, mergulhando nas fontes termais e bebendo água mineral. Levantaria pesos para recuperar a densidade óssea, vestindo os moletons cinza que Petr me emprestara, com o elástico na cintura desgastado pela ação de suportar sua barriga por tempo indeterminado. Iria me submeter às ferramentas do dentista para me livrar da infecção, permitindo que Petr me levasse uma vez por semana para fazer exames físicos. Ele me assegurou que ninguém me reconheceria. Isso porque as pessoas não pensam nos mortos como corpos físicos, ele disse, mas sim como conceitos glorificados. Além disso, eu sabia que nenhum homem, mulher ou criança podia confundir minhas maçãs do rosto transformadas e olhos caídos com o herói de rosto juvenil de pôsteres e telas de televisão. Depois dessas três semanas, Petr prometeu que me levaria pessoalmente a Lenka, se fosse esse meu desejo.

Antes de partir, entregou-me uma sacola com oitenta mil coroas – parte de seu pacote de rescisão do SPCR. Eu não pensei em rejeitá-lo nem mesmo por um segundo. Eles me deviam aquilo.

Carlos IV, Sacro Imperador Romano durante o século XIV, descansava após um dia de trabalho caçando a cavalo ao redor das Montanhas Ore. Um dia, sua matilha descobriu uma fonte termal fluindo da terra, um milagre enviado por Deus para curar a perna ferida do imperador. Após experimentar alívio instantâneo ao mergulhar seu majestoso membro na fonte, declarou que aquela água possuía poderes divinos de cura. Ele concedeu privilégios de cidade aos assentamentos ao redor das nascentes, e essa nova cidade foi nomeada Carlsbad, em homenagem a seu amado fundador. À medida que a cidade crescia, médicos renomados de todo o mundo publicavam artigos sobre os efeitos da fonte e, no século XIX, Carlsbad já havia visto Mozart, Gogol e Freud. Para construir um playground social adequado para essas celebridades, gigantes arquitetônicos no estilo *art nouveau* foram construídos em torno das árvores e das fontes de Carlsbad, transformando a cidade em um Éden artificial – se é que já existiu um autêntico. Colunatas, fontes termais, parques com nomes de governantes e compositores, prédios com curvas e bordas tão delicadas que só o próprio diabo poderia ter sido capaz de esculpir. E silêncio. O silêncio da serenidade, o silêncio dos seres humanos contentes demais para falar.

Meu quarto em Carlsbad não era muito maior do que a sala de estar da *JanHus1*. Independente do padrão, era o suficiente para um homem morto. Seu tapete cinza áspero coçava meus pés e havia uma cadeira que cheirava a cloro e uma mesa que rangia constantemente sem motivo aparente. A cama era magnífica, assim como a comida fresca era magnífica, assim como os humanos andando sem se importar eram magníficos, sua simples existência era uma maravilha para meus sentidos famintos. Eu fazia todas as minhas refeições naquela cama e sacudia as migalhas do lençol pela janela antes de fumar um cigarro. Sim, desde que o motorista com cicatrizes de varíola me dera um de seus mentolados, comecei a fumar. Odiava o cheiro de cigarro, o gosto e até mesmo a fumaça, que considerava esteticamente superestimada, mas mesmo assim fumava ininterruptamente em um esforço para formar um hábito, para construir uma estrutura para meus dias solitários. Acordava às nove da manhã em ponto com um desejo de nicotina antes do café da manhã e fumava meu último cigarro por volta da meia-noite, logo após ingerir pílulas para dormir. O tabaco era um guardião do tempo, o sintonizador do meu relógio biológico. Um amigo.

Todas as manhãs, às dez horas, eu fazia fisioterapia. Uma mulher de olhos bondosos chamada Valerie me ajudou a mergulhar em uma banheira azul cheia de água mineral quente. Em nossa primeira sessão, ela me perguntou de onde eu vinha, se eu era casado. Praga, eu disse. Não respondi à segunda pergunta. Ela entendeu a implicação das minhas breves respostas e começou a falar sobre si mesma.

Seu pai trabalhou em uma fábrica que fazia armas para os nazistas. Perto do fim da guerra, ele e alguns outros trabalhadores decidiram sabotar as armas – danificar as molas do carregador para que a munição não carregasse, ou embalar a munição com muito pó para causar explosões e a perda de dedos. O inspetor, alemão, era um bêbado, sempre embriagado de *slivovitz* durante seus turnos, e era fácil distraí-lo o suficiente para que as armas passassem despercebidas. No momento em que essas armas foram colocadas em circulação, os alemães estavam recuando, e o pai de Valerie nunca descobriu se sua rebelião teve muito efeito. Contudo, ele andou pela cidade pelo resto da vida, peito estufado, recebendo cerveja grátis em troca de sua história de grande sabotagem, cortando aquelas molas com um alicate, cortando as mãos, sangrando de orgulho por aquelas ferramentas fascistas de assassinato.

– Meu pai nunca mais fez nada depois disso – disse Valerie. – Basicamente, ele se tornou um bêbado. Mas um homem só precisa de uma coisa para ter orgulho de si mesmo. Isso basta pelo resto de sua vida.

Uma vez, ela passou a mão sobre a cicatriz de queimadura na minha panturrilha. Perguntou como tinha acontecido.

– Meu pai foi o responsável por isso – eu disse.

– Hum – respondeu ela.

Na segunda semana de minha estadia em Carlsbad, Petr me levou ao consultório de uma dentista. Uma mulher usando uma máscara branca inseriu um tubo em minha boca. O gás era denso e doce, como milho na Praça Wenceslas sob o calor do verão. Não senti as ferramentas raspando a podridão. Acordei esperando dor, mas só o que pude sentir foi uma lacuna, outro pedaço do meu corpo desaparecido.

– Está feito – a mulher me assegurou. Tomei uma pílula do tamanho de um gafanhoto.

De volta ao meu quarto, acordei com um estranho ruído vindo da ventilação do ar-condicionado. Começou com hesitação, uma criatura tateando um novo ambiente. Depois de alguns minutos, o barulho ganhou um ritmo – *shka shka shkashka shka shkashka*; o ritmo de trabalho que algum pequeno roedor imaginou que o levaria à liberdade. Consistência. Trabalhe sem interrupção, trabalhe com intensidade. Certamente, trabalhando em paz constante, sem pausas, a criatura poderia atingir seu objetivo. Escutei meu companheiro, recusando-me a tirar sua dignidade abrindo o respiradouro. Demorou vinte minutos para o ritmo atingir seu clímax – *shkakakakashkakakakashkakakaka*, agora com verdadeiro desespero, enquanto o roedor golpeava o mundo para convencê-lo de seu valor, não em súplica, mas em uma exigência: *Ouça-me! Deixe-me sair! Estou aqui!* Decidi que era hora de alívio para nós dois, e ao me levantar vi um pequeno nariz castanho espreitando através das barras, dois olhos negros fixos nos meus. Desapertei a tampa com uma moeda. Quando a abri, uma pequena cauda espreitava de um canto escuro no fundo do poço. Estava se escondendo de mim. Não seria resgatado. Tentei alcançar a cauda sem sorte. Sentei-me na minha cama com o respiradouro descoberto por uma hora, esperando meu novo amigo sair. Não. Voltei a colocar a tampa e, enquanto apertava o último parafuso, o nariz voltou a aparecer, seguido de um laborioso arranhado. *O trabalho vai me salvar. Diligente, paciente, interminável. É necessário.*

Vesti um casaco e saí.

Um tom de amarelo emergiu das janelas de um hotel de frente para o Parque Smetana, irradiando sobre os últimos restos de folhas secas e congeladas de carvalho que cobriam o asfalto. A fonte adiante emanava um brilho vermelho, o que fazia a estátua de uma mulher nua derramando água de um vaso parecer travessa, em conluio com o diabo. Tirei os sapatos e pisei na grama, depois me inclinei na fonte e massageei meu joelho direito, observando o céu sem luz, que uma tempestade próxima parecia ter revestido de alcatrão, mascarando até o efeito de Chopra. Eu estava grato pela escuridão. As estrelas não pareciam mais as mesmas – para mim, elas não convidavam a fantasias, não simbolizavam aspiração, não despertavam curiosidade. Eram imagens mortas de coisas para as quais eu não tinha utilidade.

Dentro da fonte, uma coisa preta e lisa respingava água para os lados. Parecia grande demais para ser uma cobra ou um gato. As luzes vermelhas diminuíram. Olhei mais perto, tentei alcançar o nadador, e então ele se levantou, ergueu-se sobre oito pernas finas feito bambu e esticou um par de lábios humanos em direção ao vaso da mulher nua, lambendo a água em cascata, sem me dirigir um único olhar com seus muitos olhos.

– Hanus – chamei.

Não respondeu. Ele bebeu, tossiu, cuspiu e bebeu mais, com muito mais vontade. Entrei na fonte, e a água fria molhou minha calça jeans. Tentei tocar Hanus, mas, antes que pudesse tocá-lo, a estátua ganhou vida. Sobre nossa cabeça estava Lenka, presa à fonte pelas panturrilhas firmes. Seu cabelo estava amarrado em tranças grossas. Minha Lenka, que mais parecia uma rainha da Boêmia. Toquei a carne macia de sua panturrilha, não mais interessado em Hanus, e uma dor aguda endureceu meus joelhos, lançando-me para trás. Eu estava submerso e, por um momento, não tive certeza de qual lado era para cima, a superfície, a luz, e qual era para baixo, as profundezas, a escuridão. A água invadiu meu nariz e meus olhos e, por fim, encontrei meu rumo e me levantei. Eu estava sozinho na fonte, sozinho com a estátua. O fluxo de água de seu vaso pousou no meu peito e eu me abaixei para tomar um gole. Tinha gosto de cobre, ou talvez zinco. Tinha gosto de coisas que não estavam vivas. Eu a queria tanto.

Quando voltei ao meu quarto, o rato descansava sobre minha cama. A ventilação do ar-condicionado estava intacta. A criatura me estudou, pronta para pular. Abri o frigobar para pegar um *wafer* Kolonada para ele, mas, quando retornei, o rato tinha sumido. Ficou por perto para me agradecer por ajudar, ou para enfatizar que não precisava de ajuda – *está vendo? Eu posso cuidar de mim mesmo*. Havia uma rota de fuga para o rato o tempo todo. O duto era simplesmente mais um obstáculo a ser superado em nome da superação. Comi o *wafer*, deliciando-me com o sabor de avelã que derretia na superfície de minha língua. Podíamos fazer coisas tão grandes. Licores suaves, bolachas derretendo ao toque, estátuas tão próximas da vida.

A imagem mental da panturrilha de Lenka e a sensação de sua pele sobre a minha direcionaram minha mão para baixo da cintura. Meu corpo não respondeu. Eu massageava, acariciava, mas a sensação era mecânica, sem prazer. Os desejos costumavam vir até mim tão facilmente.

Sem poder atingir o clímax, parei. Minha orelha coçou, e algo se moveu ao redor do meu tímpano. Enfiei o dedo indicador no ouvido e pesquei o grão de poeira que me incomodava. Quando tirei o dedo, uma pequena criatura negra saltou para o tapete. Isso não era poeira. Pulei, derrubando o aparelho de televisão quando o Goromped escapou do meu polegar, então eu agarrei o tapete e o joguei no ar, meus olhos presos no pequeno ponto preto saltando para cima e caindo de volta. Eu o agarrei quando atingiu minha bochecha, segurando-o entre o polegar e o dedo médio. Meu primeiro instinto foi apertar, esmagar a fera e lavá-la da minha mão com sabão, mas sua casca externa era dura e lisa como uma pedra. Ele roeu minhas digitais com seus dentes em miniatura e contorceu as pernas para se libertar. Apanhei um pote de conserva vazio e joguei o Goromped dentro dele, depois fechei a tampa enquanto a criatura subia e descia, para cima e para baixo, em velocidade frenética e com uma força que quase fazia o pote cair. Então, acrescentei um pesado livro em cima dele. Agora só havia batidas.

– Peguei você, seu maldito. Peguei você!

Juntei os pedaços da velha televisão. Dentro do frasco, o Goromped girava como um rotor de helicóptero, emitindo um assobio suave que lembrava o vento soprando num pequeno beco.

– Inteligente. A teoria do momento não vai ajudar – disse. – Você é meu.

Sem parar na escuridão e no frio da sala, o Goromped rodopiava sem parar.

Trecho da entrevista do sujeito Lenka P., Sessão Quatro:

Kurák: Você parecia ansiosa ao telefone. Gostaria de me contar sobre o incidente?

Lenka P.: Não foi um grande incidente. Um surto, melhor dizendo. Foi quando o pessoal da revista *Lifestyle* apareceu. Tiraram fotos minhas sentada no sofá sozinha. Me perguntaram como eu estava lidando com a espera. Se eu ainda dormia só de um lado da cama. Tinha algo naquelas perguntas que sugeria que eu não estava inteira, como se estivessem entrevistando uma pessoa que teve metade do corpo removido. Eles querem saber de meus rituais de solidão e expor isso para o mundo. Não quero mais fazer isso. Eu quero... é horrível dizer isso, mas eu só quero me separar – da missão, da fama de Jakub. Quero viver como quero. E não quero entreter o mundo com minha tristeza.

KURÁK: Você culpa Jakub por essa atenção indesejada?

LENKA P.: Acho que sim. Amigos, familiares, todos me perguntam sobre ele, me tratando como uma viúva temporária. Como se ele fosse meu mundo e meu mundo tivesse escolhido partir. E você sabe, tem alguma verdade nisso. Eu sou a esposa do astronauta. Posso fazer minhas panquecas de manhã, ir trabalhar, voltar para casa, ir para a academia, correr meus cinco quilômetros e fazer meus agachamentos, mas no final da noite, na cama, eu sou a metade do casamento que foi dividido por esta missão para lugar nenhum. Eu sinto falta de seu toque – entenda, não preciso de homens, nunca precisei, mas eu quero Jakub, porque eu amo Jakub, eu amo o Jakub e escolhi compartilhar minha vida terrena com ele. Desejo aquele sono sereno dele, o jeito como ele pode me acordar quando estou agitada demais e me trazer um copo de suco de abacaxi, que de alguma forma me acalma. Sinto falta de nosso sexo magnífico, e dos tempos em que eu não tinha que ficar pensando que alguém ia me ligar dizendo que ele morreu, dos tempos em que a vida dele era óbvia, sem interrupções abruptas. O fato é que eu não sei se esse Jakub pode existir mais. O Jakub que existe agora é aquele que escolheu partir.

KURÁK: Isso é o máximo que você abriu aqui.

LENKA P.: Isso é tudo o que você tem a dizer?

KURÁK: Lenka, não posso dizer o que você quer. Você tem de chegar lá sozinha.

LENKA P.: Isso não ajuda em nada.

KURÁK: Os terapeutas são espelhos.

LENKA P.: Sempre que você diz isso, quero bater em você.

KURÁK: Peço desculpas por chateá-la. Mas meu veredito continua o mesmo.

LENKA P.: Tudo bem. O que eu quero é ficar longe de tudo isso. Os repórteres me incomodando para entrevistas, minha família me olhando como se eu devesse estar me preparando para vestir preto e lamentar. Quero me afastar das grifes perguntando se podem me pagar milhões para eu aparecer em seus *outdoors*. E estou cansada de olhar para o rosto do homem que amo, dr. Kurák, inchado de gravidade zero; cansada de ouvir sua voz rouca e triste me contando as mesmas piadas terríveis que contava na Terra, mas sem a energia e o talento que vêm com Jakub Procházka. Estou cansada da dúvida em sua voz, traindo seus pensamentos – *Ela ainda me ama? Mesmo quando estou tão longe? Ela espera a ligação anunciando minha morte para que possa finalmente seguir em frente?* Estou choramingando, não estou? Ele é quem está lá em cima, e a causa é grande e nobre, não pense que não percebo isso. É só isso... Dr. Kurák, o problema é que ele nunca me perguntou. Quando recebeu a oferta, ele me ligou, e eu deixei cair meu telefone na fonte. Ele acha que foi por emoção, mas foi por medo. Eu estava paralisada. Ele chegou em casa e bebemos champanhe. Ele fez bife e tocou músicas para mim. Mas a questão nunca surgiu – *Lenka, o que você acha? Devo fazer isso? O que isso vai fazer comigo, com você, com a gente, com o mundo que a gente construiu?* Talvez eu tivesse dito não. Talvez ele tivesse ouvido, ficado comigo nesta Terra, e eu teria me odiado por isso, mas ainda teria meu marido. Ele me transformou em Penélope. Ele fez disso algo que só tinha a ver consigo mesmo.

KURÁK: Então você teria escolhido sufocar o sonho dele para mantê-lo em seu – como você chamava – contrato?

LENKA P.: Bom, quando você fala assim, eu pareço um monstro. *Sufocar.*

KURÁK: Não há monstros nesta sala.

LENKA P.: Isso nos leva a outras coisas sobre as quais falamos aqui. Ele não pergunta. Ele nunca me perguntou se eu queria filhos; simplesmente presumiu que eu queria porque ele queria. É como ele opera. Ele tem essa culpa desde a infância. Carrega as transgressões do pai num grande pacote sobre os ombros. Ele tinha que se tornar um astronauta, entre todas as possibilidades. É nobre, é lindo, mas não sei se estou disposta a acompanhar esse caminho para a redenção, como se houvesse alguma mágica por aí que vai libertar Jakub. O ressentimento vai crescendo. E aí eu devo perguntar, porque ainda tenho uma boa parcela de vida pela frente: o que eu quero? Do que eu preciso? Enquanto Jakub persegue seu propósito e pensa *Ela vai apenas esperar, sempre esperar*... o que eu faço?

KURÁK: Acho que chegamos à raiz disso, Lenka. Você disse que queria fugir.

LENKA P.: Sim. Por um tempo.

KURÁK: Por que você não pode?

LENKA P.: Porque eu não posso deixá-lo quando ele está sozinho, encalhado, sendo que eu sou o elo mais forte dele com a Terra.

KURÁK: Mas e se você apenas... for?

LENKA P.: Eu não posso fazer isso.

KURÁK: Mas você não é Penélope.

LENKA P.: Não.

KURÁK: E no entanto você espera, contrariando a si mesma. Jakub se libertou. Ele disse adeus à Terra. Alguém teatral diria que ele partiu para cumprir seu destino. No entanto, você não tem permissão para fazer o mesmo por si mesma.

LENKA P.: Isso mataria Jakub.

KURÁK: Com todo respeito, isso é um absurdo. Você está se fazendo de refém.

LENKA P.: Então, na sua imaginação, eu simplesmente vou. Eu vou embora.

KURÁK: Você vai e determina o que quer para si mesma.

LENKA P.: Dá para saber que você nunca amou ninguém.

KURÁK: Já amei. E eu sempre permiti que eles fizessem o que precisavam. É isso. Não prender um ao outro.

LENKA P.: Eu preciso ir. Preciso comprar coisas para o jantar.

KURÁK: Vá. Jante. Pense.

[FIM]

O Gorompеd havia se tornado uma parte importante da minha rotina diária em Carlsbad. Eu fumava meus cigarros matinais lá dentro e descobri que, se deixasse um pouco de fumaça entrar no pote, a criatura ficava momentaneamente paralisada. Enquanto ele estava no fundo do pote, encostei o cigarro aceso em sua barriga dura e ouvi um assobio fraco e agudo que veio acompanhado de uma dor de cabeça. Levantei o cigarro. A carapaça do Goromped ficou vermelha. Demorou cerca de cinco minutos para seu tom natural retornar, e mais alguns para a criatura zumbir ao redor do frasco em círculos raivosos outra vez.

Após minhas excursões vespertinas pelas ruas e atrações de Carlsbad, tentei outros métodos. Encher a jarra com água não adiantou nada. Na verdade, o Goromped simplesmente continuou se movendo em círculos enquanto o líquido engolia seu corpo, como se nem percebesse a mudança.

Quando o borrifei com inseticida, ele mergulhou na poça e de alguma forma absorveu tudo, lambendo o produto como um cachorro até que o vidro estivesse seco. O que realmente parecia incomodá-lo era o sabão em pó. Depois que pus o sabão dentro do pote, o Goromped voou direto para cima e se debateu até dobrar a tampa. E de novo, e de novo. Rapidamente, transferi a criatura para um frasco limpo.

Enquanto observava a criatura, tentei decidir se estava zangado com o dr. Kurák. Havia entusiasmo em seu apoio à partida de Lenka, mas ele parecia tratá-la com compreensão e bondade. Eu não podia ficar furioso com um homem que foi bom com ela quando ela precisou. O que realmente me assombrou foram meus supostos crimes de ignorância, descritos nas gravações da sessão tão claramente quanto os argumentos iniciais da acusação. Como pude ignorar tão completamente algo que me importava? Aqueles pequenos momentos em que eu havia prejudicado Lenka agora eram cruelmente aparentes. Enquanto estava no espaço, criei momentos em minha mente durante os quais perguntava se ela me permitiria ir à missão, mas na verdade essas perguntas nunca surgiram. Tudo foi decidido por mim desde o início. Eu me perguntava se tinha me comportado assim a vida toda, se esse desrespeito por um ente querido era mais um legado genético que eu carregava, representando os traços de meu pai em total negação.

Os experimentos com o Goromped começaram a me manter trancado no quarto durante a maior parte dos dias, o que fez a recuperação parecer mais lenta, mais dolorosa. De repente, percebi a dor em minhas bochechas, minha incapacidade de andar sem mancar um pouco. Lá fora, o sol tocava os ombros de mulheres e homens que pareciam tão despreocupados; uma cidade de caminhantes sem destino.

Eu também ansiava por movimento, mas não o movimento de um caminhante casual – queria a velocidade emocionante do Goromped.

Envolvi o frasco com um lenço preto e saí. Pela primeira vez me dirigi para as áreas residenciais da cidade, aquelas que não pertenciam nem a pacientes nem a turistas, e lá notei uma moto Ducati azul encostada em uma casa em ruínas. Uma etiqueta de preço razoável estava pendurada nela. Corri para casa para retirar algum dinheiro da bolsa que Petr me deu e comprei a Ducati em dinheiro, junto com um capacete, de um homem que expunha os dentes podres enquanto contava o dinheiro. Saí de Carlsbad e entrei nas colinas, passando pela floresta cheia de homens reforçando seu suprimento de madeira de inverno, passando por adolescentes sentados ao redor de uma van sem rodas, cheirando tinta ou cola. A estrada era áspera, cheia de buracos, e eu gostava das vibrações que ela emitia. Parecia que eu estava trabalhando contra alguma coisa, fazendo um esforço. Andei pelos vilarejos, vi os olhares de desaprovação das velhas sentadas na frente de suas casas, a inveja lasciva dos meninos de vila trabalhando nos campos depois da escola para comprar uma Ducati própria; escapei de cães desnorteados que mordiam meus tornozelos, zunindo por quilômetros e quilômetros de campos de batata nus, campos de trigo, campos de milho, naquela típica desolação pós-temporada do campo. A paisagem despertava uma sensação crua de sobrevivência: lenha preparada, comida acumulada, e agora era hora de ficar dentro de casa e beber licor para aquecer a barriga até o inverno passar. Depois de um dia inteiro de passeio, voltei para Carlsbad, sentindo fome e já saudade do cheiro de gasolina queimada.

No dia seguinte, rodei uma hora fora de Carlsbad, rumo ao condado de Chomutov. Parei em frente à igreja na aldeia onde minha avó nascera, Bukovec. No cemitério dos fundos, a lápide da minha avó repousava debaixo de um salgueiro. Ela sempre me contou histórias sobre essa árvore – vovó tinha medo dela quando era uma garotinha, mas passou a amá-la à medida que amadureceu e sua forma flácida se transformou de monstruosa em calmante, como o borrão da água em movimento. Quando seu apetite por sopa de repolho – outro conforto de seus anos de menina – no hospital diminuiu, e chegou a hora de dizermos nossas últimas palavras, ela me disse o quanto odiava me deixar. Perguntei o que eu podia fazer, como poderia retribuir a adoração que ela me dedicara ao longo da vida, como poderia lhe demonstrar o meu amor, e ela disse que, se houvesse um espaço em algum lugar perto daquela maldita árvore, eu deveria colocá-la lá.

Ajoelhei-me junto à sepultura e tirei os amentilhos secos da pedra lisa. Fiquei triste por não ter conseguido lançar suas cinzas no espaço junto às de meu avô. Mas aquele tinha sido o desejo dela. No final da vida, meu avô queria virar pó, ter todo vestígio do corpo destruído para que a alma pudesse ser livre. Minha avó tinha um acordo com a natureza. Ela queria que seu corpo fosse enterrado inteiro, que entrasse em unidade com o solo, com a árvore, com o ar e a chuva. Com o coração pesado, eu os separei, mas sabia que, se existia algum resquício de justiça cósmica, eles já estavam juntos novamente em outra vida, outra realidade. Fiquei no túmulo durante a noite, contando à vovó sobre Hanus, pois sabia que ela lhe faria muitas perguntas. Voltei a Carlsbad quando o sol já começava a despontar no horizonte.

Petr disse que minha recuperação não poderia ser melhor. Eu havia recuperado algum tônus muscular, não mancava tanto e até conseguia dormir uma noite inteira de vez em quando. Minhas semanas de recuperação estavam chegando ao fim, e comecei a fazer a pergunta proibida para mim até agora: *Onde ela está?*

– No momento certo, Jakub – Petr dizia –, no momento certo.

Em minha última sessão de fisioterapia, Valerie passara os dedos pela cicatriz da minha perna. Era uma mulher mais velha, com rugas profundas nos olhos e uma voz tão grave que devia ter passado a vida fumando e bebendo vodca para entorpecer (ou estimular?) seus desejos. Suas histórias eram quase eróticas em sua precisão e em seu desespero para narrar a verdade sem uma palavra que pudesse considerar desnecessária. Ela foi a única mulher que me tocou desde meu retorno. Ela era a presença da Terra em meu corpo, me fazia sentir como se ela pudesse ser simultaneamente amante e mãe. Suas unhas acariciaram a cicatriz.

– Passei a amar seu silêncio – disse ela. – Você é uma tela em branco. Posso imaginar sobre você qualquer tipo de vida. Como um homem de velhas histórias folclóricas.

Beijei Valerie na bochecha. Ela permitiu. Vesti minha cueca, calça e camisa e saí do *spa* assobiando. Percebi tarde demais que era a melodia de uma música de Elvis.

Naquele último domingo em Carlsbad, comprei um galão de detergente líquido com adição de alvejante e rapidamente derrubei o pote do Goromped no recipiente de plástico. Uma sibilância frenética me deixou de joelhos, mas segurei a tampa da garrafa com firmeza para resistir às tentativas de liberdade do Goromped. A garrafa rachou ao longo das bordas, o líquido dentro dela aquecendo. Apertei meus dedos nas laterais, desesperado para segurar e sufocar aquele filho da puta de verme cósmico na única substância que não poderia suportar, até que finalmente a garrafa explodiu por todo o quarto, vomitando estilhaços de plástico que esculpiram um corte raso em minha bochecha. A gosma com cheiro de montanha cobria tudo: a cama, o tapete, o teto e minhas roupas. Toquei as paredes, procurando sem sucesso o sinal de um cadáver, até que finalmente pensei em procurar na minha camisa e no rosto, e ali na barba encontrei minúsculos restos de pernas mortas e uma partícula de concha. O Goromped se partiu ao meio na erupção. Cuspi nos restos, joguei-os no vaso sanitário e dei descarga. Sim, tive prazer em matá-lo, e que se dane a ciência. Por um breve momento, minhas convicções científicas foram frouxas o suficiente para me permitir acreditar que Hanus estaria me acompanhando de algum tipo de vida após a morte, sorrindo com satisfação para aquele ato final de vingança.

Deixei uma gorjeta de sete mil coroas para o serviço de limpeza. A remoção do estrago causado pela granada de detergente do Goromped exigiria um trabalho considerável. Na loja de baixo, comprei uma caixa de chocolates e escrevi *Para Valerie*. Sua bondade tinha sido incondicional. Sua vida consistia em acolher homens, mulheres e crianças com dores, algumas temporárias, outras crônicas; atendera pessoas à espera da morte, humanos que rogavam aos céus por um alívio para seu desespero, e Valerie o fazia com as mãos, a voz, histórias, a determinação de encontrar o bem em cada palavra e em cada movimento de um membro enfraquecido. Valerie era uma força desconhecida. Deixar chocolates para ela parecia banal e quase ofensivo, mas ela não precisava ser vítima da minha glorificação; a idolatria em si é um tipo de morte.

* * *

Saímos antes do amanhecer, mergulhados na escuridão do mundo. Petr se ofereceu para levar a bolsa de roupas que havia me emprestado para o andar de baixo, mas recusei. Quando ele abriu a porta do passageiro de seu Citroën, apontei para minha Ducati e coloquei meu capacete.

– De volta à Terra em grande estilo – disse ele.

Pedi a Petr que pusesse a sacola de roupas no porta-malas. Ligamos nossos motores, com destino a Plzen, onde Petr me levaria ao apartamento de Lenka. Eu não sentia a alegria esperada pela nossa viagem. Certamente ansiava por ver Lenka, a ponto de não conseguir ficar parado. Mas nosso reencontro seria maculado pelas verdades de que suas conversas com Kurák me deixaram ciente. As várias maneiras como eu a machuquei, terminando com o sofrimento da minha morte, que agora seria anulada. Tudo no meu retorno, as partes boas e as ruins, era extremo, doloroso, inédito. Eu não tinha como saber o que ela me diria, o que eu responderia, nem mesmo como começar a falar através da distância cada vez maior do universo entre nós. Ela estava certa. Eu tinha mudado demais para me sentir como um terráqueo. As complexidades da emoção humana pareciam incompreensíveis, uma língua estrangeira. Eu não conseguia explicar nada da minha jornada, e não conseguia explicar quem eu era agora. O que fazer desse regresso para casa?

Na estrada, a força da Ducati sacudiu meus ossos e encheu meu sangue de química. Eu estava sujeito à aceleração, uma violação das velocidades a que o corpo humano podia viajar. No espaço, a velocidade da minha ascensão foi mascarada pela nave, mas aqui a física foi sentida sem piedade. Aquele era meu *hábitat*, um planeta que eu dominava com uma vontade de ferro, um planeta no qual eu poderia construir um motor de combustão e um conjunto de rodas para me transportar à velocidade de duzentos quilômetros por hora, enquanto eu sentia cada solavanco e cada perturbação do meu corpo, as partículas de ar lutando para sair do meu caminho. Por que ir para outro lugar? Já fizemos muito pelo local.

Grudei na traseira de Petr, posicionando minhas rodas a milímetros de distância de seu para-choque. Precisávamos ir mais rápido. Para Lenka. De volta para casa. De volta à vida.

Trecho da entrevista do sujeito Lenka P., Sessão Cinco:

Lenka P.: As coisas vão se somando.

Kurák: Vá em frente.

Lenka P.: Fico pensando no aborto, anos atrás. Eu nem queria estar grávida, ainda não. E um dia simplesmente estou na esteira e de repente tem sangue por toda parte, nas minhas pernas, na esteira de corrida. Por semanas, Jakub ficou no escritório. Ele se esgueirava para trocar de roupa de vez em quando e me dava esse olhar, como se estivesse me fazendo um favor por ficar longe, como se fosse tudo culpa dele. As coisas nunca mais foram as mesmas depois disso. Ainda tivemos bons dias – houve uma vez em que fomos juntos à torre do relógio astronômico, e quase parecia que éramos aqueles garotos apaixonados novamente. Mas, na verdade, não era isso. Jakub achava que estava tudo bem, mas tínhamos perdido partes de nós mesmos.

Kurák: Você acha que ele escolhe ficar alheio?

Lenka P.: Jakub é inteligente. Brilhante. Mas nunca entendeu o trabalho que dá. Ele sempre pensou que nós nos apaixonamos, que tínhamos essa história nossa e que isso nos sustentaria pelo resto de nossa vida. Não é que ele não tenha se esforçado; mas acreditava que apenas aparecer, apenas estar lá, seria o suficiente. Ele colocou sua pesquisa em primeiro lugar, dedicou-se a todo o resto. Quando se tratava de nós, achava que o casamento poderia ser alimentado pela nostalgia e pela presença física. Selado por ter um filho.

KURÁK: Parece que você já se decidiu sobre algumas coisas.

LENKA P.: Bem, tenho feito as perguntas certas. Como as coisas teriam sido se Jakub não tivesse concordado em ir? Teríamos continuado juntos por mais tempo? Como vou receber o Jakub quando ele voltar? Quero sentir o corpo dele no meu, claro, porque o amo, mas também quero bater na cabeça dele, gritar com ele.

KURÁK: Talvez, se ele não tivesse ido, você não teria o catalisador para esses pensamentos. Você teria continuado, um dia de cada vez, sem abordar as coisas que causam sua infelicidade.

LENKA P.: Bem, o catalisador está aqui. Agora tenho que decidir o que fazer com ele.

KURÁK: E...?

LENKA P.: Quero fazer longas caminhadas sem que ninguém espere nada de mim. Quero ser invisível. Ítaca não espera mais que Penélope se sente e espere. Ela entra num barco e segue em direção a suas próprias guerras. É tão terrível que ela queira ter vida própria?

KURÁK: De forma alguma.

LENKA P.: Eu amo Jakub. Mas não vejo uma maneira de seguir em frente mais. Eu perdi essa esperança.

KURÁK: Não há problema algum em seres humanos mudarem de opinião. Você pode amar alguém e deixá-lo, apesar disso.

LENKA P.: Fico pensando no rosto doce dele. Na voz. Como ele vai ficar se eu lhe disser isso.

KURÁK: Esperar que ele volte é uma opção.

Lenka P.: Preciso ir embora agora. Preciso deixar Praga, deixar essas pessoas que não param de ligar, de mandar e-mail, de tirar fotos de mim sem pedir. Como se eu tivesse feito algo especial por ter sido deixada para trás.

Kurák: O que você vai fazer?

Lenka P.: Tenho uma teleconferência com ele esta tarde. Vou tentar explicar. Meu Deus, a voz dele, o que isso vai causar.

Kurák: Isto vai estressá-lo. Mas parece que deixar tudo isso para trás é o necessário para você agora.

Lenka P.: Estou surpresa que você não está tentando me dissuadir. Por causa da missão e tudo mais.

Kurák: O momento, eu admito, não é ideal. Mas essas coisas não podem ser evitadas.

Lenka P.: Essas coisas?

Kurák: Infelicidade. Esperar para fazer algo a respeito. E você agora é minha paciente, assim como Jakub. O contexto não importa – meu trabalho é trazer para você as percepções que são melhores para seu bem-estar.

Lenka P.: E o bem-estar do Jakub?

Kurák: Nossa situação peculiar apresenta alguns conflitos de interesse, claro. Estou fazendo meu melhor para cuidar do Jakub, considerando que ele mal fala comigo. Para ser honesto, os efeitos de seu casamento me preocupam menos que as memórias que ele suprimiu. A vida passada que ele tenta superar. Eu gostaria que ele se libertasse.

Lenka P.: Você não é um homem ruim. É cada vez mais difícil entender por que o Jakub o odeia tanto.

Kurák: Tenho uma teoria. Talvez eu o faça lembrar de alguém indesejado por sua memória; talvez seja porque o faço falar de coisas sobre as quais ele prefere não falar.

LENKA P.: Ele tem lá seus segredos.

KURÁK: Guarda dentro do peito.

LENKA P.: Eu tentei. Estou tentando.

KURÁK: Sei disso. Ele também sabe.

[FIM]

Plzen. A cidade que serviu como fronteira para muitas das guerras da Boêmia e produzia a cerveja que logo se tornou uma sensação mundial, com anúncios que mostravam mulheres seminuas segurando a cerveja acima da cabeça como um artefato antigo, como se as garrafas de vidro verde contivessem a Fonte da Juventude. Plzen é colorida, com uma arquitetura magnífica do Velho Mundo, mas modesta quanto à cultura e história que pulsam nas veias de suas ruas. Uma concorrente para Praga de muitas maneiras, e nenhum boêmio diz essas coisas de forma leviana.

Essa era a nova casa de Lenka. Chegamos no momento em que a cidade era acordada pela luz do Sol. Petr estacionou o carro em frente a uma confeitaria no centro de Plzen. Ao deslizar para fora da Ducati, senti como se a gravidade pudesse mais uma vez desistir de mim. Nem os paralelepípedos pesados que revestem a rua conseguiam acabar com a dormência das minhas panturrilhas.

– O prédio dela fica na esquina. Número sessenta e cinco. Apartamento dois. Tem um teto preto…

– Petr, tenho de fazer isso sozinho agora.

Hesitante, ele entregou a bolsa de roupas. Eu me virei para ir, mas ele agarrou minha manga, depois puxou um cigarro e o acendeu com uma única mão.

– Você está dizendo que eu não vou te ver de novo – disse.

– Não pense mais nisso – pedi. – Você fez tudo o que podia. Eu tomei minhas próprias decisões. Eu queria ir.

– O que você acha que vai acontecer com ela?

– Sabe, nos dias ruins, eu achava que eu tinha inventado a Lenka. Esse meu grande amor. E você, para ser honesto, e a Central, e muitas outras coisas. Ao acordar em um quarto que não reconhece, você se sente perdido, certo? Que tal caminhar até uma casinha na escuridão perfeita, usando só a memória muscular. As galinhas bicam seus pés. Você caminha até que os sentidos percebam pistas familiares. Até sentir as teias de aranha na porta de madeira e os coelhos se mexendo enquanto você interrompe o sono deles. Você anda na escuridão até que algo se torne familiar. Não sei o que deve acontecer, Petr. Por favor, pense em mim.

Petr envolveu meus ombros com os braços, depois voltou para o carro e partiu.

Parei em frente à porta do apartamento de Lenka, lacada de um marrom semelhante à cor do portão dos meus avós em Streda. Não havia capacho, aquela panqueca quadrada de sempre servindo para limpar as sujeiras da cidade antes de entrar num espaço sagrado. Bati, escutei, bati de novo, esperei com as bochechas quentes e a camisa encharcada de suor. Apoiei-me na porta, descansei a testa, bati mais uma vez. O que Lenka diria quando abrisse a porta? Certamente eu parecia terrível, talvez irreconhecível até para ela, em comparação com o homem com quem ela se casou. Eu me afastei da porta, endireitei a coluna. Talvez eu não precisasse dizer uma palavra. Talvez ela ficasse tão em êxtase ao me ver vivo que não esperaria nada. Nenhuma resposta.

Estendi a mão para alcançar acima do batente da porta, onde Lenka sempre deixara uma chave enquanto estávamos juntos, com medo de perder a dela e se trancar como fazia quando era pequena, com os pais fora da cidade e as ruas cheias de desconhecidos. Sob meus dedos, senti a frieza do latão, peguei a chave e a enfiei na fechadura. Entrei no mundo de Lenka.

Era um apartamento sem corredor, quatro salas interligadas em uma única linha sem portas. Entrei num escritório em que as estantes continham livros que eram apenas dela, romances de todo o mundo, enquanto meus tomos de não ficção de teorias tinham desaparecido. Até nossa literatura provou que eu queria conquistar tudo fora da Terra, enquanto ela queria conhecer cada centímetro do planeta que eu desejava deixar. Coloquei minhas mãos sobre esses livros, lembrando-me daquelas noites de silêncio em que nossos antebraços se tocavam e líamos até o sono nos levar, com as páginas misturadas entre membros e lençóis.

O quarto ao lado, o quarto dela. A cama não era nossa. Era dela, menor, e uma cratera no meio sugeria que Lenka havia dormido confortavelmente sem ter que escolher um lado. Os lençóis estavam dobrados cuidadosamente, outro ritual matinal dela. Acima da cama havia uma pintura que eu nunca tinha visto – biguás se erguendo sobre um rio, um pôr do sol com tons tão alaranjados que as vigas pareciam napalm. A assinatura de Lenka no canto.

O que aconteceria se ela voltasse para casa e pegasse o *poltergeist* à espreita em seu espaço? Como explicar que passei pelo núcleo que viu o início do mundo? Que caí na atmosfera e aterrissei em um lago russo. Que eu tinha vindo por ela.

O terceiro quarto era um espaço indeciso. Um tapete de ioga e pesos estavam em um canto, enquanto o centro era dominado por um cavalete que sustentava uma pintura inacabada numa grande tela. Esse novo projeto era um céu noturno acima do horizonte de Plzen. Uma estrela era particularmente densa, brilhante, carregando uma cauda que sugeria movimento. Foi assim que Lenka me viu quando fui embora: tentando adivinhar qual dos reflexos em movimento na vasta escuridão poderia ser seu Jakub.

Havia também um armário. Abri as portas e me joguei em sua roupa, cheirando o detergente familiar, as axilas das blusas ainda com vestígios de suor misturado com desodorante, notas de seu perfume de damasco. Enfiei meu rosto entre as roupas e elas começaram a cair, e logo eu também caí no chão, enterrado sob a pilha até não poder mais respirar.

A sala final era a cozinha, na qual eu ainda podia sentir o cheiro de todos os favoritos de Lenka: ovos fritos, bacon, o maldito bacon, ensopado de cogumelos. Havia uma mesa alta de bar cheia de jornais de uma semana (ela ainda estava procurando matérias sobre mim, ou abraçando o novo mundo sem mim?). Sobre a mesa repousava a foto emoldurada de um pôr do sol em uma praia croata.

Voltei ao escritório na frente do apartamento. Não havia nenhuma foto minha, nenhuma foto do nosso casamento. Pensei em vasculhar os armários para ver se esses itens ainda existiam, ou se Lenka tinha limpado sua vida dos lembretes. A ausência deles não me incomodaria. Traria clareza.

Saí do apartamento e andei para fora. Se me ajoelhasse e colocasse a orelha na calçada, Plzen iria falar comigo, me contar onde procurar? Me virei em todas as direções de olhos fechados e escolhi uma aleatoriamente, então embarquei, sabendo que poderia revirar estas ruas dia e noite até encontrar Lenka.

Enquanto dava um passo à frente, uma música baixinha veio da direção do rio Radbuza. O rio surgiu no meu campo de visão e percebi que a pintura de cormorão de Lenka havia sido concebida nesta costa. A música ficava mais alta à medida que eu andava rumo ao centro histórico da cidade, onde a Catedral de São Bartolomeu dominava o horizonte. Uma massa de tendas, palcos e barracas de comida se abria à minha frente, organizadas em filas retas para o festival de inverno. Um grupo de músicos ciganos começou seu folk calmante, acentuado pelos goles de bebida alcoólica fumegante derramados no chão, o chiar da cebola e, sobretudo, os gritos de vozes unificadas no êxtase pagão da celebração humana. Eu me misturei à multidão, procurando acima das cabeças. Lenka tinha que estar aqui, com seu amor pelo ritual e pela vida. Comprei uma caneca de bebida, como prova de que aquele era meu lugar também, de que eu ainda podia correr com os meus, com a minha espécie. As horas se passaram, o sol da tarde começou a recuar e o ar ficou mais frio enquanto eu circulava a praça. Então, em uma mesa à frente, uma mão pegou uma fatia de pão untada com queijo de cabra. O corpo pertencente à mão estava escondido pela multidão. Abri passagem entre o bando e notei que aquelas mãos, que haviam memorizado tão completamente meu próprio corpo, não eram uma miragem.

Lenka. Suas doces mãos.

Ela pagou ao vendedor e virou as costas, a túnica verde sobre os ombros flutuando ao vento como o manto de uma rainha. Por um momento, a túnica escorregou de seu ombro direito, e os poucos centímetros de pele nua inspiraram uma luxúria que me deixou tonto. Tropecei, mas continuei seguindo-a mesmo assim. Qual seria a melhor maneira de abordá-la?

Eu não podia colocar minha mão em seu ombro antes que ela me visse. Ela precisava me ver primeiro, me reconhecer, reconhecer o homem que de modo tão egoísta se afastou dela para perseguir suas próprias ambições, o homem que retornava, agora que ela havia feito essa nova vida, para pedir que ela abandonasse sua solidão e, mais uma vez, mudasse tudo por ele.

Lenka. Suas doces mãos, a pele de seus ombros. Eu ainda era digno dela? Acelerei o passo, empurrei o rebanho para chegar à frente de Lenka e voltei para a rua em que ela passeava. Ela estava agora caminhando em minha direção, trinta metros, vinte e cinco. Mas havia muitos corpos nos obstruindo. Meus olhos procuraram os dela, dez metros. Pela primeira vez desde que deixara a Terra, vi claramente o rosto de Lenka. Pacífico. Adorando cada visão e cada respiração. Como se o mundo tivesse sido sua criação e ela uma supervisora despreocupada andando pela pista no sétimo dia de descanso.

Ela estava mudada, mais feliz do que eu já a tinha visto. Mais feliz ainda do que em nossos melhores dias, nosso sono orgástico na torre Orloj, o auge do nosso amor. Cinco metros.

Congelei os passos. Lenka olhou diretamente para mim. Não. Ela olhou além de mim, sem nenhum sinal de reconhecimento, nenhum reconhecimento da minha forma material. Ela passou por mim. Como se eu fosse apenas mais um estranho em uma multidão muito grande.

Eu poderia ser outra coisa, no novo mundo que ela construiu para si mesma? Ela tinha que me ver. Não havia outra maneira de começar de novo. Amaldiçoei as massas ao nosso redor.

Eu a segui, procurando uma oportunidade melhor enquanto ela comia amendoim cozido, comprava algumas telas e voltava para casa com o sol poente. Eu estava bêbado a essa altura, principalmente com amostras de licores que atravessavam fronteiras de toda a Europa, arrotando mentol, alcaravia e café das doses terrosas que peguei enquanto andava. Minha mente é um labirinto confuso, incerto de meu pertencimento à Terra. No entanto, meu corpo funcionava no piloto automático – aonde Lenka ia, eu ia também.

Ela se retirou para seu apartamento, e eu me sentei na calçada do lado de fora, no mesmo quarteirão. O chão estava frio ao toque, e as vozes distantes das pessoas voltando do festival, bêbadas de prazeres simples, me encorajavam. As lâmpadas da rua se acenderam com seu zumbido baixo de estática. Uma linda noite. Imaginei caminhar até a porta de Lenka e tocar a campainha. Ela teria que me ver então. As possibilidades de sua reação me aterrorizaram, cada uma delas trazendo sua própria sensação especial de horror. Se ela me tocasse, colocasse os braços em volta de mim, meus ossos se manteriam juntos? Talvez corresse, pensando que eu era um cadáver que tinha vindo assombrá-la. Aquele ciclo interminável de pensamentos me manteve confinado à calçada. Suas palavras para Kurák foram repetidas várias vezes. Ela queria uma vida própria, que não fosse ofuscada por minhas obsessões, minhas necessidades. E eu tinha visto seu rosto na multidão, sereno e apaixonado, e a leveza em seus passos.

Seria ela mais feliz assim? Eu precisava sair da Terra, pegar as partículas do espaço. E Lenka, de que precisava?

Ela saiu de novo do prédio, segurando uma grande bolsa de lona, e eu me escondi atrás de um prédio no final da rua. Lenka deu um passo em direção ao rio. Eu a segui pelo caminho, mas mantive distância, porque ainda não conseguia forçar minha entrada de volta em seu mundo. Seria tão fácil: eu só tinha de gritar o nome dela, correr a curta distância que nos separava e tocá-la. Mas a cada momento que passava eu me sentia mais intruso.

Ela montou um cavalete e começou a trabalhar na pintura inacabada do céu noturno.

Sua voz na gravação de Kurák, contando todas as coisas que eu tinha feito. Sim, o inverno de 1989 tinha sido o Big Bang da minha vida. A culpa da servidão de meu pai me seguira por toda parte, conduzindo-nos até aqui.

Ela tomou um gole de algo de uma garrafa térmica. Café? Vinho? Bastaria perguntar.

A tinta sobre o cavalete, grãos de pó e óleo manchando as fibras de algodão, o solvente evaporando para deixar um óleo seco e pigmentado oxidar. Esse filme resinoso era agora a nova dimensão da realidade, confinada a um pano retangular. Um novo mundo. Uma perspectiva. Lenka pintou as bordas de roxo para abrir espaço à influência de Chopra. Ela levantou a mão à cabeça e, embora eu não pudesse ver, tinha certeza de que o roxo em seus dedos coloriu uma mecha de seu cabelo. E se essa lembrança de um fenômeno tão distante, mas que desenraizou nossa vida, permanecesse lá para sempre? Dentro da pintura existia a soma de nossa vida. Minha decisão de ir embora. Minha decisão de colocar algo acima de Lenka. Escolhi o pó, escolhi o espaço, escolhi a viagem para lugar nenhum, escolhi viver acima da humanidade, escolhi missões mais altas, escolhi símbolos, escolhi agarrar a redenção.

Não escolhi Lenka. Falhei em nosso contrato. Agora ela tinha construído uma vida para si mesma. Claro, eu poderia me fundir a esta vida. Livrar-me de qualquer ambição que me restasse, abandonar qualquer projeto para o meu futuro e simplesmente viver ao lado de Lenka da maneira que ela quisesse, fazer o que ela me dissesse, não causar mais interrupções. No entanto essa vida não parecia digna de consideração, não apenas porque eu nunca seria capaz de realmente querer isso, mas porque Lenka a rejeitaria como um insulto ao que a vida deveria representar.

Ela pousou o pincel no chão e sentou-se à beira do rio. Arregaçou as pernas da calça e mergulhou os pés na água. Sapos se dispersaram com coaxos de protesto. O ar ficou pálido com a fumaça de uma fogueira próxima. Lenka cantarolou e se recostou na grama. Tranquila, sozinha. Olhando para a superfície calma.

Não havia espaço para mim aqui. Dei um passo para trás. E mais um.

Lenka voltou ao cavalete e começou a desmontá-lo. A xícara usada para enxaguar o pincel tombou, a água marcada por todas as cores da paleta se derramando na grama. Lenka se inclinou e começou a desenhar algo na mancha com o dedo. Eu nunca fiquei tão curioso com algo quanto fiquei naquele momento para saber o que Lenka estava criando fora de minha vista. Era uma engenheira inigualável desses pequenos momentos. Aproveitando acidentes e curiosidades. Ela julgou o trabalho e riu para si mesma.

Eu não poderia existir ali. No mundo que havia surgido com a minha ausência.

Dentro de mim estava agora o mistério de Hanus, a violenta rejeição de Chopra, os corpos dos três humanos cujas mortes eu causei. Os olhos de Klara loucos de traição, seu esforço para me matar com um único braço, seus dentes afundando na carne do meu polegar como presas.

Eu não tinha nada para dar a ninguém. Não ali.

Me virei e corri de volta pelo caminho. Saltei para a Ducati e dei a partida, jogando meu capacete no chão.

Ela tinha me amado tão bem. Eu nunca poderia ter pedido uma vida melhor como terráqueo.

Agora eu era um espectro. Fragmentos de passados, futuros, portões através do tempo e do espaço. Eu era a série de partículas liberadas pelo núcleo de Chopra. Meu único destino: movimento. Disparei, à velocidade máxima. Longe de Plzen. Lenka se libertou das coisas que me assombravam. Ela deveria permanecer livre.

Assim, nunca vemos o verdadeiro estado de nossa condição, até que nos seja ilustrado por seus contrários; nem sabemos valorizar o que desfrutamos, a não ser por sua falta.

Trecho do telefonema final com Lenka P., aproximadamente um dia após a morte estimada de Jakub P.:

Lenka P.: Ele não sofreu? Você está me dizendo a verdade?

Kurák: Sim. O relatório diz que ele tomou pílula de cianeto. Sua passagem foi sem dor.

Lenka P.: E você entregou minha mensagem a ele?

Kurák: Garantiram que ele foi informado.

Lenka P.: Deixei que ele morresse pensando que tinha me perdido. Eu deveria ter fingido que estava tudo bem até ele voltar.

Kurák: Mais uma vez, enfatizo que certo papel foi imposto a você.

Lenka P.: Isso é amar alguém.

Kurák: Não tenho certeza se concordo.

Lenka P.: Jakub fez o que precisava. Ele estava cumprindo seu destino.

Kurák: O dele, não o seu.

Lenka P.: Por que você insiste tanto em fazer eu me sentir melhor?

Kurák: Natureza do trabalho.

Lenka P.: Estou apavorada com minha reação. Não consigo sentir nada. É como se não tivesse acontecido. É como se eu voltasse para casa e o Jakub que conheci, tão bem barbeado, estivesse lá esperando. E, se descobrirmos que o tempo realmente funciona dessa maneira, poderemos manipulá-lo; só não queremos o suficiente.

Kurák: É assim que você sofre. Não tenha medo disso.

Lenka P.: Eu me casei com um menino doce que andava pela cidade como se estivesse perdido. Aí, ele vai para o espaço. Que vida. Incrível. Maravilhoso. Terrível. Tudo ao mesmo tempo.

Kurák: Você se sente livre?

Lenka P.: Sinto que perdi muito.

Kurák: A liberdade pode ser assim.

Lenka P.: Você jura?

Kurák: O quê?

Lenka P.: Você jura que ele foi informado? De que eu o amava? De que nossa vida juntos não era uma falsificação – e que tudo o que fizemos naqueles anos veio das melhores partes de nós mesmos? Que teríamos isso, pelo menos?

Kurák: Ele foi informado. Juro.

Lenka P.: Continuo mantendo essa imagem de Jakub como uma estrela densa destacada na escuridão, com uma linha de movimento atrás dela. Vejo isso todas as noites, como se ele estivesse indo embora de novo. Como as coisas podem ficar tão distantes de nós? Para que serve a física da Terra, essas camadas de atmosfera? Elas impedem que as coisas cheguem até nós. Mas eu gostaria que elas também pudessem prendê-lo aqui.

FILHO DA REVOLUÇÃO

Sem o propósito de encontrar Lenka, meu tempo tornou-se uma órbita sem fim no concreto da Terra. Os dias deixaram de ter começo ou fim enquanto eu andava com minha Ducati em círculos nas estradas ao redor de Praga, chegando a velocidades cada vez mais altas, de uma forma muito parecida com o Goromped que morava no meu quarto em Carlsbad. O propósito singular do movimento. Sem esquemas para isso. Sem planos.

Em um posto de gasolina, comprei um moletom com capuz com as cores da seleção nacional de futebol. Puxei-o sobre a cabeça, ainda nervoso sempre que uma pessoa olhava para mim por muito tempo, com medo de que na luz correta eu pudesse ser reconhecido, apesar da estrutura facial para sempre alterada, apesar dos olhos fundos, apesar de estar muito abaixo do peso. Eu não olhava estranhos nos olhos, virava a cabeça para que ninguém pudesse me ver totalmente à luz do dia. Agora o capuz me fazia sentir um pouco mais invencível.

Quando já estava cansado demais para me segurar na motocicleta, parei num hotel de caminhoneiros e comi batatinhas de máquina de venda automática em cima de uma colcha áspera. A TV do meu quarto não ligava. Quase me convenci de que não importava, de que não precisava disso, mas sabia que levaria horas até que eu conseguisse dormir, e o silêncio absoluto piorou minhas dores de cabeça. Pedi ajuda ao atendente do andar de baixo e, com muitos suspiros altos, ele me deu um aparelho de televisão de outro quarto. Vitorioso, abri uma cerveja e mudei para uma estação de notícias.

Preços do leite subindo. (Eu ri, lembrando da minha conversa com Tuma.) França, outro país a deixar a União Europeia em ruínas. Então, de repente, o rosto dos homens que eu conhecia. Suas mãos algemadas.

O próprio primeiro-ministro Tuma, vestido com calças de moletom e com cabelo despenteado, estava sendo levado para fora de sua casa em Barrandov por policiais. Essas imagens eram de dois dias atrás – a história acontecendo enquanto eu andava em círculos.

Em seguida, imagens diferentes de um lugar diferente apareceram. Era o centro de Praga, um prédio de escritórios inspirado em um arranha-céu de Nova York. De dentro de suas profundezas, a polícia acompanhava um homem cujo rosto eu teria reconhecido em uma fila de milhões. Era ele.

Senti meu pé molhar e olhei para a garrafa de cerveja que tinha derrubado sem perceber.

Segundo o locutor, os dois homens foram presos, junto com outros dois políticos e outro empresário, por desviar dinheiro de contratos governamentais falsos. A imprensa os chamou de líderes do esquema que, no período de três anos, conseguiu roubar setecentos milhões de coroas em dinheiro dos contribuintes. O primeiro-ministro Tuma, o autoproclamado salvador de sua nação, e o outro homem, supostamente um amigo íntimo de infância de Tuma e seu conselheiro fantasma ao longo dos anos. O homem, o Homem do Sapato, cujo nome de batismo me fora apresentado pela primeira vez nesta tela de televisão suja e rachada: Radislav Zajíc.

Posicionei a televisão sobre os joelhos, como se assim pudesse me sintonizar com ela para obter mais detalhes. Após sua prisão, dois dias antes, os homens imediatamente pagaram fiança e se retiraram para um local não revelado. A imagem da prisão foi transmitida de novo, e, embora houvesse sinais grisalhos no cabelo liso que eu vira pela última vez quando criança, era ele, inescapavelmente. Com toda a crueldade do ciclo de notícias moderno, a história se dissolveu e se transformou em uma reportagem sobre um novo panda vermelho nascido no zoológico de Praga.

Desci as escadas correndo e joguei a chave do quarto, junto ao dinheiro para compensar a mancha de cerveja derramada, na direção do recepcionista. Voltei ao centro de Praga, para as ruas próximas à minha antiga universidade, um vilarejo de pubs e cibercafés cheios de intelectuais desabafando. Sempre me senti em casa aqui – mas agora, ao adentrar um de seus covis de Wi-Fi, as mentes jovens do futuro me olhavam com desconfiança, talvez até com narizes enrugados. Eu fedia? Sem tempo para isso. Algo estava acontecendo; pedaços da minha vida de repente não formavam um todo, ou talvez eles se encaixassem muito bem. Paguei por duas horas de computador e me sentei com uma xícara de café que esfriou enquanto eu a ignorava e esticava meus dedos sobre as teclas. Alguns toques, o zumbido de um processador, um nome instantâneo, perfis de redes sociais, e-mails. Radislav Zajíc – sua vida exposta diante de mim. Uma leve brisa percorreu o café, perfumada com escapamento de carro e árvores floridas.

Finalmente, bebi metade do café frio. Eu não tinha certeza do que fazer com o nome agora. Talvez eu quisesse passar o resto da minha vida como um vingador, sendo uma assombração para Ele, um tormento para Ele. O que mais havia para fazer? Talvez ele fosse a única pessoa que ainda me conhecia, que conhecia minha vida antes das manchetes, antes da minha ascensão e antes da morte. Talvez eu não quisesse fazer nada.

O magnata dos negócios Radislav Zajíc e o primeiro-ministro Jaromír Tuma: amigos de infância, vítimas da perseguição comunista, oportunistas pós-revolução. O foco dos dois seguia direções diferentes, mas eles permaneceram próximos, sendo Zajíc o conselheiro número um de Tuma e o maior arrecadador de fundos. Com uma só busca, novamente eu tinha um propósito nesta Terra, um propósito contido dentro de um pequeno retângulo branco e seu cursor piscando. Os dois homens construíram uma coalizão vitalícia, com Zajíc trabalhando em sua sombra preferida, levantando capital por meio de seus investimentos em energia, imóveis e importação de marcas ocidentais, enquanto Tuma se tornou o apóstolo político do mercado sem limites, seu corte de cabelo, as gravatas de seda e sua influência pagos por Zajíc e seus irmãos. Agora a máscara havia sido removida pelo Ministério do Interior, e a internet estava mais uma vez se provando o tribunal do povo, a Arena de Roma em que as multidões mostravam seus *polegares para baixo*. Todo o caso já havia sido resumido na *Wikipedia*; o aparato da Justiça em polvorosa para aprisionar os homens enquanto o povo da República protestava contra aqueles bandidos de alto nível nas ruas da Cidade Velha. Olhei para fora. Nenhum protesto no momento; nada atualmente revolucionário.

Terminei o terrível café. O Homem do Sapato e o primeiro-ministro Tuma, amigos de infância. Onde eu me encaixava entre os dois? Bati com a xícara na mesa e entrei na minha antiga conta de e-mail de estudante, sabendo que a universidade permitia que essas contas existissem indefinidamente sem supervisão. Colei o e-mail de Radislav Zajíc – com suas informações privadas vazadas por um grupo de *hackers* vigilantes – no campo do destinatário. Claro, não era provável que ele estivesse checando o e-mail com frequência, tendo em vista o veneno acumulado pelos cidadãos para usar contra ele. Mas eu tinha que encontrá-lo. Antes de morrer, eu olharia para o rosto do Homem do Sapato e faria minhas perguntas. *O que ele tinha feito?* Esse era o primeiro passo.

Considerei pedir a um dos estudantes ao meu redor um cigarro ou um gole de sua bebida para me acalmar. Dada a proibição da cafeína durante o treinamento e a missão, uma única xícara de café já me afetava fortemente: minhas mãos tremiam, causando uma variedade de erros de digitação que prolongavam a escrita de umas poucas frases simples:

Você me ofereceu chiclete, e eu disse não.

Você tomou nossa casa. Os porcos de Stalin, oinc, oinc.

Meu avô morreu numa cama de casal da IKEA. *Minha avó morreu numa cama de hospital depois de comer uma sopa barata de repolho.*

O que mais você fez?

Estou aqui.

Enviei o e-mail.

Ao meu lado, uma jovem mulher, com um livro grosso no colo, olhou ao redor, indiscreta, e derramou o conteúdo de um frasco prateado em sua xícara de café. Eu me inclinei para perguntar se, em troca do meu silêncio, poderia ficar com uma parcela de seu contrabando. Ela respondeu que sim, poderia me dar um pouco, e que chantagear é indelicado, e eu lhe agradeci e bebi de minha própria xícara batizada enquanto verificava minha caixa de entrada de e-mails. Atualizava, olhava um pouco mais, massageava meus joelhos rígidos. Os estudantes começaram a sair e, quando a jovem ao meu lado foi embora, o barista começou a limpar os balcões, então notei que o café fecharia em poucos minutos. Atualizar, atualizar – antes um conhecido astronauta, agora reduzido a um cliente que fica mais do que o aceitável para checar e-mails. O barista me deu um tapinha no ombro. Minhas duas horas haviam se passado – eu era bem-vindo para voltar amanhã de manhã.

Passei o cursor sobre o X vermelho da janela do navegador. Parecia mais vermelho que o normal. A cor de um sinal de parada. Hesitei. Atrás de mim, soava a expiração profunda do barista.

Uma nova linha de assunto apareceu. A abreviatura "Re", em negrito, cheio de vida. Abri o e-mail. O barista bateu no meu ombro novamente.

Pequeno astronauta. Se for realmente você, me ligue.

Peguei uma nota de duzentas coroas da minha carteira e ofereci ao barista em troca de um papel, uma caneta e quaisquer moedas que ele tivesse. Ele hesitantemente aceitou a nota e me trouxe um lápis e um guardanapo. Anotei o número que o Homem do Sapato enviou. O café e o álcool dançando em minha corrente sanguínea fizeram meu coração bater contra as costelas. Desliguei o computador e agradeci ao barista três vezes enquanto ele trancava as portas. Ele deu de ombros, e corri para o final da rua.

Coloquei vinte coroas em um telefone público na esquina. *Para onde vão as moedas?*, fiquei pensando. O conceito parecia pura ficção científica. Jogar um pedaço de metal em outra engenhoca de metal e *voilá*: ouvir uma voz.

Disquei o número enquanto o sol descia lá fora, criando uma série de sombras dentro da cabine. Ao meu redor, a cidade se acalmou; humanos com seus negócios concluíam os rituais pré-lazer de selecionar os ingredientes do jantar ou se esconder em um bar. Minha dor de cabeça e o estômago inchado me lembraram que eu estava vivendo de comida industrializada e cerveja. Mas o que era um corpo, afinal? Por que mantê-lo bonito para o pó?

Do outro lado da linha, um clique, seguido de hesitação. Então surgiu uma voz que eu conhecia, como se ainda estivesse ouvindo pelo buraco da fechadura da porta fechada da cozinha dos meus avós.

– Deixe-me ouvir sua voz – ele disse.

– Onde você está?

– É você.

– O que é que você fez? – perguntei.

– Você não está morto. Esta é a sua voz. A menos...

– Responda.

– Quero ver você.

– E se eu te matar? – indaguei.

– Esse é o tipo de coisa que seu avô diria. O número de onde você está ligando é de Praga.

– Estarei perto da estátua que eles construíram. Amanhã. Meio-dia.

–Você estudava naquele parque. Por isso pedi que construíssem lá. Mas talvez eu esteja falando sozinho aqui – disse Zajíc. – Estou enlouquecendo. É você?

– Talvez fosse melhor para você se não fosse – disse e desliguei.

Encontrei abrigo em uma padaria fechada que estava à venda e comi uma fatia de pizza fria no jantar. Em breve um empresário assumiria o lugar e lhe daria uma nova missão. Os pisos eram de um estilo pré-guerra, quando a alvenaria ainda era uma arte. Eles eram frios ao toque e estendi uma toalha de mesa debaixo de mim, olhando para as tabuletas murchas e mirradas que anunciavam o antigo menu. Milênios atrás, os primeiros povos descobriram que podiam pulverizar grãos de trigo para formar uma massa que, ao assar, redefiniria a espécie. Mesmo agora, com os prazeres culinários tornando-se globais e o mundo oferecendo iguarias complexas, o que me confortava ao descansar na padaria era a imagem de um pão simples, dourado por fora com massa branca pura por dentro. A rachadura que você faz com o polegar enquanto o parte.

O propósito da minha recém-descoberta missão me emocionou. Eu não podia voltar para Lenka, eu não pertencia mais ao mundo dela. Com o universo sempre em expansão, nunca poderíamos encontrar o caminho de volta. Mas o Homem do Sapato…

Radislav Zajíc. Ele desafiou essas leis da física. Ele havia retornado, de alguma forma. Ele me conhecia. Ele conhecia Tuma. Sempre imaginei que soubesse de mim, mesmo que apenas pelos jornais. Eu contava com ele assistindo ao meu triunfo. Mas sua amizade com Tuma abriu seu próprio cosmos separado, que não começara com um incidente aleatório de energia explodindo, mas foi cuidadosamente projetado. Adormecendo na padaria, com ratos esbarrando em meus sapatos, tive certeza de que tudo o que tinha acontecido era, de alguma forma, obra dele.

De manhã, acordei cedo. Fui a Vysehrad, um forte com vista para o rio Vltava. Ali os fantasmas dos velhos reis vigiavam becos e fontes, torres e lojas, as almas das crianças se arrastando para a escola e os adultos cansados entrando no bonde. Talvez os fantasmas me vigiassem também. Mais de mil anos atrás, a princesa Libuse estava na colina de Vysehrad e olhou para o rio Vltava, onde declarou:

– Vejo uma grande cidade cuja glória tocará as estrelas.

Ela instruiu seus homens a viajar até o assentamento e encontrar um camponês construindo a soleira de uma casa. Sobre essa soleira, afirmou Libuse, o Castelo de Praga deveria ser construído.

– E, como mesmo os grandes nobres devem se curvar diante de uma soleira, você deve lhe dar o nome de Praha.

Limiar. Práh. A fundação de Praga dependia dessa dualidade impressionante. Do outro lado do rio, Libuse teve uma visão de mil torres que se estendiam até os céus, torres tão altas que podiam ser vistas de Istambul, da Britânia, talvez do próprio trono divino de Deus. E, no entanto, o nome desta cidade de glória foi baseado na parte mais humilde de qualquer estrutura: uma soleira, uma linha que marca a entrada e a saída, um símbolo sobre o qual ninguém pensa muito. Foi essa dualidade – o nome humilde e a visão contrastante de grandeza confirmada quando Premysl, o lavrador, um simples aldeão, casou-se com a princesa Libuse e se tornou o primeiro governante das terras da Boêmia – a razão pela qual Praga sobreviveu às guerras civis, à guerra cultural austro-húngara e às ocupações por fascistas e bolcheviques? Talvez o mundo seja escravo de suas próprias dualidades, um começo humilde com um sonho impossível. A visão de Libuse do outro lado do rio foi o começo. Eu sou o fim. Comigo, Praga finalmente tocou os céus e cumpriu a profecia que Libuse concebeu em seu berço. Não importa que o Sacro Imperador Romano tenha residido uma vez no Castelo de Praga, ou que o primeiro conselho da Boêmia tenha se reunido dentro de seus muros; foi comigo que a história da cidade finalmente fechou o círculo.

Fui até a Cidade Nova e estacionei minha motocicleta a poucos quarteirões da Praça Charles, que foi meu lar durante meus primeiros anos de universidade. Mudou bastante. Os alunos não andavam mais com suas malas pesadas. Eles foram substituídos por turistas precipitados consultando seus mapas e agendas. Andei pelas ruas ao redor da praça e participei da cidade que me deu vida. Entreguei dinheiro a um grupo de três atores representando Shakespeare em cima de uma van estacionada. Comi cachorro-quente e paguei aos atendentes do banheiro para me entregarem papel higiênico cuidadosamente dobrado. Os sinos da igreja soaram ao longe, e um garotinho derrubou sorvete aos meus pés, pelo que seus pais se desculparam em italiano. Entrei num beco que se transformara em um quiosque de venda de livros, com jovens vasculhando caixas de literatura e pinturas. A rua terminava numa comunidade sem-teto de barracas e pilhas de roupas, o posto avançado protegido por um cão de rua vigilante. Alimentei o cachorro com o resto da minha salsicha embrulhada em um guardanapo – em Praga, a probabilidade de encontrar um cachorro, selvagem ou domesticado, era alta, e eu gostava de estar preparado. O guardião dos tesouros da comuna lambeu meus dedos.

Às onze horas, voltei à praça, sua grama escura e cheia de pássaros errantes. A praça era cercada por muros de árvores que protegiam seus habitantes contra a vida da cidade ao seu redor. Ali, no meio da praça, estava a estátua do astronauta, com seus olhos mortos de pedra esculpida, um nariz muito menor que o meu, capacete na mão direita, mão esquerda sobre o coração, um gesto para o povo. A base, elevando-se acima de mim como se suportasse o peso de um imperador, era adornada com um sinal de ouro puro, cujas letras haviam sido esculpidas pelo mesmo pedreiro que havia feito a curadoria da escadaria principal do Museu Nacional. Parte do nome gravado estava oculta por videiras em crescimento.

Além da estátua, encontrei um grupo de crianças do ensino médio em uma excursão. Eles brincavam sob a supervisão de um professor carrancudo, e seus gorjeios juvenis traziam uma música sinistra aos meus ouvidos. Impossível, pensei; mas não: eu tinha ouvido corretamente. Eles cantavam sobre o astronauta morto. Cantavam sobre ser como ele algum dia.

Nenhum outro som jamais forçaria a melodia para fora da minha cabeça. Aquela música voltaria sem convite para uma vida inteira, como a gripe ou o cheiro dos amantes. Eu fiquei lá em carne e osso e observei as crianças, minha atenção perdida, enquanto a versão estoica e sem sangue de mim colocada a poucos metros de distância ganhava o elogio de sua canção.

Sentei-me em um banco em frente à estátua. Faltavam poucos minutos para o meio-dia. Minha náusea, o aperto em meus dedos, a violência do momento, o medo, tudo me forçou a me inclinar para frente. O homem que expulsara minha família de casa estava a caminho. Nesta vida terrena, mais uma vez retomada, ele era agora tudo o que importava.

Um minuto atrasado. Estaria vindo?

Uma pessoa surgiu entre as árvores. Ele caminhou em direção às crianças e colocou a mão no ombro do professor.

Os dois conversaram e o recém-chegado apontou na minha direção. O professor acenou.

Radislav Zajíc andou calmamente até mim. Parou a quinze metros de distância, com os braços estranhamente caídos nas laterais do corpo, como um menino proibido de cutucar o nariz. Parecia mais baixo do que eu me lembrava, mas era seu rosto, marcado por aquelas mesmas cicatrizes de varíola e pela barba cinzenta. O terno dele, a armadura de corpo, era liso e perfeito em cada dobra, como se fosse outra camada de pele fresca.

– Perguntei para aquele professor se ele via você sentado aqui – disse Zajíc –, e ele disse que sim.

Levantei-me e caminhei até o Homem do Sapato. Eu era mais alto que ele.

–Você me vê – eu disse.

–Vejo. Jakub. Você está aqui. Você se parece com seu pai.

Ele me conhecia. Reconheceu-me instantaneamente. Aquele homem era a única lembrança viva da minha história inicial, uma prova de que os dias de infância não tinham sido uma miragem. Contra a minha vontade, a raiva e a náusea se dissiparam. O Homem do Sapato me acalmava.

A teoria da probabilidade investiga abstrações matemáticas de eventos não deterministas. Ela também estuda quantidades mensuráveis que podem ser ocorrências únicas ou evoluir no decorrer do tempo de uma forma aparentemente aleatória. Se uma sequência de eventos aleatórios se repete muitas vezes, padrões podem ser detectados e estudados, dessa forma criando a ilusão de que os observadores humanos podem realmente conhecer e entender o caos. Mas e se nossa própria existência for um campo de estudo de probabilidade conduzido pelo universo? Cada um de nós um personagem, uma abstração matemática construída com atributos copiados de objetos anteriores, com uma pequena variação (trocar o complexo de Édipo pelo de Electra, trocar uma ansiedade social incapacitante por narcisismo), enviados com instintos parecidos – o medo da morte, o medo da solidão, o medo do fracasso. Nossos resultados – pobreza, fome, doença, suicídio, morte pacífica numa cama coberta de vergonha e arrependimento – sendo coletados por um pesquisador superior, uma tabela cósmica calculando a possibilidade de felicidade, possibilidade de se sentir completo, possibilidade de autodestruição. A possibilidade de sorte. Pode um sujeito nascido pobre e doente terminar no quadrante superior de sorte no fim da vida? Pode um sujeito nascer privilegiado e saudável e acabar morrendo na total miséria? Já vimos de tudo. Já vimos de tudo e, contudo, onde estão esses padrões, quando o universo publicará seus resultados numa renomada revista revisada por pares? Qual o percentual de probabilidade de um evento cósmico acontecer em detrimento de todos os outros? Que improvável. Contudo, aqui estamos.

Radislav Zajíc me viu. Levantei os punhos e o golpeei no queixo. Ele caiu no chão muito facilmente e estudei o lugar no meu punho onde algo se quebrou. Minha terceira junta ruiu, criando uma cratera escura. O sangue estourou. O professor reuniu apressadamente as crianças e as levou para longe da praça.

Zajíc olhou para mim. O ar provocador que ele mostrou ao meu avô tinha sumido – ele não estava me desafiando; não estava provocando. Ele simplesmente esperou, olhou com curiosidade gentil. *Se você decidir me espancar até a morte, problema seu.*

Estendi minha mão e o coloquei de pé. Ele caminhou até a estátua e eu o segui.

– Sabe, fazia muitos anos que ninguém me batia – disse ele. – Dá uma espécie de alívio.

– Guardei isso por décadas.

Zajíc pôs a mão na base da estátua, tirou as vinhas do meu nome.

– Você deveria ter visto – ele disse. – Nunca vi algo passar pelo Parlamento tão rapidamente. As pessoas estavam aumentando o quanto deveríamos gastar na construção desta estátua. Queriam torná-la alta como uma torre. Mas argumentei que você iria preferir algo menor, em um lugar que importasse. Sei que passou a maior parte da vida aqui, como estudante. Olhando para o céu e estudando a noite toda.

– Você e Tuma. Vocês fizeram isso.

– Sim e não. Como você fez isso, Jakub? Como conseguiu voltar?

– Eu voei, seu filho da puta. Bati minhas malditas asas e aqui estou eu.

Zajíc se inclinou contra a estátua, massageando sua mandíbula.

– Você me mandou à Chopra. Você colocou Tuma nisso. Diga.

– Eu dei a ele seu nome, Jakub. Não havia nada diabólico…

– Para quê? Para tirar o último Procházka da Terra? Eu quase morri. Perdi Lenka. Para quê?

– Não é esse o motivo, Jakub. Se eu puder…

Minhas mãos tremiam, e eu as guardei dentro dos bolsos. Não podia mostrar fraqueza. Não para ele.

– Sim – respondi.

– Depois que você saiu de Streda, não conseguia esquecê-lo. Fui casado algumas vezes, e cada uma das minhas esposas me pegou sussurrando seu nome no escuro, pensando que era um amante meu. Vi você crescer, vi seus relatórios de notas, suas inscrições para a universidade. Eu queria garantir que aceitassem tua inscrição, mas você não precisava de ajuda. Assisti ao funeral de seu avô a distância. Pedi ao vinhedo onde você e Lenka se casaram para cobrar uma pequena taxa de vocês e paguei a diferença. Você era um amuleto da minha vida antiga, e eu queria ver, sempre quis ver – iria se transformar num bastardo? Estava no sangue? E você continuou sendo bom. Determinado.

–Você perdeu a cabeça. E daí? Você me escolheu para a missão suicida como uma espécie de restituição?

– Uma noite, quando estávamos bêbados, Tuma me contou sobre o sonho dele com o programa espacial. Eu ri no começo, mas ele estava falando sério. Ele me agarrou pelo colarinho e jurou que aconteceria. Eu achava que ele era o homem de que o país precisava, sabe? Antes de nos tornarmos cínicos juntos. Ele acreditava em alimentar o estômago e a alma dos cidadãos. Acreditava na ciência, na curiosidade e nos livros. Ele me fez pensar em você. Então dei a ele seu nome, Jakub. Parecia inevitável, nós dois naquele momento. Não era para puni-lo nem o recompensar. Foi uma reação ao que parecia um chamado cósmico. Tuma lhe deu a escolha, e você decidiu fazer algo grande, exatamente como eu esperava.

– Eu não fiz nada. Eu devia ter ficado com as coisas que eu conhecia. Certezas. Você nunca passou de um homem triste e odioso. Você deixou meu pai vencer e deixou que ele arruinasse nós dois.

– Hmm – sussurrou –, sim, parte disso é verdade. Mas você fez tudo, Jakub. A missão foi um fracasso, mas o país acredita que podemos ser grandes. Você deveria ter visto o funeral. A cidade inteira estava viva como eu nunca tinha visto. Dignitários vieram de todo o mundo para prestar seus respeitos. E agora você está de volta – não sei como, não sei o que você teve de fazer, mas você está aqui e podemos trazê-lo de volta à nação. O retorno de um herói. Eles vão ficar loucos com isso, Jakub. Você será um rei. Tudo o que você acha que perdeu, você terá de volta mil vezes.

Ponderei sobre isso. As manchetes, as entrevistas – tudo o que eu esperava em meu retorno, mas intensificado ao ponto de *frenesi* em perguntas sem fim: Como isso é possível? O que me trouxera de volta? A ressurreição significaria o retorno de Lenka? O fim de sua paz?

Não. Não posso. Eu tinha dado tudo a eles. Eles não tinham o direito de pedir mais.

– Isso não vai acontecer – eu disse. – Vou continuar morto. Eu mereço.

– Você tem certeza?

– Tenho. Quero uma vida tranquila.

– Bem, suponho que não faz diferença para mim. Meu julgamento vai acontecer daqui a um mês. A menos que eu decida fugir do país, o que ainda estou considerando. Uma vida tranquila no Caribe. De qualquer forma, Jakub, parece que as grandes missões de nossa vida acabaram.

– Qual era a sua?

– Ajudar a democracia com muito dinheiro.

– Você é um ladrão.

– Virei um ladrão, verdade.

– O que você acha de meu pai agora? Você não pode pensar que é melhor do que ele, não agora. Essa dor que você causou para se vingar de um homem morto, as pessoas que você arruinou no processo. O objetivo de tudo.

– Posso lhe mostrar uma coisa? É uma viagem curta.

– Eu não vou a lugar nenhum com você.

– Não seja estúpido, Jakub. Eu vi você crescer. Não lhe desejo nenhum mal.

O que mais havia para fazer? Eu não queria que esta reunião terminasse, que este homem que me conhecia, o último remanescente da minha vida antes da missão, fosse embora. Eu o segui pelo gramado e entre as árvores, onde entramos novamente na cidade e um motorista de terno abriu a porta de um BMW preto. Sentamos nos bancos de couro e Zajíc ofereceu um copo de uísque. Bebi sem parar. Sentar-me ao lado desse homem, falar com aquele homem era trair o meu avô. Ele não podia me culpar por querer entender. Conhecer cada pedacinho de influência que me trouxe até aqui. O assento esfriou minhas costas, servi outra bebida, imaginando como era ser um homem que vivia aqueles luxos todos os dias, moldando-os para formar uma barreira que o protegia do terror de ser comum. Zajíc me estudara, e agora, tantas décadas depois, eu ainda temia que ele pudesse me ler facilmente, nos gestos de um menino assustado.

Chegamos a um prédio na Cidade Nova. O motorista abriu a porta e parei diante de uma delicatéssen. O prédio tinha oito andares, feito na velha república, antes da guerra e antes dos conjuntos habitacionais comunistas. O Homem do Sapato gesticulou para que eu passasse pela porta da frente até o topo da escada. Lá, tirou um molho de chaves do bolso e abriu uma porta de metal. Ela rangeu e notei arranhões profundos nela. Enquanto eu hesitava, Zajíc entrou na sala. As janelas estavam cobertas de papel preto, deixando o quarto escondido na sombra. Algo clicou. A luz do lampião iluminou o quarto, e o Homem do Sapato estava ao lado de uma mesa manchada de sangue, com as gavetas removidas. A lâmpada – pequena, com um pescoço enferrujado e uma luz áspera e invasiva – e uma pasta verde eram os únicos itens sobre a mesa. A única outra peça de mobília na sala era uma cadeira de madeira coberta de cortes grossos e profundos, pedaços de fita adesiva grudados nas pernas e nas costas. A cadeira dava para as janelas escurecidas. No chão de pedra empoeirado diante dela repousava o artefato mais significativo da história da minha vida: o sapato de ferro.

– Isso é real? – perguntei.

– Quando conheci seu pai, o porão onde ficavam as salas de tortura usuais estava sendo fumigado para ratos. A polícia secreta expulsou alguns dos burocratas menos importantes de seus escritórios e fez essas câmaras provisórias. Não se pode deixar que vermes atrapalhem o interrogatório.

– É isso? Este?

– Este quarto. Os pés de seu pai pisaram neste chão. É claro que, quando comprei o prédio, o espaço havia se transformado em um belo escritório. Mandei-os recriar a sala como a conhecia de memória. Não se preocupe, o sangue é falso. Mas o sapato eu acho que você reconhece.

Eu me imaginei aos dezenove anos, ainda com bochechas gordinhas de bebê. Homens que nunca vi, com quem nunca falei, entrando na sala de aula da universidade e me levando até ali, onde os limites das janelas escureciam o mundo, uma separação como terra jogada sobre um caixão; causando-me dor, ferindo-me com a plena convicção de que estavam do lado certo da história, do lado moral, do lado da humanidade. Meu pai tinha feito disso seu trabalho. Ele tinha feito isso, e isso nos manteve num bom apartamento e em boas roupas e com discos secretos de Elvis escondidos.

– Por que você me trouxe aqui?

– Eu queria que você visse o lugar onde eu nasci. O homem que eu era antes de conhecer esta sala. Ele provavelmente se tornaria um químico. Um cientista como você.

Mas, quando me expulsaram da universidade e tiraram tudo de minha família, o único foco da minha vida foi não acabar nesta sala de novo.

– Por que você está me contando isso?

– Você não quer me conhecer?

Virei-me para a cadeira de madeira e me sentei. A dor no joelho estava voltando, lembrando-me de que eu ainda não tinha tomado minha medicação naquele dia. Tirei o frasco do bolso e engoli um comprimido em seco.

Deslizei o pé para dentro do sapato de ferro.

– Amarre – ordenei.

Zajíc se inclinou e empurrou a trava de segurança, então puxou o cinto de couro pesado para dentro de um laço.

Tentei levantar o pé. Não consegui.

– Esta é a parte mais aterrorizante – disse Zajíc. – Ele prende você no chão. Faz você acreditar que talvez nunca mais volte a andar.

– Agora é um conforto. Estar quieto. Preso ao chão.

– Como você fez isso, Jakub? Como você voltou?

– Não vamos falar disso agora.

Ele assentiu e caminhou em direção à janela; abriu-a, e o papel preto rasgou nas bordas. A luz do sol iluminava a sala pela primeira vez em muitos anos. Sem a escuridão para lhe conceder isolamento, parecia um escritório triste e regular que evitava que os seres humanos vivessem descontroladamente, não muito diferente do escritório do dr. Bivoj.

– Você me fez pensar que eu era uma maldição – disse. – Como se toda a minha existência fosse algum tipo de mancha espiritual. O último remanescente do esperma de Caim. Esses não são bons pensamentos para uma criança. Para um homem. Eu desejei que você morresse de tantas maneiras diferentes. Antes de começar a fazer a barba, fantasiei sobre o que poderia fazer com você com uma lâmina. Sua voz ressoou na minha cabeça todos esses anos, sem ser convidada. Eu deveria jogá-lo pela janela, mas não vejo mais sentido nisso. Não sei o que fazer depois que sairmos desta sala. Não sei. Quando não consegui falar com Lenka, pensei que encontrar você seria outra missão, o último modo de vida possível. Mas eu olho para você e sei que retribuição não é vida.

Ele se virou para mim. Curvou-se diante de mim e soltou meu pé. A breve suspensão, a liberação de peso e a pressão faziam-me sentir novamente como se estivesse flutuando no espaço, com Hanus ao meu lado, prestes a encontrar um núcleo que nos levaria aos primórdios do universo.

– Construí uma vida em torno de algumas horas em um quarto com um estranho cruel – disse o Homem do Sapato. – Jakub, demorei muito para perceber. Seu pai fez o que fez comigo, mas a decisão de viver como eu vivo ainda era minha. Para mim, o catalisador foi esta sala. Para seu pai, o catalisador foi o dia em que ele decidiu que o mundo estava cheio de inimigos. Para você, o catalisador não precisa ser raiva, medo ou algum sentimento de perda. O significado de sua vida não depende de Lenka, ou de seu pai, ou de mim. Eu fiz coisas hediondas, sim. Eu observei você, me meti em seus negócios, mas as escolhas – essas foram todas suas. Você é muito melhor do que seu pai e eu. Você não tem de permitir que isso o prejudique. Não é preciso que você tenha o mesmo fim que eu e seu pai tivemos.

O Homem do Sapato permaneceu ajoelhado a meus pés, e vi que o homem que havia entrado na casa de meus avós com uma mochila tinha sumido havia algum tempo. Os olhos que me olhavam por baixo daquelas sobrancelhas cinzentas estavam mortos, como janelas que conduzem a uma noite profunda e sem estrelas; seus membros e feições haviam caído – vítimas tanto da gravidade quanto de sua vida de dinheiro.

– Agora que foi pego – disse –, você sente pena de si mesmo.

– Gostaria que fosse tão simples assim. Estando em um quarto com você agora, deixei até de me perguntar sobre meu castigo. Parece claro. Você está livre da prisão, e eu enfrentarei a minha.

– Agora você é um filósofo.

– Nós nos entendemos, Jakub. Você também sabe.

– Um flash da vida antiga.

– Um flash da vida antiga.

– Tenho saudade. O fluxo do rio através de Streda. Ele me levaria até os limites da vila e eu nadaria contra a corrente até a praia. Eu nunca quis sair de lá, nem por um segundo.

– Eu tinha uma casa assim também – disse ele. – Eles a tomaram.

– Não sei o que vou fazer agora – falei. – Ela se foi. Voltei para ela, mas não consegui encará-la. Eu sei que deveria persegui-la, mas não posso. Há uma vida para ela fora de tudo isso. Sem mim.

– E para você também. Há algo que você pode fazer, Jakub.

– Você está me aconselhando.

– Não o farei se não quiser.

– Não; me aconselhe, Homem do Sapato.

– Homem do Sapato? É assim que você me chama?

– A vida toda.

– A casa ainda está lá, sabe? – disse ele. – E pertence a você. Eu sempre meio que soube que você voltaria para ela.

Ainda ajoelhado, Zajíc tirou um par de chaves do bolso. As originais, as mesmas que antes ficavam dentro da bolsa da minha avó. As mesmas que ela usou para trancar a casa depois de garantir que meu avô e eu estávamos em segurança em nossas camas.

Ele as colocou na palma da minha mão. Muito mais leves agora do que quando eu era criança.

– Eu fui tão longe e voltei – disse.

– Eu também. Por que viver de outra forma?

– Espero que você aceite o castigo. Vá para a cadeia. Faça o que deve ser feito.

– Não posso prometer, Jakub. A única coisa que você e eu temos em comum é que amamos demais estar vivos para entrar na fila do que está por vir.

Ambos notamos ao mesmo tempo que meus cadarços tinham desamarrado dentro do sapato de ferro. Zajíc os segurou, um em cada mão. Ele parou e olhou pela janela, suas bochechas coradas, os pensamentos finalmente alcançando o instinto, mas ele já estava comprometido, então amarrou meus cadarços em um laço perfeito. O pano da minha calça subiu alguns centímetros, revelando uma pequena parte da cicatriz na minha panturrilha. Zajíc congelou e enrolou o pano um pouco mais.

– A minha sumiu – disse ele. – Não dá mais para ver os números. Só uma única linha branca atravessando.

Quando se levantou, parecia velho, velho e pequeno, sujeito ao peso esmagador da consciência. O terno bem ajustado, a superfície refletiva de seus sapatos de couro, os cabelos brancos cada vez mais grisalhos – nada disso poderia mais me enganar sobre o verdadeiro estado de seu ser. Zajíc não era uma ameaça. Ele era um homem deslocado à procura de um novo propósito.

Radislav Zajíc consultou o relógio e caminhou em direção à porta. Ele se virou no meio do caminho, sem olhar para mim.

– Você não perguntou o que está na pasta verde – disse ele.

– O que é?

– É a minha poesia contra o regime. Eu escrevi, sabe? Só de brincadeira, uma espécie de desafio, para impressionar alguém de quem não me lembro mais. Mas meus colegas levaram a sério e espalharam por aí. De repente, eu era um revolucionário publicado. Você vê. O menor gesto compõe nossa história. E aí conheci seu pai. E assim conheci você.

Ele saiu. O som de seus passos, maiores que a vida, permaneceu por minutos, até que finalmente a porta da frente, oito andares abaixo, fechou e fiquei sozinho com o sol da tarde. O sapato enferrujado me olhou desafiadoramente com a boca aberta, como se estivesse em choque por ter sido tão repentinamente abandonado por seu fiel guardião. Peguei-o e, mais uma vez, como tantos anos antes, cogitei a possibilidade de que algum canto dele ainda contivesse resquícios genéticos de meu pai, evidência física do encontro que definiu o destino de minha família.

Joguei aquilo pela janela aberta que dava para o pátio, e o sapato fez um barulho estrondoso ao longo das paredes de pedra até também enfrentar a inevitabilidade de ser esquecido, com seus pedaços partidos, suas tripas evisceradas na grama e na terra, o objeto finalmente drenado do mal e livre de propósito. Um pombo gordo saltitava com seus irmãos, procurando por partes para saciar sua ganância instintiva. Sem encontrar nada, os pássaros se levantaram, destinados a vasculhar em pastos mais verdes; o pombo gordo, no entanto, que imaginei ser o líder do bando, deu uma elegante pirueta contra o cadáver do sapato de ferro e, enquanto levantava voo, deixou um grosso creme branco, o líquido formando um pequeno bolinho que se espalhava com eficiência grosseira por todos os pedaços de metal.

Por um momento, a queda pareceu reconfortante. Eu poderia pular atrás do sapato de ferro e minhas dores se espatifariam como o sapato. Chega de pensar em Lenka, chega de dor no joelho, mas o corpo não deve ser violado. O corpo era a coisa mais importante, carregando dentro dele o código para o universo, uma parte de um segredo maior que era significativo, mesmo que nunca fosse revelado. Se o corpo importava para Hanus, importava para mim, e eu o adoraria como ele. Eu nunca faria mal ao corpo.

Satisfeito de forma vulgar com o fim indigno do sapato, voltei à Praça Charles. Ao meu redor, Praga cantava: mensageiros de bicicleta percorrendo rotas importantes; soldados de negócios grandes e pequenos marchando com aqueles mocassins e saltos brilhantes, *um dois, um dois*; crianças com mochilas coloridas pulando ao deixar as instituições de iluminação e sabedoria (e que decepção os esperava!) para a segurança de suas casas. Era emocionante, tudo aquilo – a existência por si só não era revolução? Nossos esforços para estabelecer rotinas na natureza que as impedia, para entender profundidades que nunca poderíamos alcançar, para declarar verdades mesmo enquanto rimos coletivamente da piedade virginal da palavra. Que confusão de contradições os deuses criaram quando nos agraciaram com autoconsciência. Sem ela, poderíamos correr pela floresta como javalis, cavar a terra com o focinho para encontrar minhocas, insetos, sementes, nozes. Durante a época de reprodução, podíamos uivar como lobos em dezembro, as fêmeas alfa arranhando as costas e as orelhas dos machos alfa. Poderíamos acasalar por semanas e depois deixar de lado os fardos do sexo pelo resto do ano. Depois disso, poderíamos acumular comida em trincheiras subterrâneas e dormir, dormir em *Leden, Únor, Brezen, Duben, não precisar ir ao escritório, fazer compras de supermercado, oh*

Deus, essa pessoa está olhando para mim, tem alguma coisa no meu rosto, meus sapatos estão se desmanchando, a Coreia do Norte está nos ameaçando de novo, minhas dores nas costas voltaram, será que existe mesmo alguma casa de massagem que oferece masturbação, e se isso existir mesmo, será que atendem mulheres, caso contrário seria sexismo, e eu tenho uma dor de estômago há três anos, devo fazer um check-up, mas é por medo e estresse, e o que o médico vai receitar? Lá, em nosso paraíso subterrâneo, fugindo do Sol de Deus e de sua droga de maldição do Éden, a tentação de um paraíso que nunca vem, poderíamos ser como Hanus e sua raça, os conhecedores flutuantes que não ignoram a existência do medo, apesar da ameaça iminente dos Gorompeds.

Infelizmente, somos o que somos e precisamos de histórias, precisamos do transporte público, dos ansiolíticos, dos programas de televisão às dezenas, da música nos bares e restaurantes nos salvando do terror do silêncio, da eterna promessa das bebidas alcoólicas, dos banheiros em parques nacionais e dos bordões políticos que todos podemos gritar e colar em nossos para-choques. Precisamos de revoluções. Precisamos de raiva. Quantas vezes a Cidade Velha de Praga receberá as pessoas que foram desprezadas gritando por mudança? E será que o povo está realmente falando com os charlatães da Politik, será que está convocando os ossos e a carne de seus líderes, ou será isso um apelo disfarçado aos céus? *Pelo amor de Deus, ou nos dê uma pista ou nos deixe perecer de uma vez.*

Eu não era parte da revolução. Era um slogan deixado na lateral de um prédio abandonado, uma testemunha muda das mudanças nos padrões climáticos, nos humores. Era a estátua de Jan Hus, com seu rosto bem esculpido coberto por uma barba bem aparada, coluna reta como a de um rei e não como um estudioso curvado sobre seus livros, observando calmamente Praga com turbulência no coração e paz na alma, ambos fatores que conspiraram para matá-lo. Era o trabalho de Hanus, o cronometrista do universo, um bufão executando sua dança repetidas vezes para novas hordas de visitantes ansiosos. Era o leão da Boêmia desenhado dentro da crista, a águia negra da Morávia, as joias da coroa descansando numa vitrine dentro do castelo. Era matéria orgânica transformada em símbolo. Minha existência seria para sempre uma declaração silenciosa.

Ao passar pela Cidade Velha, os manifestantes se reuniram às centenas, vagando ao redor da estátua de São Venceslau montado em seu cavalo, segurando cartazes condenando Tuma e Zajíc, condenando todos os poderosos sentados em salas e projetando o futuro do mundo, cantando contra os sistemas, cantando por mudança, cantando por esperança, e ainda era cedo e eu desejava que à noite a multidão crescesse aos milhares, como nos dias da Revolução de Veludo, quando nossa nação estava tão viva que seu clamor trovejou pelo mundo todo, libertando-se da ganância e da exploração de homens que tinham se perdido. Cada um desses corpos que decidiram deixar de lado as distrações incessantes, que decidiram calçar sapatos e pegar um cartaz e marchar pelos paralelepípedos da nação em vez de assistir à TV, era um ato único de revolução, uma partícula singular dentro da explosão do Big Bang. Senti-me confiante em deixar o destino deste mundo em suas mãos.

Deixei a revolução para trás. A forma como os cascos dos cavalos ecoam nos paralelepípedos da praça principal. A maneira como as línguas cantam juntas tomando cerveja e café com chantili. Os visitantes trêmulos dos mercados de inverno, suas luvas encharcadas de álcool transbordando de uma xícara frágil. Os gritos empolgados de meninos prestes a experimentar sorvete de absinto. Os portadores das mudanças, atores de seus próprios destinos. Aqueles que amam Praga, sempre amaram Praga, aqueles que passeiam todo fim de semana pela mesma rua e projetam hologramas da história em sua realidade física. Aqueles que sonham. Aqueles que se apoiam na estátua de Cristo crucificado e se beijam e se apalpam com a fome de animais moribundos. Aqueles que esperam morrer pulando no rio Vltava, e falham. Aqueles que usam o jornal gratuito do metrô para enxugar o suor das sobrancelhas dentro do trem sufocante. A história maciça, esta metrópole de reis, de ditadores, de queima de livros, de tanques manchados de sangue estagnados na indecisão. Por tudo isso, a cidade está aqui, lançando seus pequenos e grandes prazeres sobre os transeuntes diários apressados e ansiosos por chegar ao escritório ou às lojas, para participar de sua existência habitual. Eles não vão desistir. Deus, eles nunca vão desistir, e, embora tenha de deixá-los, eu os amei em todo o meu caminho, rumo ao inferno e no trajeto de volta, atravessando a paz e também o tumulto.

ATÉ O SOL QUEIMA

Regressei a Streda, o vilarejo dos meus antepassados.

As casas que antes prosperavam tinham sido marcadas por cicatrizes dos invernos, suas paredes rachando e telhados caindo. A velha destilaria estava fechada com tábuas, amordaçada, borrifada com as verdades obscenas do grafite. Enquanto o motor da motocicleta cortava a serenidade perturbadora da estrada principal, as cortinas atrás das janelas se abriram, os olhos no intruso – um homem voltando para casa, talvez, mas eles não tinham ideia de onde ele esteve. A velha loja de conveniência estava fechada e algumas casas adiante um supermercado Hodovna novinho em folha se destacava como uma garrafa de plástico vazia em um campo de margaridas. À frente, o céu estava sombrio e negro, e o cheiro azedo de uma chuva iminente rastejou por baixo do meu capacete. A cicatriz na minha perna incomodava, mas não conseguia coçá-la.

Metade do portão da minha casa havia desmoronado e apodrecido, uma bagunça esponjosa de insetos pretos e sujeira. A outra metade era alta, marrom desbotada, uma lembrança bem-vinda de meu avô tossindo e xingando enquanto pintava os julgamentos lançados sobre nós por nossos compatriotas. Deixei a Ducati cair na terra e pisei sobre as ruínas, em um campo de grama alta cobrindo cada centímetro do jardim da frente, incluindo a caixa de areia e uma banheira de água verde parada. As paredes da casa estavam cobertas de trepadeiras e o capacho da frente estava coberto com uma pilha generosa de cocô de gato seco.

O quintal. Penas e ossos quebradiços e opacos de galinhas estavam espalhados na lama. Sem carne, sem pele, tudo comido pelos elementos e pelos felinos. Dentro das gaiolas dos coelhos, pedaços de pele grudados no teto. Os esqueletos de coelho lembravam as festas da tarde de domingo, coxas e lombos assados lentamente com bacon e páprica, com a vovó comandando a panela elétrica e murmurando para si mesma: *Quase, quase pronto*. Por toda parte havia vermes ingurgitados, glutões mortos que haviam atingido o nirvana, tendo se empanturrado de caça até estourar e secar. Misturados à lama, os restos da fazenda tinham se transformado em um mingau, um mingau que grudava nos meus sapatos como areia movediça. As cordas nas quais meu avô suspendia os coelhos após a execução balançavam na brisa. Olhei de perto, maravilhado com a resistência do material simples às tempestades e aos verões escaldantes. Queriam permanecer tanto quanto os vestígios de coisas que costumavam estar vivas. A casinha não cheirava a nada – os quilos de excremento embaixo dela tinham se tornado terra havia muito tempo, e talvez a casinha pudesse ser demolida e os poucos metros quadrados que ocupava transformados num campo de morangos. Senti vontade de fumar. O cheiro penetrante da fumaça do tabaco do meu avô me atingiu, como se ele estivesse ali andando, trabalhando e cortando, governando seu próprio pedaço do mundo.

O jardim. Uma bagunça de buracos de marmota e trilhas de bicicleta sujas – a juventude local havia encontrado um bom lugar para liberar sua energia. A macieira foi arrancada da terra e cobria a plantação de batatas, exatamente como minha avó sempre previra durante as tempestades – algum dia aquela maldita árvore vai arruinar toda a nossa colheita –, a garra de sua raiz se curvava ameaçadoramente em direção aos céus. Nomes e corações foram esculpidos na casca. Eu não estava com raiva. O espaço era aqui. Existia sem que ninguém alegasse ser seu dono. Pertencia a esses vândalos tanto quanto a mim.

Pisei neste cemitério, esmaguei-os sob minhas botas. *Vou alugá-lo para uns caras legais de Praga*, o Homem do Sapato prometeu em outro momento. E aí deixou tudo lá para morrer.

Coloquei a chave da casa na fechadura antes de perceber que a porta da frente estava aberta. Arranhões ao redor da maçaneta sugeriam muitas tentativas de arrombamento antes que os intrusos tivessem sucesso. Entrei em uma nuvem de mofo. Espessas camadas de bolor colonizaram partes do tapete como cabelos nas costas de um velho. Aquilo também havia vazado para as paredes – manchas se espalharam por toda parte onde a chuva conseguiu contornar a estrutura decrépita, onde quer que os vândalos bêbados tivessem escolhido mijar.

Saí do corredor e entrei na sala de estar. Com o sangue latejando na ponta dos dedos, fui aos tropeços em direção ao balcão da cozinha, meus olhos bem abertos e procurando fantasmas. A tênue névoa de fumaça de cigarro que sobrou engrossou o ozônio da sala; o cheiro de tabaco dominava até o almíscar dos fungos. Onde ela estava, a forma do meu avô, fumando cigarros e lendo os jornais até bem depois de sua morte? Sua morte também era uma mentira? Mas essa dúvida se dissolveu assim que avistei o Monumento dos

Vândalos. Onde antes repousava a mesa da sala de estar, agora havia uma pirâmide, quase tão alta quanto eu, composta de garrafas de cerveja na base, sobre as quais repousavam quilos e quilos de pontas de cigarro, todas queimadas até as pontas, todas Camel, a marca que meu avô desprezava. Os posseiros deixaram o monumento como uma bandeira fedorenta de sua presença, da mesma forma como fizeram os primeiros homens na lua, uma declaração de propriedade dessa terra esquecida, dessa casa de ninguém.

O que minha chegada significava para a conquista deles? Isso apagava a autoridade deles, ou eu era o invasor, cuja presença representava nada mais que um fantasma precisando de exorcismo?

Chutei a pirâmide e ela se desfez, derramando-se como o sangue que jorra de um porco. O fedor de tabaco rançoso e saliva me deixou à beira da ânsia de vômito, e me retirei para o corredor para encontrar o aroma muito mais agradável de podridão. Escolhi ignorar o banheiro e a despensa por enquanto – nada de bom poderia me esperar lá.

Em seguida, caminhei na direção dos quartos. No quarto que fora o meu, havia uma cama de solteiro cheia de trapos manchados de sêmen e sangue, bem como camisinhas secas e murchas. Tirei os trapos. E lá, no colchão embaixo deles, estavam as duas pequenas manchas registradas por meus sangramentos nasais da infância, ao lado de uma mancha maior e mais escura do suor febril e salgado das minhas costas. Esta era a minha cama. A pequena forma do meu eu infantil foi impressa no tecido como uma sombra pós-nuclear. A cama tinha sido roída por ratos e queimada com isqueiros, mas era inconfundivelmente minha, cercada ainda por prateleiras desmoronadas com os livros de história da minha avó, também marcados por roedores. Sentei-me no colchão, nem um pouco preocupado se os resquícios da carnificina adolescente haviam se infiltrado nele através dos trapos.

Acima de mim, um buraco gigante no teto oferecia uma visão direta do céu nublado. O desmoronamento deve ter acontecido há muito tempo, pois não havia sinal de escombros.

Debaixo da pilha de livros meio comidos, emergiu um inseto arrastando o torso gordo pelo chão – tão rica era a casa que até insetos tinha para se deleitar. Ele veio em minha direção, sem hesitar nem por um instante, e parou a alguns metros de distância da cama. Senti seus olhos sobre mim. E me senti em casa.

– É você? – perguntei à aranha.

Ela não se moveu.

– Levante uma perna se for você.

Nada. Mas estava lá, pousando sobre mim o olhar consistente, interessado.

– Fique por perto – implorei. – Eu volto. Você fica.

Saí e encostei a Ducati na parede rachada da casa. Eu não sabia que horas eram – parecia ainda ser cedo, um bom momento para fazer as compras necessárias, mas com as ruas da vila tão vazias eu não podia ter certeza. Segui pela estrada principal, não mais confortado pela velocidade alucinógena do motor. A gravidade passou por baixo do concreto e agarrou meus tornozelos, mantendo-me lento, mas firme.

Uma velha cujo rosto não reconheci acenou para mim de um banco na frente de sua casa. Ela deu uma baforada num cachimbo e puxou a saia para cima para expor as pernas coloridas com veias pretas e azuis. Como os ventos que sopram do leste devem ser calmantes para a dor do envelhecimento! Acenei de volta e lhe perguntei as horas.

– Não tenho um relógio faz treze anos – respondeu ela, desdentada.

Percorri o caminho para o novo mercado. Na minha cesta, juntei batatas fritas, bacon, ovos, leite, sorvete de brownie, desodorante, um pão fresco, cavala defumada, dois donuts de geleia, banha, uma panela e um pote de Nutella. As coisas da Terra. Segurei um jornal na mão antes de colocá-lo de volta na prateleira. Seria demais.

Com minhas sacolas plásticas cheias, dei a volta no mercado e desci o caminho de cascalho ao lado da destilaria fechada. Cheguei ao que nós, os filhos do vilarejo, chamávamos de Riviera, uma praia de areia áspera e trechos de grama ladeando o rio. As correntes corriam violentas e profundas quando passavam pela destilaria, e lá costumávamos nos segurar nas grossas estacas de madeira marteladas na lama do rio que emergia acima da superfície. A água se chocava contra os nossos ombros, e nos desafiávamos para ver quem aguentaria mais tempo antes que a corrente nos soltasse e nos levasse para longe na curva. Eu quase sempre ganhava.

Era óbvio que a Riviera não via nadadores há algum tempo. Jornais meio enterrados e garrafas plásticas surgiram da areia. Uma cobra preta deslizou dos arbustos e desapareceu sob a superfície da água. Cogitei tirar a roupa e seguir seu exemplo, mas a água estaria muito fria pelo menos por mais alguns meses. Pousando as sacolas no chão, arregacei as calças logo abaixo dos joelhos e entrei, tremendo momentaneamente quando minha pele tocou o rio gelado. Fiquei ali até que a sensação de frio se dissipou e a lama sob meus dedos ficou quente. Tudo havia mudado, exceto a água. Sempre que eu entrava em seu caminho, ela simplesmente se derramava ao meu redor e continuava. Ela me recebeu para um mergulho e não se importou quando saí novamente. Até mesmo seu atentado contra minha vida de criança foi sem intenção maligna. Tão perto eu estive de minha vida terminar cedo, de perecer aqui e nunca conhecer Lenka, ou Hanus, de nunca ver os continentes dourados da Terra de cima. Mas, repetidas vezes, cheguei à praia, agarrei-me a ela e sobrevivi.

Deixei a desolação da Riviera para trás e caminhei até a casa de Boud'a na estrada principal. A porta estava fechada, as janelas quebradas, o jardim da frente antes tão meticulosamente mantido pela mãe de Boud'a agora preenchido com concreto. Encostadas na lateral da casa havia quatro tábuas cobertas por plástico. Olhei ao redor da rua principal vazia, depois joguei as tábuas sobre meu ombro. Estudei a porta um pouco mais, esperando que um velho amigo ainda pudesse surgir, outro humano que pudesse reconhecer meu rosto.

No caminho de volta, perguntei à velha sem relógio sobre o destino da família de Boud'a. Eles fugiram para a cidade, ela disse, como a maioria das pessoas, em busca de empregos e para ter acesso a supermercados do tamanho de tendas de circo, onde você podia escolher entre tomates da Itália e tomates da Espanha. Evitei perguntar se ela sabia o que Boud'a estava fazendo da vida agora, temendo que a resposta pudesse ser algo como um emprego num banco. Em vez disso, imaginei que tivesse se mantido fiel ao desejo de ter um restaurante que servisse pizza de mexilhão. Ele tinha comido pizza de mexilhão na Grécia uma vez, e depois disso tudo o que queria era crescer e fazer a melhor pizza de mexilhão da Terra. A velha perguntou se eu precisava de mais alguma coisa, e eu me despedi.

Voltei para casa e levei as tábuas para dentro, em caso de chuva, depois fui ao quarto verificar a aranha. Ela tinha ido embora. Na cozinha, cortei uma das tábuas e coloquei no fogão. À medida que o fogo crescia, espalhei banha na panela nova e dispus oito fatias de bacon nela. Em dez minutos, o odor de pontas de cigarro havia sido dominado por puro cheiro animal. A saliva escorria dos cantos da minha boca – não consegui conter. O plano era cozinhar uns ovos também, mas eu mal podia esperar para comer enquanto limpava a panela pequena para outra rodada. Parti um pedaço do pão e separei o miolo macio da crosta. No meio, quebrei um ovo cru. Enfiei o bacon na crosta. Caí sobre o sanduíche improvisado como um animal, sentindo o gosto do sangue de minhas gengivas à medida que se infiltrava na comida, mas mastiguei com ganância, sem preocupação com a dignidade, o prazer carnal de um animal sem supervisão. Perdi a noção do tempo. Quando terminei, o sol, escondido pelas nuvens de início, havia rastejado para algum lugar atrás do horizonte.

O galpão ainda continha todas as suas ferramentas – enferrujadas, claro, com alguns cabos de madeira apodrecendo, mas na luz fraca encontrei um martelo e pregos, alguns dos quais ainda pareciam novos. Arrastei a escada do galpão, verifiquei cada degrau em busca de danos. Grande parte do reino do meu avô foi preservado aqui – com algumas ferramentas adicionais, eu poderia converter o galpão novamente numa usina. Fazer uma nova mesa, novas estantes, uma nova moldura de madeira para a cama de solteiro. Eu poderia arrancar os carpetes e os azulejos do banheiro, quebrar as paredes encharcadas de mijo, substituir os cabos elétricos, instalar o encanamento interno. Não me faltava tempo. Não me faltava paciência. Eu removeria cada órgão, levaria para o depósito de lixo por tonelada. Eu seria um artista restaurando sua própria pintura – rejuvenescendo cores que eu sabia serem radiantes. Eu seria o cirurgião plástico da história. Reteria os fantasmas e atualizaria sua fachada.

Sim, eu poderia fazer isso. Poderia ser minha vida. Jan Hus morreu pelo país e viveu para si mesmo. Se ao menos ele pudesse viver em nossa época, tornar-se meu irmão fantasma! Iríamos aos festivais de pequenos prazeres da vila de dr. Bivoj e sorveríamos a bebida venenosa. Visitaríamos Petr e aprenderíamos a tocar violão. Hus me contaria sobre sua viúva e eu contaria a ele sobre minha Lenka, sobre como as coisas eram.

Saí do galpão, ferramentas na mão, e olhei para o quintal recuperado. Aqui haveria novamente animais andando de um lado para o outro. Eu poderia criar uma Louda, vasculhar a internet atrás de uma pistola de pederneira para usar nos abates. Poderia ceifar o mato que cobria os campos atrás da casa todas as manhãs, carregar pilhas de mato nas costas, deixá-lo secar sob o sol do meio-dia e dar de comer aos coelhos. Poderia conseguir galinhas para colher suas gemas e examinar a sinceridade carnal de sua natureza. Pequenos dinossauros. Eu poderia criar porquinhos-da-índia, ou talvez um furão. Criaturas de rotina para cuidar.

E o jardim mais além? Iria replantar cada cultura. Cultivar as cenouras, batatas e ervilhas de meu avô. Morangos, tomates, aipo de minha avó. Depois de cuidar dos animais, eu colocaria minhas galochas e pegaria a pá. Assobiaria canções do passado enquanto cuidaria da minha terra.

Sim. Esta vida estava à espera. Vi pés de crianças marcando a lama do outono no quintal. Minhas filhas e filhos colhendo seus primeiros tomates da videira. Os filhos dos meus filhos cavando batatas quando meus joelhos estivessem velhos demais para dobrar. E lá estava Lenka, de cabelos grisalhos, observando a vida explosiva crescer ao nosso redor. De alguma forma eu a conseguiria de volta. De alguma forma, nós nos encontraríamos novamente.

Por um momento, o rosto de Lenka se transformou no rosto de Klara. Seu cabelo era tão grosso que eu não conseguia parar de passar minhas mãos por ele. Ela nunca morreu; ela fugiu comigo, e nos tornamos amantes fantasmas.

Nesse futuro, estávamos livres de sistemas. Outros humanos se tornaram símbolos, sacrificaram a própria vida para servir. Outros humanos lidaram com a tortura, os golpes, a cura. Nós simplesmente semeamos, colhemos e bebemos um pouco antes do jantar. Ninguém tentou tirar o que era nosso. Tivemos muito pouco. Éramos invisíveis, e nessa vida mais lenta éramos nossos próprios deuses.

Sim, havia coisas que ainda restavam neste mundo. Eu tinha viajado pelo espaço, tinha visto verdades sem paralelo, mas ainda assim, nesta vida terrena, eu mal tinha visto alguma coisa. Algo repousa na alma mortal, com sua fome por provar tudo que existe em sua própria profundeza ilimitada. Tão ilimitada quanto o próprio universo e, assim como ele, sempre em expansão.

De volta à casa, empurrei a cama contra a parede, o lugar onde ela ficava quando eu era criança, e encostei a escada na moldura interna de madeira do telhado. Subi e coloquei cada tábua contra a moldura, pregando-as até terminar a primeira camada. Enquanto eu trabalhava, o mapa noturno do universo acima estava surpreendentemente claro, como se mais uma vez tentasse me atrair. Parecia exatamente o mesmo do dia em que meu avô e eu nos sentamos perto de uma fogueira e falamos sobre revoluções. O brilho púrpura de Chopra ainda permanecia, embora estivesse enfraquecendo, desmoronando sobre si mesmo e dizendo seu último adeus aos terráqueos que morriam de vontade de conhecer seus segredos. Apreciei esse gesto, mas não consegui deixar o menor espaço entre as tábuas para observar as estrelas. Eu precisava da intimidade de uma casa fechada. Uma estrutura para me prender.

O remendo criou uma escuridão quase perfeita. Desci lentamente a escada, acendi um fósforo e o segurei sobre um pavio. O silêncio se infiltrou em meus músculos e separou suas fibras, induzindo dor e calor sereno. A única força presente era uma pequena chama. Construí uma represa para reter o murmúrio do cosmos.

Peguei a Nutella na despensa da cozinha. Deitei-me na cama, abri o pote e lambuzei os dedos com um punhado de seu conteúdo. Espalhei ao longo da língua.

A escuridão tomou conta de mim. Acordei pouco tempo depois, sentindo um leve toque sobre a pele. Em meu antebraço, descansavam as longas pernas da aranha.

– É você? – perguntei.

Espalhei um pouco de Nutella no pulso, bem ao lado do aracnídeo. *Prove. Você ama isso.*

Nenhum movimento. Sua barriga gorda permaneceu alojada nos pelos do meu antebraço.

– Você ainda está com medo? – indaguei.

O peso é bom. O que seria do mundo sem ele? Nada, além de medo e ar. Sim, o peso é bom.

É você?

Porque sou eu. Garanto, estou aqui.

Sou eu. O astronauta

AGRADECIMENTOS

Gostaria de agradecer:

A meu país e meu povo. Por sua resiliência, sabedoria, arte, comida – e seu humor diante de grandes adversidades.

Às mulheres magníficas de minha família – minha mamka, Marie, e minha babicka, Marie, minha teta Jitka e sestrenka Andrejka. Meu pequeno synovec Krystufek.

A Ben George, um editor e amigo incrível, que deu a este livro mais do que eu poderia pedir. A todos da Little, Brown por dar a *O astronauta* um lar tão acolhedor, especialmente Sabrina Callahan, Reagan Arthur, Sarah Haugen, Nicole Dewey, Alyssa Persons, Ben Allen e Tracy Williams.

A Drummond Moir, por sua brilhante visão editorial e por levar *O astronauta* para o Reino Unido. Todos na Sceptre, especialmente Carolyn Mays, Francine Toon e Caitriona Horne.

A Marya Spence, agente super-heroína com poderes infinitos, humana e amiga notável, companheira apreciadora de comidas estranhas. Todos na Janklow & Nesbit, central de super-heróis.

A todos os escritores e mentores brilhantes que tive o prazer de conhecer ao longo dos anos, especialmente Darin Strauss, JSF, Rick Moody e dr. Darlin' Neal.

A todos na NYU Lillian Vernon Writers House – o que vocês fazem para promover futuras vozes literárias é imperativo. Devemos muito a vocês. Ao Goldwater Writing Project, por tornar possível a escrita deste livro e por me permitir conhecer os talentosos e extraordinários residentes do Goldwater Hospital. Penso neles e em sua escrita todos os dias.

Aos amigos e colegas que me mantiveram são, forneceram observações sábias, compartilharam álcool, comida e ansiedade – especialmente Christy e Scott, Adam, Emily, Bryn, Peng, Tess. A todos os meus amigos na República Tcheca, nos Estados Unidos e outros que fazem desta Terra um lugar magnífico.

Mais importante ainda, gostaria de agradecer a todos os leitores de livros, por manter a conversa viva ao longo dos séculos.

TIPOGRAFIA:
Bembo [texto]
Chalet [entretítulos]

PAPEL:
Pólen Natural Soft 70 g/m² [miolo]
Cartão Supremo 250 g/m² [capa]

IMPRESSÃO:
Rettec Artes Gráficas e Editora [outubro de 2022]